Jennifer Jaynes
Verhängnisvolles Lächeln

amazon crossing

Das Buch

Spurlos verschwindet die neunzehnjährige Tiffany Perron. Ihre Freundin Haley war die Letzte, die sie gesehen hat. Mit jedem Tag, der ohne Nachricht vergeht, stirbt in Grand Trespass, Louisiana, die Hoffnung ein bisschen mehr, dass Tiffany wohlbehalten zurückkehrt. Dann fällt zum ersten Mal das Wort Mord. Die fieberhafte Suche in den dunklen Gewässern des Bajou beginnt – ohne Erfolg. Die Angst unter den Bewohnern schärft den Blick füreinander: Wer hat Geheimnisse, die er um jeden Preis bewahren will? Verdachtsmomente werden geäußert, Lügen entlarvt. Und dann verschwindet ein weiteres Mädchen …

Die Autorin

Jennifer Jaynes studierte Gesundheitsmanagement an der Old Dominion University und arbeitete als Nachrichtenredakteurin, Lektorin und Werbetexterin. Mit ihrem Debütroman »Never Smile at Strangers« schaffte sie es auf die *USA-Today*-Bestsellerliste.

Die Autorin lebt mit ihrem Ehemann und ihren beiden Söhnen in der Nähe von Dallas.

JENNIFER JAYNES

VERHÄNGNISVOLLES LÄCHELN

Thriller

Aus dem Amerikanischen
von Anja Mehrmann

amazon crossing

Die Originalausgabe erschien 2015 unter dem Titel
»Never Smile at Strangers« bei Thomas & Mercer, Seattle.

Deutsche Erstveröffentlichung bei
AmazonCrossing, Amazon Media EU S.à r.l.
5 Rue Plaetis, L-2338, Luxembourg
Juli 2016

Umschlaggestaltung: semper smile, München, www.sempersmile.de
Umschlagmotiv: © jgolby / Shutterstock; © secondcorner / Shutterstock;
© Reinhold Leitner / Shutterstock; © andreiuc88 / Shutterstock
Lektorat, Korrektorat und Satz:
Verlag Lutz Garnies, Haar bei München
www.vlg.de
Printed in Germany
By Amazon Distribution GmbH
Amazonstraße 1
04347 Leipzig, Germany

ISBN 978-1-503-93955-4

www.amazon.de/amazoncrossing

Prolog

DER JUNGE ÖFFNETE DIE AUGEN UND DREHTE SICH ZUM FENSTER. Es war schon spät, und gerade war die Fliegengittertür an der Rückseite des Hauses zugefallen.

Donner grollte. Der Regen prasselte laut gegen die Glasscheibe, und das Geräusch trieb ihn beinahe in den Wahnsinn. Mit aufgerissenen Augen umklammerte er die wollene Armeedecke, die streng nach Urin roch, und beobachtete durch das winzige Fenster in seinem Schlafzimmer den Regen.

Ein Blitz zuckte über den Himmel, erleuchtete das Geäst der riesigen Eiche draußen und das Spanische Moos, das daran haftete. Der Blitz erlosch, und die Welt wurde pechschwarz.

Ein Zweig der Eiche kratzte an dem schmutzigen Glas, dann knallte die Fliegentür ein zweites Mal zu.

Rastlose Energie erfüllte ihn.

Irgendetwas stimmte nicht.

Sein Zimmer, das nicht viel größer als ein Wandschrank war, roch nach schimmeligem Holz. Wenn es gewitterte, wurde der ekelhafte Geruch stärker, bedrohlicher. Er würgte die miefige Luft in seine Lunge, kroch widerstrebend aus dem Bett und schlich auf Zehenspitzen über den Flur.

Vor der Schlafzimmertür seiner Mutter blieb er stehen und lauschte auf ihr übliches betrunkenes Schnarchen. Nur das Ticken des Aufziehweckers war zu hören.

Etwas war an den Türpfosten geschmiert worden.

Blut.

Sein Herz setzte einen Schlag aus. Auch auf dem Fußboden war Blut.

Er ging in die winzige Küche, spürte kühl und widerlich das verschrammte Linoleum unter seinen nackten Füßen, stellte sich an das Fenster und sah dem Gewitter zu. Die Trauerweiden bogen sich im heulenden Wind. Er blickte in die mondlose Nacht hinaus und versuchte sich zu erinnern, ob er die Piroge umgedreht hatte, das kleine Boot, das immer hinten im Garten lag.

Am Nachmittag war seine kleine Schwester Allie ihm zum Teich gefolgt. Ihre Augen waren winzig gewesen und boshaft. Eigentlich sollte sie nicht aus dem kleinen Garten hinauslaufen. Er hatte sich solche Mühe gegeben, sie davon zu überzeugen, wieder mit ihm ins Haus zu gehen, dass er das Boot ganz vergessen hatte. Aber jetzt war er besorgt. Wenn Mutter mitbekam, dass Regenwasser hineingelaufen war, würde es Ärger geben.

Normalerweise schlossen sie das Haus nicht ab, aber jetzt schob er den Riegel an der Fliegengittertür vor. Er verzog das Gesicht, als er sich seine Mutter am nächsten Morgen vorstellte, mit zusammengekniffenen Lippen und wütend wegen der schlagenden Tür, die sie die ganze Nacht hatte wachliegen lassen, egal, ob sie zuschlug oder nicht.

Er konnte das nicht riskieren.

Ein Blitz erleuchtete den rostigen Buick, der während der neun Jahre seiner Existenz schon immer auf Betonblöcken neben dem alten Schuppen stand, von dem allmählich die Farbe abblätterte. Die Nacht wurde wieder dunkel. Er glaubte, in der Schwärze etwas zu sehen, das sich bewegte. Einen Augenblick später sah er es noch einmal.

Er schaltete das Verandalicht an, und der Hof wurde in einen trüben gelben Lichtschleier getaucht. Er musste zweimal blinzeln, bevor er glaubte, was er sah.

Zitternd wich er vom Fenster zurück.

Seine Mutter starrte zu ihm herauf. Nackt stand sie im Hof, die Haare wirr und durchnässt vom Regen, der Blick wild. Als er vom Fenster zurücktrat, hörte er, dass sie ihm etwas zurief.

Zehn Jahre später

»Es wird mal wieder schwül werden heute in Grand Trespass. Die Höchsttemperatur liegt bei dreiunddreißig Grad Celsius und die relative Luftfeuchtigkeit bei vierundneunzig Prozent. Teils heiter, teils wolkig und mit Böen aus Westsüdwest. Nicht wirklich schlimm, aber auch nicht besonders angenehm. Und hier kommt Billy mit den Verkehrsnachrichten.«

Kapitel 1

HALEY LANDRY FOLGTE IHRER BESTEN FREUNDIN TIFFANY PERron ins *Provost's*, eine kleine Kneipe im Randbezirk von Grand Trespass, Louisiana.

Die Kleinstadt bestand aus wenig mehr als einem Postamt, einer Tankstelle, künstlichen Teichen, in denen Flusskrebse und Welse gezüchtet wurden, einem Imbiss, einem Laden für Angelzubehör, einer Kirche und einem alten Kaufhaus mit einer verblassten Reklametafel in Übergröße für RC Cola davor.

Grand Trespass war so unbedeutend, dass sein Name jenseits eines Radius von zehn Meilen um sein rostiges »Willkommen«-Schild herum nur selten genannt wurde. Diese Tatsache war der Grund dafür, dass sich auch manche Bewohner der kleinen Stadt unbedeutend vorkamen.

Die neunzehnjährige Haley war eine von ihnen. Solange sie zurückdenken konnte, hatte sie immer nur davon geträumt, Grand Trespass zu entfliehen.

Um herauszufinden, wer sie ist.

Wer sie sein könnte.

Sie glaubte, das nur bewerkstelligen zu können, indem sie fortging und ein College besuchte – aber in letzter Zeit kam ihr das immer unrealistischer vor. Zum ersten Mal in ihrem Leben hatte sie Verantwortung. Riesige Verantwortung... so groß, dass sie nicht wusste, ob sie ihr gewachsen war.

Sie fanden einen Tisch in der Nähe der Toiletten und

gaben ihre Bestellung auf. Tiffany zog eine Zigarette heraus und hielt Haley die Schachtel hin. »Willst du?«

Haley schüttelte den Kopf.

»Alles in Ordnung mit dir?«, fragte Tiffany. »Du siehst blass aus.«

»Mir geht's gut.«

Ihr kam es falsch vor, an diesem Abend auszugehen und sich zu amüsieren. Sieben Monate zuvor war ihr Vater bei einem grauenhaften Unfall ums Leben gekommen, und seitdem hatte sie das Haus kaum noch verlassen. Aber sie wollte Tiffany nicht den Abend verderben.

Sie richtete sich auf ihrem Stuhl auf und versuchte, besser auszusehen, als sie sich fühlte. Sie wusste, ihre Fassade war brüchig.

Tiffany blies den Rauch über die Schulter, und ihre Augen wurden schmal. »Weißt du, du solltest wieder mehr ausgehen. Es ist schon Monate her, dass …«

»Ja, ich weiß«, unterbrach Haley sie. Ihr war übel vom Geruch nach Zigarettenrauch, Schweiß, einer Mischung billiger Parfüms und dem Geruch von Gebratenem. Sie wollte nach Hause.

Als die Kellnerin zurückkam und ihnen Käsestangen und Mineralwasser auf den Tisch stellte, beugte Tiffany sich vor. Ihr Blick wirkte ernst. »Hör mal, ich muss dir etwas sagen.«

»Was denn?«, fragte Haley, froh, das Thema wechseln zu können.

»Okay, ich sag's dir. Aber dreh jetzt nicht durch. Es geht um einen Typen. Und zwar nicht um Charles.« Sie senkte die Zigarette. »Ich weiß, dass es nicht richtig ist, vor allem nach der Sache mit Tom und so.« Ihre Augen wurden größer, schienen ihren Worten Nachdruck zu verleihen, wie immer, wenn sie Haley etwas zu sagen hatte.

»Du weißt, wie sehr ich Charles liebe. Ich meine, es gibt

Dinge, die ich an ihm liebe. Ein paar wundervolle Dinge … aber dann gibt's auch wieder welche, die ich nicht liebe. Dass er so ekelhaft in mich verknallt ist zum Beispiel.«

»Ich dachte, das gehört zu den Dingen, die du an ihm liebst.«

Tiffany seufzte und strich sich die langen rotblonden Haare aus dem Gesicht.

»Am Anfang fand ich das cool, aber inzwischen habe ich es einfach satt. Er will dauernd mit mir zusammen sein, aber ich lasse mich nicht gerne an die Leine legen.«

»Er ist dein Freund. Natürlich will er mit dir zusammen sein. Und außerdem kannst du wohl kaum behaupten, dass er dich an die Leine gelegt hat.«

Tiffany neigte den Kopf und wickelte ihre goldene Halskette um den Daumen, eine nervöse Angewohnheit, seitdem Haleys Mutter ihnen zum Abschluss der Highschool identische vierundzwanzigkarätige Kettchen mit Anhängern in Herzform und ihren eingravierten Namenszügen darauf geschenkt hatte.

»Ich weiß nicht. Vielleicht bin ich einfach nicht für eine feste Beziehung geschaffen«, gab Tiffany zurück. »Ich meine, mir gefallen einfach zu viele Typen.« Sie ließ das Kettchen los, und es legte sich wieder auf ihre Brust. Sie grinste. »Vielleicht hat meine Mom ja recht. Ich bin hoffnungslos verrückt nach Jungs, und im Jenseits wird Jesus mich für meine Begierde büßen lassen.«

Haley hatte keinen Grund, Charles Johnson nicht zu mögen. Er war intelligent, warmherzig, höflich … er war anständig. Zwar war sie ebenso überrascht wie alle anderen gewesen, dass Tiffany beschlossen hatte, mit einem schwarzen Jungen auszugehen, aber Haley hatte damit kein Problem. Sie fand, dass er Tiffany guttat.

Aber Tiffany tat ihm nicht besonders gut, vor allem, nachdem sie eine Affäre mit Tom Anderson gehabt hatte, einem

Professor am Community College. Eine Tortur für Charles, die er ihr mit Mühe und Not verziehen hatte. Und jetzt führten sie dieses Gespräch.

»Ich glaube, Charles will mich heiraten. Sagen wir, ich willige ein. Was soll ich dann tun? Hierbleiben? In Grand Trespass an der Seite eines Mannes alt werden, eines schwarzen Mannes? Der Gedanke, überhaupt hier kleben zu bleiben, ist schon schlimm genug. Aber als ich mit Charles zusammengekommen bin, ging es eher darum, Mom zu nerven, als um echte Liebe.«

Haley stöhnte. Sie hasste es, wie ihre Freundin mit den Jungs umsprang. Immer ging es nur um sie selbst, und sie nahm nicht die geringste Rücksicht auf andere.

»Versteh mich nicht falsch, Charles ist ein Schatz. Ein absoluter Schatz. Na ja, meistens jedenfalls. Aber seit der Sache mit Tom ist er irgendwie … na ja … beinahe besessen.« Sie seufzte. »Egal, jedenfalls ist da dieser Typ. Ich sag dir nicht, wie er heißt, weil … ach, vertrau mir einfach. Ich habe gute Gründe, es dir nicht zu sagen.«

Vertrauen, dachte Haley. Sie liebte Tiffany, aber dass sie ihr vertrauen sollte, war ziemlich viel verlangt. Der Kerl hatte wahrscheinlich eine Freundin oder eine Ehefrau. Schlimmer noch, vielleicht hatte er sogar Kinder.

Genau in diesem Augenblick sah Haley, wie Charles sich durch die Menschenmenge drängte. Schnell hatte er die beiden Mädchen entdeckt und kam auf sie zu.

»Jedenfalls, dieser andere Typ und ich«, fuhr Tiffany fort, »wir haben ein bisschen geflirtet, und ich glaube, er mag mich. Ich meine, natürlich mag er …«

»Psst!«, unterbrach Haley sie leise. Sie deutete mit dem Kinn auf Charles. »Er ist hier.«

»Wer?«, fragte Tiffany und drehte sich um.

Charles hatte ihren Tisch erreicht und blieb stehen. Eine Lampe, die über ihren Köpfen in dem dunstigen Raum hing, warf ihren Schatten auf sein dunkles Gesicht. »Ich dachte, ihr beide wärt heute Abend bei Haley zu Hause.«

Er setzte sich, verschränkte die Arme über der Brust und heftete den Blick auf Tiffany. »Bin bei ihr vorbeigefahren und hab gehört, dass ihr beide hier seid.«

»Wir haben unsere Meinung eben geändert«, erwiderte Tiffany gereizt. »Haley wollte mir was erzählen, aber nicht zu Hause. Ihrer Mutter geht's immer noch ziemlich schlecht.«

Charles musterte Haley, und seine Miene wurde freundlicher. »Immer noch harte Zeiten für deine Mutter?«

Sie nickte. Seit dem Unfall trauerte ihre Mutter. Die Frau, die einst vor Lebensfreude übergesprudelt und immer optimistisch gewesen war, war nun still geworden und viel zu dünn. Tag und Nacht lag sie im Bett, wie losgelöst von der Welt.

Was an der Geschichte nicht stimmte, war, dass sie ursprünglich vorgehabt hatten, bei ihr zu Hause zu bleiben. Sie wusste nicht, welche Lügen Tiffany ihm aufgetischt hatte, und sie wollte nicht in die Sache hineingezogen werden. Ihre Freundin log zu oft, und Haley hatte längst den Überblick über ihre Märchen verloren.

»Wenn ich irgendwie helfen kann, sag's mir, okay?«, meinte Charles.

»Danke.« Haley beobachtete die Gäste, die sich in dem Lokal drängten, und entdeckte etwas weiter entfernt einen alten Freund ihres Vaters. »Entschuldigt mich«, bat sie, erleichtert, einen Vorwand – irgendeinen Vorwand – zu haben, um aufzustehen. »Ich habe gerade jemanden gesehen, dem ich Hallo sagen muss.«

Einen Augenblick später befand sie sich auf der anderen Seite des Raumes, und der Mann, dessen Namen sie vergessen hatte, strahlte sie von oben herab an. »Nun sieh sich einer das an. Meine Güte, bist du groß geworden!« Seine zum Lächeln verzogenen Lippen gaben den Blick auf nikotinfleckige Zähne frei. Sein Gesicht war gerötet, und er hatte Hängebacken, das Ergebnis von Jahren voller Alkohol und zu viel Sonne unter dem Himmel von Louisiana. »Da hat dein Vater aber ein hübsches Kind zustande gebracht«, sprudelte es aus ihm hervor.

Ich bin nicht hübsch, dachte sie. Tiffany ist hübsch.

Seit seinen Kindertagen in Weston war ihr Vater mit diesem Mann befreundet gewesen. Haleys Vater war Matheprofessor am Cavelier La Salle Community College gewesen, das Jugendliche aus Chester, Truro, Weston und Grand Trespass gern besuchten, bevor sie das Studium hinschmissen und eigene Familien gründeten.

Haley blickte an ihm vorbei zu ihren Freunden. Charles saß über den Tisch gebeugt. Tiffanys Miene wirkte angespannt. Sie zwirbelte sich die Halskette um den Daumen und schüttelte den Kopf.

»Wie geht's deiner Mutter?«, fragte der Mann.

Nicht so gut. Überhaupt nicht gut, wenn ich ehrlich sein soll. »Es geht ihr … äh … es geht ihr gut. Hat mich gefreut, dich zu sehen«, sagte Haley. »Tut mir leid, aber ich hab's grade eilig.«

Sie ging auf die Damentoilette und spritzte sich kühles Wasser ins Gesicht, dann schloss sie sich in einer Kabine ein. Sie lehnte sich an die hellgrün gestrichene rostige Tür. Sie wusste, sie hätten nicht ausgehen sollen, aber Tiffany hatte so gebettelt. Jetzt stritt sie sich mit Charles. Wie lange das wohl dauern würde?

Sie atmete mehrmals tief durch und konzentrierte sich auf die Wand vor ihr, denn sie wusste: Wenn sie die Augen schloss, würde ihr Geist sie an Orte führen, vor denen sie sich viel zu sehr fürchtete.

Kapitel 2

ER WAR EIN LÜGNER. WENN ER LOG, WAR ER IN SICHERHEIT, blieb am Leben und halbwegs zurechnungsfähig. Er hatte damit angefangen, als er klein war und seine Mutter in sein Bett gekrochen kam ... und er log weiter, als er älter wurde und sie damit weitermachte.

Er log wegen allem, und er log jeden an: den nervtötenden rotgesichtigen Filialleiter im Winn-Dixie-Supermarkt, den Chef bei seinem zweiten Teilzeitjob, seine schlampige, obszöne Schwester, um die er sich kümmern musste; jeden, dem er außerhalb des Hauses begegnete, jeden, den er je kennengelernt hatte. Manchmal, wenn er Glück hatte, schaffte er es sogar, sich selbst zu belügen.

Er war sicher, dass die Leute ihn dessentwegen mochten, was er zu sein vorgab. Hätten sie gewusst, wer er wirklich war, dann hätten sie ihm wehgetan. Der Gedanke beunruhigte ihn beinahe ebenso sehr wie die Schreckensbilder, die in seinem Kopf herumspukten.

Manche Menschen glaubten, ihm nahe zu sein. Aber das stimmte nicht. Dafür sorgte er.

Nun war es dunkel im Wald. Still. Ein scharfer Kontrast zu den entsetzlichen, gefährlichen Gedanken, die wie Feuerwerkskörper in ihm explodierten und seinen Kopf ausfüllten.

Er war absolut nicht mit sich im Reinen, und so war es immer schon gewesen. Aber irgendetwas an diesem Sommer machte alles noch schlimmer. Seine Seele war wie ein Schnellkochtopf, der dringend Druck ablassen musste.

Es reichte nicht mehr, am Teich laut zu schreien.

Inzwischen schrien sie zurück.

Er schob einen tief hängenden Ast beiseite und stapfte weiter durch den Wald. Aus dem hohen Gras beobachtete ihn ein Paar gelber Augen. Er hielt den Atem an.

Es war der widerliche streunende Kater, dem er den Namen Ian gegeben hatte. In letzter Zeit folgte das Tier ihm überall hin: an den Teich, durch die Wälder. Seine grässlichen Augen spähten in den schlimmsten Momenten sogar durch das winzige Fenster in sein Schlafzimmer. Er wollte nichts zu tun haben mit diesem widerlichen Vieh.

»Lass mich in Ruhe, Ian!«, brüllte er, aber der Kater rührte sich nicht vom Fleck.

»Ich habe gesagt, hau ab!« Er machte einen Satz auf das Tier zu.

Es schrie auf und flitzte in die Dunkelheit davon.

Er lief wieder zu dem kleinen Haus, in dem er mit seiner Schwester wohnte. Er wusste, dass er dort nicht lange bleiben konnte. Er mied das Haus, so gut es ging. Es hatte ihr gehört, seiner Mutter. In dem Haus war er immer noch ein ängstlicher und wütender kleiner Junge.

Draußen konnte er sich meistens verstellen und wirkte fast normal. Aber nicht im Haus. Das Haus würde ein grausamer Bestandteil seines Lebens bleiben, bis seine Schwester mit der Highschool fertig war.

Oder bis er gezwungen war, sie zu zerstören.

Er beschloss, eine kleine Spazierfahrt zu unternehmen.

Kapitel 3

NACH FÜNFZEHN ODER ZWANZIG MINUTEN VERLIESS HALEY DIE Damentoilette wieder. Sie blickte sich in dem Lokal um. Tiffany und Charles waren nicht zurückgekommen. Unberührt standen Käsestangen und Mineralwasser auf dem Tisch. Sie legte einen Fünf-Dollar-Schein daneben und steuerte auf den rückwärtigen Ausgang zu.

Sie stieß die Tür auf und trat in die schwülwarme Nachtluft hinaus. Der faulige Geruch des Trespass Bayou, des Sumpfgebiets rund um die Stadt, hing in der Luft. »Tiff?«, rief sie auf den Parkplatz hinaus. »Charles?«

Sie wartete.

Niemand antwortete.

Blitze zuckten über den nächtlichen Himmel, als sie über den Kiesparkplatz ging.

Tiffanys schwarzer Ford Mustang stand noch immer dort, aber es gab zahlreiche Pick-ups, die genauso aussahen wie der von Charles. Sie wusste nicht zu sagen, welcher ihm gehörte und ob er noch dort war. Sie schlenderte an den Autoreihen entlang, spähte in jeden großen Wagen. Vielleicht würde sie die beiden auf der Vorderbank irgendeines Autos entdecken, wo sie sich stritten.

Alle Wagen waren leer.

Als sie einen Blick auf den Waldrand an der Ostseite des Parkplatzes warf, glaubte sie, dass sich dort etwas bewegte. »Tiffany?«, rief sie.

Die Nacht blieb still, kein Geräusch war zu hören.
Sie rief lauter. »Tiffany! Charles!«
Wieder antwortete niemand. In der Ferne schrie eine Eule.

Kapitel 4

AM SONNTAGMORGEN HING DER DUFT NACH GEDÜNSTETER Andouillewurst, Knoblauch und Zwiebeln in der Luft, als Haley in der Küche stand und Frühlingszwiebeln bearbeitete, sorgfältig darum bemüht, sie so fein zu hacken, wie Nana es immer gemacht hatte.

Sie hatte Angst. Angst um ihre Mutter, die immer mehr einer Toten ähnelte. Angst um ihre Schwester Becky, die niemals offen um ihren Vater trauerte. Angst um ihr Leben, das vor fast einem Jahr aus den Fugen geraten war.

Sie wünschte, Nana wäre noch da und könnte ihr sagen, was sie tun sollte. Als ihre Großmutter mütterlicherseits noch gelebt hatte, war sie der Mittelpunkt der Familie gewesen. Daddy war die Stimme der Vernunft, aber Nana sprach von Ursachen, Handlungen und Ahnungen, über die niemand nachdenken und an die keiner glauben wollte.

Haleys Mutter hatte immer gesagt, sie sollten sie einfach nicht beachten, Nana würde eben allmählich senil. Aber Nana war wach und lebhaft gewesen, wacher und lebhafter sogar als die meisten Jugendlichen in Haleys Alter. Wäre Nana jetzt noch am Leben, dann wüsste sie genau, wie sie ihre Familie wieder auf Vordermann bringen könnte.

Haleys fester Freund Mac saß am Küchentresen und steckte die Nase in eine Anglerzeitschrift. Er war ein Ausbund an Gesundheit: groß, braun gebrannt, sportlich, voller Selbstvertrauen und immer entspannt. Nichts schien ihm etwas auszumachen. Im Laufe langer Monate war Haley das Gegenteil von ihm geworden. Ihr Gesicht war blass und etwas aufgedunsen, und sie fühlte sich angespannt und unsicher. Haley wusste nicht, warum er überhaupt noch mit ihr zusammen sein wollte.

Allerdings wusste sie auch, dass ihr nicht der Luxus vergönnt war, in einer Depression zu versinken. Diesen Weg hatte ihre Mutter beschritten, bevor irgendjemand sonst die Chance dazu bekam. Jemand musste sich um sie, Becky und um das Haus kümmern. Und außer Haley gab es niemanden, der dazu in der Lage gewesen wäre.

»Hattest du einen schönen Angelausflug?«

»Ja«, antwortete Mac, ohne von der Illustrierten aufzublicken. »Erholsam.«

»Gestern Abend zurückgekommen?«

»Gestern Nachmittag. Hab danach bei Lloyd noch ein paar Stunden gearbeitet. Hätte dich ja angerufen, aber auf dem ganzen verdammten Gelände gab es keinen Empfang. Als ich nach Hause gefahren bin, war es schon ziemlich spät.«

Mac arbeitete bei Lloyd's Towing, einem Abschleppunternehmen in Weston. Er übernahm so viele Bereitschaftsdienste, wie er bekommen konnte. Seit seinem fünfzehnten Lebensjahr übte er noch weitere Gelegenheitsjobs aus, darunter auch Rasenmähen.

Haley wischte sich mit der Handkante ein paar Schweißperlen von der Schläfe. Die an der Wand befestigte Klimaanlage im Wohnzimmer schaffte es kaum, beide Zimmer zu kühlen, und die Anlage in Beckys Zimmer war neulich kurz davor gewesen, den Geist aufzugeben. Sie hätten einen Techniker rufen müssen, aber das hätte sie gut zweihundert Dollar gekostet.

Sie ließ eine Handvoll Frühlingszwiebeln in die Bratpfanne fallen und rührte dann vorsichtig um, um sie mit dem Mehl und dem Öl in der Pfanne zu vermischen. An der Kühlschranktür hing neben alten Schulzeugnissen, einem Foto von der Abschlussfeier an der Highschool und einer alten To-do-Liste eine Notiz von ihrem Vater, die besagte, dass er losgefahren sei, um Rigipsplatten zu kaufen. Es war ein Zettel, den er wenige Stunden vor seinem Tod geschrieben hatte, und er wurde von einem der Magneten gehalten, die er für gewöhnlich auf Gemeindefesten verteilt hatte.

»Bildung hält ewig«, war darauf zu lesen.

»Und was ist, wenn du tot bist?«, fragte Haley sich.

Sie konnte sich nicht dazu überwinden, den Zettel abzunehmen. Offensichtlich brachten auch Becky und ihre Mutter das nicht fertig.

Mac legte seine Zeitschrift auf den Tisch, nahm die Basecap der LSU-Tigers ab, der Baseballmannschaft der staatlichen Universität von Louisiana, und fing an, den Schirm der Mütze mit seinen riesigen Händen kraftvoll zu kneten. Seine Stirn und die Wangen waren sonnenverbrannt, und gleich über dem Kragen seines T-Shirts waren an seinem Nacken drei gezackte rote Kratzer zu sehen.

»Was ist passiert?«, fragte Haley.

»Ach, nichts.« Mac setzte sich die Kappe wieder auf und betastete dann vorsichtig die Schrammen. »Ein Zweig hat mich erwischt, als ich beim Angeln war. Hab nicht aufgepasst.« Fältchen bildeten sich in seinen Augenwinkeln, als er ihr ein müdes Lächeln zuwarf.

»Die sehen ziemlich übel aus. Hast du irgendwas draufgetan?«

»Es ist nichts, Hale. Glaub mir, es sieht schlimmer aus, als es ist.«

Haley beschloss, ihn beim Wort zu nehmen. Männer mögen keine nörgelnden Frauen. Außerdem hatte sie ohnehin schon genug, worum sie sich Sorgen machen musste.

Mac kam um den Tresen herum und küsste sie auf die

Wange. »Ich leg mich mal auf die Couch und mache ein Nickerchen. Und danach lade ich dich auf ein Snow-Cone-Eis ein. Na, klingt das gut?«

* * *

Eine halbe Stunde später, Haley war gerade dabei, Handtücher zusammenzulegen, klingelte das Telefon. Es war Julia Perron, Tiffanys Mutter. Haley sagte ihr, dass Tiffany nicht bei ihr sei.

»Warst du nicht gestern Abend noch mit ihr zusammen?«, fragte Mrs Perron in herrischem Ton.

»Ja, Mrs Perron, das stimmt. Wir waren im *Provost's*.«

»Und jetzt ist sie nicht mehr bei dir?«, hakte sie skeptisch nach, als würde Haley es sich darum anders überlegen und Ja sagen.

»Nein, Ma'am.«

Ein kurzes Schweigen entstand am anderen Ende der Leitung. »Haley, das hat doch wohl nichts damit zu tun, dass Tiffany und ich uns gestern Morgen gestritten haben, oder?«

Mac regte sich auf der Couch.

Haley sprach leiser, denn sie wollte ihn nicht wecken. »Ich … ich weiß es nicht.«

»Kannst du mir sagen, wen ich noch anrufen soll? Sie wird sich doch wohl nicht mit diesem Typen, diesem Charles, herumtreiben, oder?«

Einige Monate zuvor hatte Mrs Perron ihrer Tochter verboten, sich mit Charles zu treffen, einem der wenigen Schwarzen, die in Grand Trespass und den umliegenden kleinen Städten lebten. Familien wie die Perrons – weiß, Arbeiterklasse und mit zuweilen ziemlich engstirnigen Ansichten darüber, wer und was akzeptabel war – waren Minderheiten gegenüber nicht freundlich eingestellt. Als Mrs Perron herausfand, dass Tiffany heimlich mit Charles ausging, verlangte sie von ihr, sich nicht mehr mit ihm zu treffen. Mr Perron hatte sie wegen seines schwachen Herzens nichts davon erzählt, aber sie hatte gedroht, Tiffany zu verleugnen, wenn sie sich hinter ihrem Rücken weiterhin mit Charles traf.

»Nein, Ma'am, ich glaube nicht«, erwiderte Haley und hielt das Telefon zwischen Schulter und Ohr geklemmt, während sie ein Handtuch zusammenfaltete.

Nachdem sie aufgelegt hatte, versuchte Haley, Tiffany auf dem Handy anzurufen, aber sie erreichte nur ihre Mailbox. Sie hinterließ eine Nachricht und ging in die Küche. Mac war schon aufgewacht und stellte eine neue Flasche in den Wasserbereiter.

»Klingt, als hätte Tiffany sich für den Rest des Sommers ziemlich was eingebrockt.« Sie seufzte. »Das heißt, wenn sie nicht gleich verstoßen wird.«

»Ist sie letzte Nacht etwa nicht nach Hause gekommen?«, fragte Mac mit leicht verschlafener Stimme.

»Ja, scheint so. Und ihre Mutter ist stinksauer.«

Mac griff nach einem Geschirrhandtuch und trocknete sich die Hände ab. »Ist sie mit Charles unterwegs?«

»Nehme ich an. Kann mir nicht vorstellen, dass sie mit einem anderen rumhängt.«

Aber das konnte sie doch. Vielleicht war Tiffany mit dem Typen zusammen, von dem sie ihr hatte erzählen wollen.

Kapitel 5

MAC LIESS DEN PICK-UP AUF DER MAIN STREET LANGSAM AN DEN Straßenrand rollen und stellte den Motor ab. Der Ford stotterte einige Sekunden lang, dann verstummte die Maschine. Während sie sich fragte, ob Tiffany inzwischen nach Hause gekommen war, stieß Haley die Beifahrertür auf und kletterte hinaus.

Der heiße Asphalt brannte unter ihren nackten Füßen. Bedächtig setzte sie einen Fuß vor den anderen. Sie konzentrierte sich auf die glühende Hitze und konnte an nichts anderes denken: ihren Vater, ihre Mutter, ihre Schlaflosigkeit, ihre Zukunft… der Asphalt war quälend heiß unter ihren Fußsohlen, hatte in gewisser Weise aber auch eine therapeutische Wirkung auf sie. Ein Südstaaten-Antidepressivum.

Vertrocknete tote Würmer klebten auf der Asphaltdecke. Langsam arbeitete sie sich über die Straße vor und versuchte, nicht auf die zerfleischten Leichen zu treten.

»Der Teer muss doch kochend heiß sein. Scheiße, ich kann die Hitze sogar noch an den Knöcheln spüren«, stellte Mac fest, der auf der anderen Straßenseite auf sie wartete. »Warum gehst du so langsam?«

»So heiß ist es nun auch wieder nicht«, gab sie zurück und versuchte, nicht zusammenzuzucken. »Echt nicht.«

Der Stand mit dem Snow-Cone-Eis war ein heruntergewirtschafteter Wohnwagen, der bereits am Rand der Main Street stand, solange sie zurückdenken konnte. Haley bemerkte ein Mädchen in ihrem Alter, Erica Duvall, die in einigen Metern Entfernung am Straßenrand stand. Sie starrte in den Wald hinein, und ein Rucksack hing ihr tief auf dem Rücken.

»Was, glaubst du, macht sie da?«, fragte Mac und blinzelte in die Sonne. Er reichte Haley ein blaues Eis.

»Keine Ahnung.«

»Sie hängt verdammt oft im Wald rum«, meinte er und nahm dem Jungen hinter dem Tresen ein weiteres Eis aus der Hand. »Ein Mädchen in unserem Alter sollte aus dieser Art von Spiel eigentlich rausgewachsen sein. Sie sollte sich weiterentwickeln und eine junge Frau werden.«

»Sie hat überhaupt keine Freunde«, sagte Haley und sah, wie Erica im Wald verschwand. Haley fand Erica schön und geheimnisvoll.

»Kommt ihr beide bei *Luke's* einigermaßen miteinander aus?«

Um ihre Familie finanziell zu unterstützen, hatte Haley einige Wochen zuvor einen Job als Kellnerin in *Luke's Diner* angenommen, dem Imbiss, in dem auch Erica und Tiffany arbeiteten. Sie biss in das Eis und nahm den süßen Geschmack des Sirups auf ihrer Zunge kaum wahr. »Ja, sie redet nicht viel, aber sie ist ziemlich nett.«

Haley war fasziniert von dem stillen, zierlichen Mädchen, das ebenfalls bei *Luke's* als Kellnerin arbeitete. Sie war ganz anders als die anderen, las oder schrieb ständig irgendetwas, als sei sie in einer anderen Welt.

Tiffany hingegen hatte einen völlig anderen Eindruck von Erica. Sie fand sie sonderbar und ein bisschen durchgeknallt, und sie blickte auf sie herab, wie sie es bei so vielen Menschen tat.

Ericas Familie war aus San Francisco nach Grand Trespass gezogen, als Erica in der ersten Klasse war. Haley konnte sich noch gut daran erinnern, wie sie Erica zum ersten Mal in der Schule gesehen hatte. Sie war klein und dünn gewesen, und schon damals rahmte das gleiche lange brünette Haar ihr winziges Gesicht ein. Sowohl ihre Kleider als auch ihre Augen sahen aus, als seien sie viel zu groß für sie.

Leider betraten an jenem Tag genauso viele Freunde von Erica den Klassenraum wie an dem Tag, als sie ihren Highschoolabschluss in der Tasche hatte. Kein einziger.

***

Um vier Uhr an diesem Nachmittag schöpfte Haley sorgfältig den Schaum ab, der sich auf dem Gumboeintopf im Kochtopf gebildet hatte. Sie legte den Holzlöffel wieder auf den Herd, ging zum Schlafzimmer ihrer Mutter und öffnete langsam die Tür. Sie war den ganzen Tag nicht aus dem Zimmer gekommen. Es war, als versuchte sie, die Tatsache wegzuschlafen, dass ihr Mann gestorben war.

Haley schloss die Tür wieder und ging zum Fernsehsessel. Macs eins achtzig große Gestalt lag ausgestreckt auf der großen Couch, die an der Wand stand. Sein leerer Snow-Cone-Becher lag neben ihm auf dem Boden, neben einer eingedrückten Dose Coors-Light-Bier.

»Meinst du nicht, du solltest lieber mal Dr. Broussard anrufen?«, fragte er. »Das geht schon viel zu lange so. Es kann doch nicht gesund für sie sein, wenn sie sich so verkriecht.«

»Er war erst vor zwei Wochen hier. Sie wollte ein paar Pillen, um besser schlafen zu können. Jetzt bleibt sie da drin und schläft noch mehr als vorher.« Haley seufzte. »Ich weiß nicht, was ich noch tun soll.«

Das Telefon klingelte. Haley sprang auf und lief schnell in die Küche. »Das ist bestimmt Tiffany.«

Als sie abhob, hörte sie sofort die Angst in der Stimme am

anderen Ende der Leitung. »Bitte sag mir, dass Tiffany bei dir ist«, krächzte Mrs Perron.

Haley blickte auf ihre Armbanduhr, und ihr Herz fing an zu rasen. Wo kann Tiffany nur sein?

Kapitel 6

FÜNF MINUTEN NACH DEM ANRUF KLETTERTE MRS PERRON IN Macs Pick-up und schob Haley mit ihren breiten Hüften zur Seite. Haley wurde dichter an Mac gedrückt, und Mrs Perron zog die Tür krachend zu.

»Le bon Dieu!«, schrie sie. Die tiefen Ringe unter ihren zutiefst besorgt blickenden Augen waren von Mascara verschmiert. »Das sieht meiner Tiffany gar nicht ähnlich, einfach so davonzulaufen!«

Mac legte den Gang ein und steuerte auf Trespass Gardens zu, wo Charles wohnte. Haley blickte auf die staubige Straße hinaus und auf die Zypressen, die vorbeiflogen. Ihre Äste schienen nach dem Pick-up zu greifen. Sie verschränkte die Arme über der Brust, als wollte sie sich selbst umarmen.

Ein Stück vor ihnen glitt eine Wassermokassinotter über den Asphalt. Geschickt lenkte Mac den Wagen über die gestrichelte gelbe Linie und rettete dem Tier so das Leben.

Als Haley einen Blick über die Schulter warf und das Reptil rasch in dem verwilderten Gras am Waldrand verschwinden sah, dachte sie wieder an das, was Tiffany ihr erzählt hatte. Sie fragte sich, ob sie den geheimnisvollen Typen kannte, der Tiffanys Aufmerksamkeit erregt hatte. Ob er irgendetwas damit zu tun hatte, dass sie nicht nach Hause gekommen war.

Aber so schnell ihr der Gedanke gekommen war, so schnell verwarf sie ihn auch wieder.

Tiffany ist bei Charles. Ihr geht es gut.

Wenige Minuten später bogen sie von der zweispurigen asphaltierten Straße ab und holperten nach Trespass Gardens hinein, ein Wohnpark mit Trailern und kleinen Häusern am anderen Ende des Trespass Bayou.

Kies knirschte unter den Reifen, während sie im Schritttempo an einem Wohnwagen nach dem anderen vorbeifuhren. Mehrere barackenartige Häuser kamen in Sicht. Haley bemerkte die Veranden, die unter zerlumpten Sofas und kaputtem Spielzeug abgesackt waren. Mülltonnen jeder Farbe und Größe standen in einer Reihe und warteten darauf, abgeholt zu werden.

Kinder mit schmutzigen Gesichtern spielten Fuchs und Hase vor den Häusern und rannten unter Rasensprengern und Leinen hindurch, die unter trocknenden Wäschestücken ächzten.

»Da«, sagte Haley und zeigte auf ein kleines weißes Haus in der Ferne. »In dem Haus wohnt Charles.«

Mac bog vom Weg ab. Kaum hatte er die Handbremse angezogen, da sprang Mrs Perron auch schon aus dem Wagen und rannte auf die Veranda zu. Auf dem Treppenabsatz angekommen, stieß sie die Fliegengittertür auf und klopfte energisch an.

Der Motor von Macs Pick-up knallte und zischte, während Haley und er dasaßen und Tiffanys Mutter beobachteten. »Wie oft bist du schon hier gewesen?«, fragte Mac.

»Nur einmal.«

Mac nestelte nach seinen Zigaretten. »Das ist kein Ort, an dem junge Mädchen rumlungern sollten.«

Haley hatte gewusst, dass Mac einen Spruch über Trespass Gardens ablassen würde. Er machte sich ständig Sorgen um sie. So war es das ganze Jahr über gewesen, das sie inzwischen zusammen waren.

Er zog eine Zigarette heraus. »Will ja nur, dass du in Sicherheit bist.«

Sie blickte ihrem Freund in die Augen. Er war bei der Beerdigung ihres Vaters an ihrer Seite gewesen und auch hinterher. Er hatte sich um die Dinge gekümmert, die Sache ihres Vaters gewesen waren, bevor er gestorben war: den Hof, die Dachrinnen, die Holzverkleidung des Hauses, ihre Tränen.

»Du machst dir zu viele Sorgen um mich.«

»Na ja, wenn ich mir keine Sorgen um dich mache, wer tut's dann?«

Die Zigarette steckte zwischen seinen Lippen, als er nach der Tür griff. Bevor er sie öffnete, beobachtete er Mrs Perron einen Augenblick und schüttelte dann den Kopf. »Diese Tiffany ist nicht ganz richtig im Kopf«, meinte er, an Haley gewandt. »Es ist einfach nicht in Ordnung, dass sie ihrer Mutter solche Sorgen macht. Ein nettes, natürliches Mädchen wie du wäre mit anständigeren Freundinnen besser dran. Aber du kennst ja meinen Standpunkt zu diesem Thema.« Dann sprang er aus dem Pick-up.

Mac hatte Tiffany noch nie gemocht, denn er fand, dass sie zu häufig die Partner wechselte und zu egozentrisch war. Er war zu Tiffany so höflich wie zu jedem anderen auch, aber es war offensichtlich, dass er nichts für sie übrig hatte und auch niemals haben würde.

Haley kletterte aus dem Wagen und sah, dass Mac die Heckklappe herunterließ. Er setzte sich darauf und zündete sich die Zigarette an. In wenigen Metern Entfernung hüpfte ein kleiner Pulk Kinder über Rasensprenger hinweg und schlitterte über eine ausgebleichte Plastikplane, die als Wasserrutsche diente.

Mrs Perron hämmerte noch immer an die Haustür. »Hallo, ist jemand zu Hause?«, rief sie, allmählich aufgeregter. »Irgendjemand? Tiffany? Bist du da drin?«

Haley lief um das Haus herum und in den Garten. Eine dicke Rauchwolke kräuselte sich über dem Grill eines weiter entfernten Nachbarn. Der scharfe, süßliche Geruch stieg ihr in die Nase.

Vor einem hohen Ameisenhaufen blieb sie stehen, schüttelte sich einen Flipflop vom Fuß und schob ihn in den weichen Hügel. Innerhalb von Sekunden wimmelte es bis zu ihrem Knöchel von Ameisen. Sie sah zu, wie sie langsam an ihrem Schienbein bis zum Knie heraufkrabbelten. Sie genoss das Brennen der winzigen Bisse. Doch als sie die Mitte ihrer Oberschenkel erreicht hatten, brachte sie ihr pochendes Bein in Sicherheit und wischte die Insekten ab.

Sie blickte zum Haus und erschrak. Jemand spähte hinter einer Jalousie hervor und beobachtete sie. Schnell fiel die Jalousie wieder vor das Fenster.

Sie lief zurück in den Vorgarten. Mrs Perron redete noch immer mit der Haustür.

»Tiffany, wenn du da drin bist, dann komm jetzt sofort heraus!«, drohte sie mit zitternder Stimme. »Wenn nicht, werde ich dafür sorgen, dass dein Vater alles erfährt. Und ich meine wirklich alles. Schwaches Herz hin oder her!«

Mac schnippte die Zigarettenasche ins Gras, als Haley auf ihn zuging. »Keiner zu Hause?«

»Ich habe jemanden hinten am Fenster gesehen. Aber wer es auch ist, er reagiert nicht«, sagte sie.

»War's Tiffany?«

»Keine Ahnung. Konnte ich nicht erkennen.«

»Wir können noch mal herkommen, wenn wir Mrs Perron nach Hause gebracht haben«, schlug er vor und zupfte eine Ameise von Haleys Arm. »Wenn Tiffany da drin ist, macht sie wahrscheinlich erst auf, wenn ihre Mutter nicht mehr in der Nähe ist.«

Kapitel 7

HALEYS ELTERNHAUS UNTERSCHIED SICH NICHT VON DEN MEIS-ten anderen Häusern im Ranchhausstil, die die Mittelschichtfamilien in den Siebzigern und Achtzigern in Grand Trespass gebaut hatten. Von der Haustür aus betrat man einen kleinen Raum, der zu einer geräumigen Küche und von dort aus in ein verhältnismäßig großes Wohnzimmer führte.

Die Schlafzimmer und ein Badezimmer lagen hinter dem Wohnzimmer. Wenn man vor der Haustür stand, konnte man durch das ganze Haus bis zur Hintertür sehen und umgekehrt genauso. Die Bauweise der Häuser erlaubte nur wenig Privatsphäre.

Die Frauen in Grand Trespass mochten diese Raumaufteilung, denn sie erlaubte ihnen, zu kochen und dabei ihre Kinder im Auge zu behalten, die im Wohnzimmer spielten. Haley gefiel es, weil sie im Haus mühelos sowohl auf Becky als auch auf ihre Mutter aufpassen konnte, wenn die beiden nicht in ihren Zimmern waren.

»Wer ist dieses Mädchen?«, fragte Mac und ließ die Fliegengittertür hinter ihnen zufallen.

Zigarettenrauch hing in der Luft. Als sie vorgefahren waren, hatte Haley gesehen, dass ein Fahrrad an dem Haus lehnte, und sie hatte angenommen, dass es Sadie gehörte, der Freundin ihrer Schwester. Sadies Mutter kaufte ihr dauernd irgendetwas Neues. Offenbar versuchte sie damit wiedergutzumachen, dass sie ihre Tochter auf der Einfahrt überfahren hatte, sodass Sadie seitdem einen gelähmten Arm hatte.

»Keine Ahnung.« Sie ging durch die Küche ins Wohnzimmer. Becky und ein dunkelhaariges Mädchen im Teenageralter sahen fern.

»Hey«, grüßte Haley.

Die fünfzehnjährige Becky drehte sich mit routiniert gelangweilter Miene zu ihr um, einem aufreizenden Gesichtsausdruck, den sie sich offenbar über Nacht zugelegt hatte. »Hey«, antwortete sie und nahm ihr dünnes mattbraunes Haar zum Pferdeschwanz zusammen. Sie zeigte auf das andere Mädchen. »Haley, das ist Seacrest, meine neue Freundin. Seacrest, das sind meine Schwester Haley und ihr Freund Mac.«

Das Mädchen blies einen dichten Strahl Zigarettenrauch aus und richtete den Blick ihrer grauen Augen direkt auf Haleys Gesicht. »Hey«, murmelte sie.

Haley zuckte zusammen, als sie sah, wie der Rauch sich in die Luft schraubte.

»Die Landrys rauchen nicht im Haus«, erklärte Mac mit sachlicher, aber höflicher Stimme, eine der zahlreichen Eigenschaften, die Haley an ihm bewunderte.

Das Mädchen grinste. »Okay, dann gehe ich eben raus.« Sie stand auf und zog den Saum ihrer knappen Jeansshorts nach unten. Dann schlenderte sie zur Hintertür und ließ das Fliegengitter hinter sich zufallen.

»Warum hast du sie im Haus rauchen lassen?«, fragte Haley verärgert.

»Sie hat nicht gefragt«, gab Becky zurück. Ihre Füße, deren Sohlen vom Barfußgehen schmutzig braun waren, baumelten über der Lehne des großen Fernsehsessels. Sie drehte sich in dem Sessel um und stellte die Füße auf den Boden.

»Und, wer ist sie?« Es war nicht gerade alltäglich, dass Becky eine neue Freundin mitbrachte. Tatsächlich konnte

Haley sich nicht erinnern, wann sie das zuletzt getan hatte. Sadie war Beckys einzige Freundin.

Becky zuckte mit den Schultern und schmierte sich Pomade auf die rissigen Lippen. »Weiß ich nicht. Irgendein Mädchen eben.«

Mac setzte sich auf die Couch. »Was soll das heißen, du weißt es nicht?«

»Ich hab sie grade erst kennengelernt. Sie ist draußen Fahrrad gefahren, und wir haben uns ein bisschen unterhalten. Sie ist hübsch, stimmt's?«

»Geht sie auf deine Schule?«, fragte Haley nach.

Becky schüttelte den Kopf. »Sie wohnt in Weston.«

»Es gefällt mir nicht, dass sie raucht«, brummte Haley und versuchte erneut, Tiffany auf dem Handy zu erreichen. Allmählich machte sie sich Sorgen. Sie und Mac waren gerade zum zweiten Mal nach Trespass Gardens gefahren – diesmal ohne Mrs Perron –, doch wiederum hatte niemand auf ihr Klopfen reagiert. Sie kannte Charles' Handynummer nicht, und die Frau von der Telefonauskunft hatte gesagt, dass seine Festnetznummer nicht im Verzeichnis stehe.

»Was ist falsch daran zu rauchen? Tiffany raucht auch«, erwiderte Becky. Mit gerecktem Kinn blickte sie Mac an. »Und Mac auch.«

»Sie sind erwachsen«, gab Haley zurück und überprüfte, ob Nachrichten auf dem Anrufbeantworter waren. Nichts. »Hat Tiffany angerufen?«

Becky schüttelte den Kopf.

Haley seufzte. Zum Teufel, wo ist sie bloß?

»Und Mom? Ist sie heute überhaupt aus ihrem Zimmer gekommen?«

»Nein.«

Kapitel 8

ER LIESS EINEN POLIERTEN STEIN VON DER GRÖSSE EINER HALB-dollarmünze über seine Handfläche rollen. Er hatte ihn am Ufer des Teiches gefunden und hoffte, dass er ihn an die Macht erinnern würde, die er über diejenigen ausgeübt hatte, die nun auf dem Grund ruhten. Obwohl es noch früh am Morgen war, war die Luft bereits schwül. Darum fühlte sich auch seine Hand unangenehm feucht an.

Er ließ den Stein in seine Tasche fallen und rieb sich die Handfläche am Hosenbein ab. Als sie trocken war, betrachtete er aufmerksam die blassen Narben auf beiden Handtellern, eine unangenehme Erinnerung an den Morgen, an dem seine Mutter ihn gepackt und seine Handflächen auf eine heiße Herdplatte gedrückt hatte. Er war neun Jahre alt gewesen, und sie hatte mal wieder ihre schlimmen fünf Minuten gehabt. Die versengte Haut hatte grässlich gerochen. Ihr Lachen klang ihm immer noch in den Ohren.

Er hörte einen Schrei, und sein Kopf fuhr hoch. Zitternd blickte er auf den Teich hinaus, zu der Stelle, an der er den Körper des Mädchens versenkt hatte. Das Wasser war schwarz, die Oberfläche unberührt.

Er trat näher ans Ufer. In dem hohen Gras platschte etwas ins Wasser. Als er einen Schritt zur Seite machte, trat er auf einen dicken Ast. Er hielt das Gleichgewicht, doch die Nässe drang bereits in seine schlammbespritzten Gummistiefel ein.

Da. Er hörte es wieder.

Der Schrei eines Menschen im Todeskampf.

Das Geräusch war ohrenbetäubend, und er begann zu zittern.

Er hielt sich die Ohren zu und taumelte rückwärts, während er noch immer auf den Teich starrte. »Es ist in Ordnung, sich zu fürchten«, flüsterte er. »Es ist okay. Ich habe auch Angst.«

Er dachte daran, wie ihr Gesicht ausgesehen hatte, als er sie in den Grassack gesteckt hatte. Die blassen Lippen, die teigige Haut. Tote haben einen starren, unversöhnlichen Blick. Er war erleichtert, dass er ihr die Augen mit Klebeband verschlossen hatte, denn so musste er ihren vorwurfsvollen Blick nicht sehen.

Er konnte frei atmen, nachdem er sie getötet hatte, spürte Euphorie und glückselige Gelassenheit, und er kannte keine andere Handlung, die ihm dieses Gefühl verschaffte. Wäre seine Schwester nicht gewesen, dann hätte er sie noch länger leben lassen. Doch wenn sie es herausgefunden hätte, wäre alles aus gewesen.

Er packte das Mädchen sorgfältig weiter ein, und eine Stunde vor Tagesanbruch war er fertig. Er trug den Körper auf den Armen und fühlte einen erstaunlichen Machtrausch. Er lächelte sogar.

Dann trug er sie ans andere Ende des Teiches, dorthin, wo er das kleine Boot festgemacht hatte. Als der Körper des Mädchens im Wasser versank, erscholl ein weiterer Schrei und hallte unter dem stummen Himmel wider.

Er bebte vor Wonne.

Kapitel 9

ERICA DUVALL WAR EINE EINZELGÄNGERIN, SCHON IMMER. AUCH ihre Mutter war so gewesen, niemand hatte sie verstanden, und sie wollte und brauchte auch niemandes Verständnis. Ihre Mutter hatte die Menschen in Grand Trespass gehasst und sich nichts sehnlicher gewünscht, als diesem Ort zu entkommen.

Nun war sie fort.

Sie hatte ihren Krimi zu Ende geschrieben und war gegangen. Zehn Jahre zuvor, nur mit einem Rucksack, den Kleidern, die sie am Leib trug, und einem Traum war sie aus dem Haus geschlichen und aus Grand Trespass geflohen. Aber sie hatte einen Fehler begangen. Sie hatte Erica verlassen, den Menschen, der sie am meisten liebte. Bis zum heutigen Tag verstand Erica nicht, warum sie sie nicht mitgenommen oder ihr zumindest Lebewohl gesagt hatte.

Erica war immer anders gewesen als die anderen Kinder. In Gesellschaft war sie befangen und fühlte sich unbehaglich, aber das störte sie inzwischen kaum noch. Außer ihrer Mutter brauchte sie niemanden.

Das Wohnzimmer war mit Ausschnitten aus Illustrierten übersät. Ein Synonymwörterbuch, zusammengeknüllte Papierfetzen und vollgekritzelte Kassenzettel lagen herum. Erica saß auf der Ledercouch und starrte auf ihr Notizbuch. Während der letzten zwei Tage war sie nicht in der Lage gewesen, mehr als zwei Sätze aneinanderzufügen. Sie steckte zwischen Kapitel fünf und sechs fest und wusste nicht einmal, ob ihr die ersten fünf Kapitel gelungen waren. Die Kurzgeschichten waren ihr nicht so schwergefallen. Tatsächlich hatten sie ihr kaum Mühe bereitet, und ihre Lehrer hatten sie dafür bewundert.

Das Problem war, dass sie einen Roman schreiben musste – nicht einfach irgendeinen Roman, sondern einen großartigen, einen, auf den ihre Mutter stolz sein würde. Wenn sie stolz auf sie war, würde sie nicht umhinkommen, sie wieder zu lieben.

Sie fragte sich, ob ihre Mutter je gegen das Gespenst der Schreibblockade hatte ankämpfen müssen. Wenn Erica ihr beim Schreiben zugesehen hatte, schienen die Worte wie von selbst aufs Papier zu fließen. Sie hatte ihr immer gleichbleibendes Programm. Morgens lief sie ungefähr eine halbe Stunde lang im Pyjama und mit ihrem Lieblingskaffeebecher in der Hand auf und ab, einem Becher der University of San Francisco, den sie überall hin mitnahm. Sie nannte ihn ihre Muse.

Sie trank Kaffee aus diesem Becher und versuchte, den Rhythmus zu finden, den sie zum Schreiben brauchte, indem sie sich zu Liedern von Janis Joplin hin und her wiegte. Manchmal hörte sie Fleetwood Mac oder Meatloaf, je nach Laune und je nach dem Material, an dem sie gerade arbeitete. Die Cajunmusik, die Ericas Vater so liebte, hörte sie nie, die jammernden Akkordeonklänge voll trauriger Inbrunst, die Musik, die oft plärrte, wenn er betrunken auf der Couch oder auf dem Küchenfußboden lag, weil er das Bewusstsein verloren hatte.

Ihre Mutter hatte diese Musik und alles, wofür sie stand, verachtet. Sie war in San Francisco geboren, war keine Südstaatenfrau aus irgendeinem Hinterwäldlerkaff, das auf der Landkarte kaum zu finden war. Oft hatte sie Erica gesagt, dass es ihr größter Fehler gewesen sei, ihrem Vater nach Grand Trespass zu folgen. Sie gab zu, sie sei blind vor Liebe gewesen, und sie schien Tag und Nacht daran zu arbeiten, diesen Fehler zu beheben.

Wenn sie mit ihrem Schreibpensum für den Tag fertig war, zog ihre Mutter sich an, und sie bereiteten sich eine Kleinigkeit zu essen zu, meistens in der Pfanne frittierte Beignets. Danach machten sie es sich an den gegenüberliegenden Enden der Couch bequem, aßen und sahen sich alte Filme an.

Aber diese Zeit war vorbei – zumindest vorläufig.

In dem Jahr, als ihre Mutter fortging, war Erica neun gewesen und ihre Mutter sechsundzwanzig. Das war jetzt zehn Jahre her, ungefähr zu der Zeit, als ihr Vater angefangen hatte, spät von der Arbeit nach Hause zu kommen. In den langen Monaten bis zu ihrem Weggang konnte ihre Mutter an nichts anderes denken als an das Schreiben. Sie stürzte sich darauf, als müsste sie verlorene Zeit aufholen.

Erica seufzte und legte ihr Notizbuch beiseite.

Sie knipste die Lampe aus und schloss die Augen.

***

Eine Stunde später flog die Haustür auf. Verwirrt und orientierungslos öffnete Erica die Augen. Das Licht der Deckenlampe durchflutete das Wohnzimmer, und sie setzte sich auf. Sie blinzelte und wartete, bis ihre Augen sich an die Helligkeit gewöhnt hatten.

Es war ihr Vater, und er sprach mit jemandem.

Ein moschusartiger Geruch stieg ihr in die Nase, und sie musste niesen. Sie sah, wie ihr Vater den Raum absuchte.

»Oh, hallo, Schatz.«

In der linken Hand trug er eine Papiertüte, und mit der rechten hielt er die Hand einer vollbusigen Blondine – der Quelle des grässlichen Gestanks.

Erica taxierte die langen roten Fingernägel der Frau. Niemals hätte ihre Mutter sich dazu herabgelassen, eine solche Farbe zu tragen. Sie sandte Männern das falsche Signal – aber wenn es sich um ihren Vater handelte, war es vielleicht auch das richtige.

Erica kroch auf dem Boden herum und sammelte ihre Sachen ein. Ihre Gedanken waren nur für sie selbst bestimmt, nicht für ihren Vater und schon gar nicht für irgendein blondes Flittchen.

»Erica, das ist Pamela.«

Pamela machte einen Schritt auf Erica zu und streckte die Hand aus. Sie bemerkte, dass die Frau nicht viel älter war als sie selbst.

»Oh, hi! Ich freu mich sooo, dich endlich kennenzulernen!«, quiekte sie.

Endlich? Eine Mischung aus Zorn und Verwirrung durchflutete Erica. Sie stopfte alles in ihren Rucksack und stand auf, ohne die ausgestreckte Hand der Frau zu ergreifen.

Ihr Vater räusperte sich. »Erica ist eine Dichterin«, sagte er und lächelte. Es war ein falsches Lächeln, er setzte es immer auf, wenn er auf dem Autoplatz Gebrauchtwagen verkaufte oder wenn komische Frauen im Haus waren. Aber Erica hatte noch nie eine bei ihm gesehen, die so jung war. »Sie schreibt gerade einen Roman.«

»Tatsächlich?«, fragte Pamela, offenbar völlig unbeeindruckt, und ihre Stimme klang noch immer widerwärtig gut gelaunt.

Erica stöhnte und steuerte durch das Wohnzimmer auf ihr eigenes Zimmer zu.

* * *

Neunzehn Teelichte erhellten Ericas Zimmer. Das zwanzigste hatte sie in den Mülleimer neben ihrem Bett versenkt, als Teil einer feierlichen Handlung, bei der sie ihre Mutter oftmals beobachtet hatte. Neunzehn Flammen wanden sich nun um ihre Dochte und flackerten im Luftstrom der Klimaanlage, die in dem kleinen Zimmer gerade angesprungen war.

Sie lehnte sich an das Kopfteil des Bettes und hörte eine der Janis-Joplin-CDs ihrer Mutter. Eine Flasche billiger Weißwein, die sie im Diner geklaut hatte, lag zwischen ihren Beinen. Sie trank einen Schluck und betrachtete die Schatten der Flammen, die über die Wände und die Bücherregale tanzten, von denen der Lack abblätterte.

Ihre Mutter hatte geglaubt, dass die Kerzen ihr kreative Kraft verliehen. Erica nippte wieder an der Flasche und wartete darauf, etwas von ihrer eigenen Kreativität zu spüren, aber sie konnte sich nicht konzentrieren. Das junge Gesicht dieses neuen Flittchens und ihre langen roten Nägel blitzten vor ihrem geistigen Auge auf und nahmen ihre Gedanken völlig in Anspruch. Sie schüttelte die Bilder ab und trank einen größeren Schluck, dann noch einen.

Jemand klopfte.

»Was ist?«, rief sie laut.

Ihr Vater öffnete die Tür. »Schatz …«, hob er an, kam herein und setzte sich zu ihr aufs Bett.

Erica zog in den Sessel neben dem Fenster um.

»Schatz, wir müssen miteinander reden.«

»Und worüber?«, fragte sie und versuchte, so empört wie möglich zu klingen. Auch ihre Mutter hatte sich über ihn empört, vor allem, wenn er wieder einmal bis spät in der Nacht auf dem Gebrauchtwagenplatz geblieben war.

»Über dein Benehmen. Dein Verhalten.«

Erica betrachtete eingehend den Fußboden. Sie hasste es, anderen Menschen in die Augen zu blicken; sie machten ihr Angst. Was sie in ihnen sah, gefiel ihr nicht: Ablehnung, Gleichgültigkeit, Hass, Unwissenheit. Meistens ertrug sie es nicht einmal, ihrem Vater in die Augen zu sehen. Er war genauso ahnungslos wie alle anderen auch.

Ihre Worte waren ein wütendes Zischen. »Wie bitte?«

Er warf einen Blick auf ihren Nachttisch und entdeckte die Weinflasche.

»Du bist heute Abend sehr unhöflich zu Pamela gewesen. Ich werde nicht …«

»Sie ist immer noch hier, stimmt's?«, unterbrach Erica ihn. Zwar hatte er keine Bemerkung über den Alkohol gemacht, aber anstatt Erleichterung empfand sie nur noch mehr Wut. Es war schon zehn. Es gab keinen Grund, warum diese merkwürdige Frau sich noch in ihrem Haus aufhalten sollte.

»Okay, ja. Pamela ist noch hier. Und sie wird auch noch eine Weile bleiben. Sie … sie übernachtet hier.« Er deutete auf die Teelichte auf dem Fensterbrett. »Damit musst du vorsichtig sein. Denk unbedingt daran, sie auszupusten, bevor du …«

»Übernachten? Wo? Wo wird sie schlafen?«

»Erica, wie oft muss ich dir noch …«

In ihrem Kopf drehte sich alles wegen des Alkohols. »In deinem Bett?«

»Schatz, ich bin ein erwachsener Mann. Wenn Pamela …«

»Du bist immer noch verheiratet!«, schrie Erica. Tränen stiegen ihr in die Augen, und sie drehte sich um, damit er ihr nicht ins Gesicht sehen konnte. Sie war enttäuscht von sich selbst, weil sie laut geworden war. Er würde glauben, dass die Sache mit dieser Frau ihr etwas ausmachte, aber das stimmte nicht.

Die Muskeln in ihrem Magen verkrampften sich, wenn sie sich vorstellte, dass ihr Vater mit einer anderen Frau als ihrer Mutter schlief, aber sie wusste nicht, warum. Sie wusste, dass ihre Mutter niemals zu ihm oder nach Grand Trespass zurückkehren würde, also sollte es überhaupt keine Rolle spielen.

Seine Stimme wurde leiser. »Deine Mutter hat sich seit zehn Jahren nicht bei uns gemeldet. Ich habe nach ihr gesucht und konnte sie nicht finden, Liebes. Ich weiß nicht, was passiert ist… oder warum sie nicht versucht hat, Kontakt zu dir aufzunehmen, Kleine. Ich weiß, dass sie dich liebt.«

Erica wollte ihm nicht glauben. Sie wollte glauben, dass ihre Mutter sich mit ihrem Vater in Verbindung gesetzt hatte, versucht hatte, auch mit Erica zu sprechen, und dass ihr Vater sich auf irgendeine Art zwischen sie gestellt hatte. Ihre Mutter war vollkommen. Eine Eigenschaft, die auf ihren Vater eindeutig nicht zutraf.

»Erica, ich verstehe nicht, warum du die Dinge so kompliziert machen musst. Ich tue mein Bestes. Wirklich.«

Sein Bestes?

Sie hatte nicht bemerkt, dass er irgendetwas getan hätte. Hatte er etwa sein Bestes getan, indem er in den letzten Jahren allen möglichen Schlampen nachgelaufen war und bis spät abends bei dem Autohändler gearbeitet hatte? Indem er ihr einen zehn Jahre alten klapprigen Ford F-150 geschenkt hatte, der alle zwei Wochen irgendwo liegen blieb, oder indem er sich einen Dreck für ihr Leben interessierte? War das etwa sein Bestes?

Ihr Vater stand auf. »Tut mir leid, dass es dir so schlecht geht. Wirklich. Aber ich habe auch noch ein eigenes Leben. Und das muss ich leben, Liebes.«

Er ging auf die Zimmertür zu und blieb einen Moment stehen. »Du wirst Pamela mögen. Sie ist eine großartige Frau. Sie ist anders als die anderen. Du wirst schon sehen.«

Und damit schloss er die Tür hinter sich.

Als sie endlich allein war, liefen ihr Tränen über die Wangen. Am liebsten hätte sie ihm durch die geschlossene Tür Dinge hinterhergeschrien, die ihn verletzt hätten. Sie wollte mit der Weinflasche nach ihm werfen. Sie hasste ihn. Seinetwegen hatte ihre Mutter sie verlassen.

Kapitel 10

LUKE'S DINER WAR NIEMALS LEER. ZWISCHEN SECHS UHR MORgens und elf Uhr abends saß immer irgendjemand an einem der Tische oder lungerte an der Theke herum. Manchmal trieb sich die Kassiererin von der Tankstelle auf der anderen Straßenseite im Diner herum, um ihrem Ehemann aus dem Weg zu gehen. Dann wieder saß irgendein einsamer Witwer, ein Malocher, ein erschöpfter Mensch oder eine Familie auf der Durchreise in der Gaststube.

Luke's gehörte dem schielenden Chris Guidry. Schwarz-Weiß-Fotos von seiner Familie und von Trespass schmückten die Wände, darunter ein nahezu lebensgroßes Foto seiner verstorbenen Tochter, Luke Anne, die zwei Jahre zuvor im Trespass Bayou ertrunken war.

Etwas an dem Blick des kleinen Mädchens kam Haley unheimlich vor. Jedes Mal, wenn sie das Foto sah, musste sie den Blick abwenden. Vielleicht lag es daran, dass das Mädchen so früh gestorben war. Sie wirkte einfach zu weise auf dem Foto, zu wissend.

Chris schien nicht alt genug zu sein, um überhaupt ein Kind zu haben, und schon gar kein totes. Wenn die Leute Kinder hatten, wirkten sie meistens irgendwie mitgenommen, als würden sie schneller altern oder seien auf eine Art aufgewachsen, die für Kinderlose nicht vorgesehen war. Auf Chris aber traf das nicht zu.

Haley war vor ihrer Schicht an diesem Morgen bei Tiffany vorbeigefahren und hatte Mrs Perron, die normalerweise immer sorgfältig zurechtgemacht war, ohne die tägliche Schicht Schminke im Gesicht und noch im Morgenmantel angetroffen. Ihren Pudel hatte sie sich so fest unter den Arm geklemmt, dass er jaulte. Als sie Mrs Perron so aufgelöst und mit dunklen Ringen unter den geschwollenen Augen sah, hatte sie einen Flashback. Vor ihrem geistigen Auge tauchte ihre Mutter auf, im Krankenhaus, in der Nacht, in dem ihr Vater den Unfall gehabt hatte.

Haley nahm zwei Essensbestellungen entgegen und reichte die Zettel durch das Fenster in den Küchenwagen hinter dem Diner weiter. Vor den Kaffeemaschinen blieb sie stehen und rieb sich die Schläfen. Sie empfand einen quälenden Schmerz hinter den Augen, eine Art Druck, unter dem sie immer litt, wenn sie zu wenig geschlafen oder zu viel Stress hatte. In der Nacht zuvor hatte sie es fertiggebracht, nur eine Stunde Schlaf zu bekommen. Das Wick MediNait, das für den Fall der Schlaflosigkeit immer neben ihrem Bett stand, half nicht mehr.

Sie strich über den herzförmigen Anhänger auf ihrer Brust, eine Kopie von Tiffanys Schmuckstück, und flüsterte: »Wo bist du, Tiffany?«

»Hast du was gesagt?«, fragte Austin Thibodeaux, der Koch des Diner, und stellte das fertige Gericht auf dem Tresen ab.

Haleys Kopf fuhr hoch. »Oh, tut mir leid. Hab gar nicht gemerkt, dass du da bist. Hab nur mit mir selbst geredet.«

Er lächelte sie schief an. »Pass auf, dass das nicht überhandnimmt. Müssen wir uns etwa Sorgen um dich machen?«

Er betrachtete sie genauer, und das Funkeln in seinen blauen Augen verschwand. »Hey, alles in Ordnung mit dir?«

»Ja. Mir geht's gut.«

Aber es ging ihr überhaupt nicht gut. Zwei Nächte waren vergangen, seitdem niemand etwas von Tiffany gesehen oder gehört hatte. Mehrere Männer waren gerade mit den Perrons bei der Stadtverwaltung. Um neun würde ein Suchtrupp damit beginnen, die Wälder zu durchkämmen.

»Bist du sicher?«, hakte Austin nach. »Du siehst irgendwie nicht gut aus.«

»Ganz sicher.«

Er nahm eine Zeitung vom Tresen, suchte die Seite mit dem Kreuzworträtsel heraus und faltete sie in der Mitte zusammen. Bevor er wieder in den Küchenwagen hinter dem Imbiss ging, legte er eine Hand auf die Tür des Trailers. »Wenn du irgendwas brauchst, ruf mich einfach. Du weißt ja, wo du mich findest.«

Sie nickte.

Die Kuhglocken in der Eingangstür des Diner bimmelten, und Chris, der Inhaber, trat ein. Haley schirmte die Augen mit einer Hand gegen den Sonnenstrahl ab, der sich durch eines der staubigen Fenster verirrt hatte, und goss ihrem Chef eine Tasse Kaffee ein. Als sie die Kanne wieder auf die Platte stellte, spürte sie Chris' Hand auf der Schulter. Chris hatte schon immer gern Körperkontakt gehabt. Zwar konnte sie das nicht leiden, aber sie wusste, dass er nichts Böses im Schilde führte.

»Hab gerade das mit Tiffany gehört«, sagte er. »Irgendwelche Neuigkeiten?«

Sie schüttelte den Kopf und reichte ihm den Kaffee.

»Grundgütiger«, murmelte er. »Weißt du, wenn du dich mit Leuten abgibst, denen du besser aus dem Weg gehen solltest, bringst du dich unweigerlich in Schwierigkeiten.«

»Sie ist nicht bei Charles. Der Sheriff sagt, er hat gestern Abend mit ihm gesprochen.«

Chris murmelte etwas vor sich hin, griff unter den Tresen und holte den Dienstplan hervor. »Wenn du willst, kannst du schon nach Hause gehen. Kim kann für dich einspringen, bis Ericas Schicht anfängt. Sie müsste jeden Augenblick kommen.«

»Nein, ist schon gut. Ist mir lieber, wenn ich was zu tun habe«, erwiderte sie und wischte über den Tresen.

Mit dem Plan in der Hand stand er da und überflog schnell die Einträge. Dann blickte er ihr mit dem gesunden Auge ins Gesicht, während das schielende die beiden Kunden hinter ihr zu fixieren schien. »Sie ist bestimmt nur mit irgendeinem Jungen davongelaufen. Kein Grund, dir noch mehr Sorgen zu machen, als du ohnehin schon hast, mit deinem Daddy und so.«

Tiffany war nicht weggelaufen, dessen war Haley sich sicher. Aber sie war zu müde, um sich zu streiten, und darum sagte sie nichts.

Wieder lag Chris' Hand auf ihrer Schulter. Er rieb kurz darüber, und Haley versuchte, nicht zurückzuzucken. »Wenn du heute doch eher freinehmen willst, sag einfach Bescheid. Ich bin hinten.«

Kapitel 11

GEGEN ZWEI UHR WAR DIE SCHAR DER MITTAGSGÄSTE AUS DEM Imbiss verschwunden. Chris und Austin schrubbten die Roste hinten im Küchenwagen und bereiteten sie für den Ansturm auf das Dinner vor, während Erica den Fußboden wischte. Als sie aufgetaucht war, um ihre Schicht anzutreten, war Haley gerade dabei, das Diner zu verlassen, zu erschüttert, um den Arbeitstag zu Ende zu bringen.

Erica holte einen Ständer mit sauberem Besteck aus der Küche und stellte ihn auf den Tresen, um es in Servietten einzuwickeln. Dabei grübelte sie die ganze Zeit darüber nach, ob Tiffany Perron vielleicht wirklich etwas zugestoßen war. An diesem Morgen hatte sie gehört, wie Männer im Wald den Namen des Mädchens gerufen hatten. Was war dort vor sich gegangen? Es hieß, sie sei Samstagabend unterwegs gewesen, und seitdem habe niemand sie mehr gesehen.

Die meisten Bewohner der Stadt, die *Luke's* an diesem Morgen einen Besuch abstatteten, schienen wegen ihres Verschwindens nicht sonderlich beunruhigt zu sein. Diejenigen, die das Mädchen kannten, vermuteten offenbar, dass sie mit irgendeinem Jungen weggelaufen war. Die größten Sorgen schienen sich diejenigen zu machen, die Tiffany gar nicht kannten.

Obwohl Grand Trespass klein war, gab es durchaus eine gewisse Verbrechensquote. Nachdem Ericas Mutter für ihren Krimi ausgedehnte Recherchen über die Stadt angestellt hatte, hatte sie ihr immer von hässlichen Dingen erzählt, die sich dort abspielten, über die die meisten Leute sich jedoch lieber ausschweigen. Eine getrennt lebende Ehefrau, die eine Bombe in einen Briefkasten legte. Häusliche Auseinandersetzungen, die mit sechs Kopfschüssen endeten. Tödlich endende Trunkenheitsfahrten, Hausfriedensbruch, Prostitution, Scheckbetrügereien, rituelle Handlungen, bei denen Haustiere eine Rolle spielten.

Grand Trespass war keineswegs eine Stadt, in der die Leute zusammenhielten. Und berechtigterweise neigten die Einwohner dazu, misstrauisch zu sein. Sie blieben unter sich, hielten ihre privaten Angelegenheiten vor möglichen Stadtschreiern verborgen – und wer clever war, schloss die Haustür ab. Ihre Mutter hatte gemutmaßt, dass hauptsächlich Langeweile, der grassierende Alkoholismus und ein allgemeines Unbehagen für die Leiden von Grand Trespass verantwortlich waren.

Die ungefähr fünfzigjährige mollige Kassiererin von der Tankstelle auf der anderen Straßenseite saß an der Theke und unterhielt sich mit Kim Theriot, die für Chris als Filialleiterin arbeitete. Erica hörte den beiden zu, während sie das Besteck in die Servietten rollte.

»Was meinst du, was könnte der kleinen Perron zugestoßen sein?«, fragte die Kassiererin und zündete sich eine Zigarette an. Als sie den Rauch ausblies, sah Erica, dass der Lippenstift der Frau einen widerlichen roten Ring am Ende der Kippe hinterlassen hatte.

Kim trug ein T-Shirt der New Orleans Saints und hatte sich in Bluejeans gezwängt. In zusammengesunkener Haltung saß sie neben der Registrierkasse und konzentrierte sich auf ein Kreuzworträtsel. »Keine Ahnung«, murmelte sie. »Tiffany hat Hummeln im Hintern. Immer schon. So wie ich sie kenne, ist sie wahrscheinlich längst über die Landesgrenze raus. Sie redet ja sowieso von nichts anderem mehr. Abhauen. Verschwinden. Ein großer Filmstar werden.« Sie kicherte. »Schön wär's.«

Erica hasste Kim mehr, als sie Tiffany hasste – und das wollte etwas heißen. Kim war zwei Jahre älter und eine der schlimmsten Mobberinnen gewesen, mit denen Erica sich als Heranwachsende hatte herumschlagen müssen. Auf der Grundschule und der Highschool hatte Kim sie unablässig schikaniert, Gerüchte über sie verbreitet und sie sogar als Teufelsanbeterin bezeichnet. Einmal hatte sie Erica in der Dusche an der Turnhalle sogar eine lebende Kakerlake ins Haar gesteckt.

Erica tat so, als interessierte das ältere Mädchen sie nicht im Geringsten. Niemals hätte sie Kim oder irgendjemandem sonst gegenüber zugegeben, dass sie verletzlich war. »Zeig ihnen deine Schwächen, und schon bist du gezwungen, gegen sie zu kämpfen. Denn dann sehen sie nichts anderes mehr in dir als deine Schwächen«, hatte ihre Mutter gesagt. Sie hatte recht gehabt, doch auch das konnte ihr nicht den ständigen Schmerz nehmen.

Chris kam aus dem Wohnwagen und ging langsam zum Eingang des Diner. Er starrte auf das Zuckerrohrfeld auf der anderen Straßenseite.

»Ein paar Leute aus Chester und Truro haben gerade eine neue Schicht bei der Suche angefangen«, erzählte die Kassiererin. »Ein Mann aus Lafayette und ein paar von seinen Spürhunden sind mit ihnen unterwegs.«

»Das klingt, als würde der Sheriff die Sache ziemlich ernst nehmen«, murmelte Chris.

»Er will nur seinen Arsch retten, weil sie Julia Perrons Tochter ist.« Schnaubend legte Kim das Kreuzworträtsel weg und wickelte einen Kaugummi aus. »Er weiß, dass er keine ruhige Minute mehr hat, bevor sie ein paar Antworten kriegt. Merk dir meine Worte! Ziemlich viele Leute werden ziemlich angepisst sein, wenn sich herausstellt, dass sie sich da draußen nur amüsiert hat. Das Mädel steht doch auf der Sonnenseite des

Lebens. Und so wird es bei ihrem Aussehen auch bleiben.« Sie schüttelte den Kopf. »Es ist eine Schande. All die armen Leute, die ihren heiligen Montag verschwenden und keinen müden Cent verdienen, weil sie nach ihr suchen. Die haben schon genug Probleme damit, ihre Familien zu ernähren.«

***

Einen Augenblick später bimmelten die Kuhglocken, und Rachel Anderson, Professorin für Kreatives Schreiben am Community College, kam herein. Rachel trug einen bodenlangen blasslilafarbenen Rock und hatte das lange blonde Haar ordentlich zu einem Bauernzopf geflochten. Sie schaute sich im Diner um. Dann schob sie sich die Sonnenbrille auf den Kopf, ging zur Theke und wandte sich höflich an die Gruppe, die dort versammelt war.

»Guten Tag.«

Erica sah, dass Kim und die Kassiererin sich einen vielsagenden Blick zuwarfen.

Jeder bei *Luke's* wusste, dass Tiffany eine Affäre mit Rachels Ehemann Tom, ebenfalls Professor, gehabt hatte, und sie wussten auch, dass Rachel eigentlich nur herkam, um Tiffany einzuschüchtern. Bevor sie die beiden zusammen erwischt hatte, hatte sie nie einen Fuß in den Imbiss gesetzt.

Erica bewunderte die Frau, weil sie so streitlustig war. Die hatte echt Mumm. Sie hatte sofort erkannt, wie stark Mrs Anderson war … und Erica mochte starke Menschen.

»Nur eine Tasse Kaffee, bitte«, sagte Rachel, strich sich den Rock glatt und nahm Platz.

Beruhigt durch die Anwesenheit der Frau, griff Erica nach der Kaffeekanne.

»Sie durchsuchen jetzt den Wald draußen bei Johnsons altem Grundstück«, sagte die Frau von der Tankstelle. »Das

Gestrüpp soll dort so dicht sein, dass sie Stunden brauchen, um ein paar Hundert Meter abzusuchen.«

»Wälder durchsuchen? Hab ich etwas verpasst?«, fragte Rachel und riss ein Zuckerpäckchen auf.

Erica betrachtete Rachels lange, schmale Finger, die hell lackierten und schön geformten Nägel. Sie bewunderte, wie elegant Rachel diese Finger bewegte, als sie die quadratische kleine Tüte öffnete. Rachel war vollkommen, genau wie Ericas Mutter.

»Tiffany«, verkündete Kim. »Sie wird vermisst. Wussten Sie das noch nicht?«

Rachels Blick schoss von Kim zu der Kassiererin und wieder zurück. »Was meinen Sie mit ›vermisst‹?«

»Seit zwei Tagen hat sie niemand mehr gesehen. Sie hat ihren Mustang am Samstagabend auf dem Parkplatz drüben bei *Provost's* stehen lassen und ist seither nicht nach Hause gekommen.«

Rachel ließ das Zuckerpäckchen fallen, und die Körnchen verteilten sich auf dem Tresen. Mit zitternder Hand rührte sie ihren Kaffee um. »Hat man irgendeine Vermutung, wo sie sein könnte?«

»Der Sheriff hat mit ihrem Freund geredet«, antwortete Kim. »Er sagt, er weiß nicht, wo sie ist. Und auch sonst weiß niemand etwas.«

In dem Imbiss wurde es still.

Die Kassiererin nahm einen Lippenstift aus ihrer Handtasche und schmierte sich Farbe auf die dünnen Lippen. Erica fiel auf, dass sie Rachel hin und wieder musterte. Sie wusste nicht, ob aus Neid, Neugier oder Argwohn. Die Leute in Grand Trespass waren auffälligen Menschen gegenüber immer misstrauisch, und vor allem schienen die meisten Frauen Rachel nicht besonders zu mögen. Erica glaubte, dass das nur daran lag, weil sie eifersüchtig waren. Wie Ericas Mutter redete auch

Rachel nicht so wie die anderen Frauen: »Süße« und »Schätzchen« hier und »cher« da; »cher bébé« und »mon cher«. Sie trug weder Muumuus, die weit fallenden traditionellen hawaiianischen Kleider, noch Bermudashorts und verließ das Haus auch nicht in alten Jogginghosen. Nein, Rachel besaß Stolz, Anmut, Stil und Bildung – Eigenschaften, bei denen sich vielen Frauen in Grand Trespass die Nackenhaare sträubten.

Erica bewunderte sie, seitdem sie ihren ersten Schreibkurs am Community College belegt hatte. Nun schrieb sie sich in jedem Sommersemester für Kreatives Schreiben ein. Sie gehörte zu den wenigen Menschen, die Erica mochte.

Und sie mochte sie sehr.

Sie war ihrer Mutter ähnlicher als jeder andere Mensch, dem sie je begegnet war.

»Haley Landry hat sie zuletzt gesehen. Sie waren zusammen im *Provost's*«, sagte die Frau von der Tankstelle. »Der Sheriff hat die Runde gemacht und mit den Leuten gesprochen. Die Perrons haben den Suchtrupp organisiert. Den ganzen Tag haben sie den Wald durchkämmt.«

»Irgendwelche Anzeichen von Fremdeinwirkung?«, fragte Rachel.

»Soweit wir wissen, nein«, gab Kim zurück. »Und darum glaube ich, dass das alles Bullshit ist. Wenn sie jemand anderer wäre, würde man wenigstens noch ein oder zwei Tage warten, bevor überhaupt jemand befragt wird. Meiner Ansicht nach ist sie einfach abgehauen. Entweder will sie mit der Nummer Aufmerksamkeit erregen, oder sie hat irgendeinen neuen Typen aufgerissen.«

Die Kassiererin schüttelte den Kopf, und an einem ihrer gelben Schneidezähne klebte Lippenstift. »Ich weiß nicht. Haley und Tiffany sind beste Freundinnen. Wäre Tiffany weggelaufen, dann wüsste sie doch Bescheid. Aber das arme Mädel sah aus wie der Tod auf Urlaub, als sie vorhin weggegangen ist.

Du lieber Himmel, und das nach dem furchtbaren, schrecklichen Tod ihres Vaters. Ich sage es nur sehr ungern«, schloss sie und bekreuzigte sich, »aber was die kleine Perron betrifft, hab ich kein gutes Gefühl. Überhaupt kein gutes Gefühl.«

Kapitel 12

GEGEN HALB DREI BETRAT SHERIFF BILL HEBERT LUKE'S DINER und hielt seinen Hut in beiden mächtigen Händen. »Tag«, sagte er und nickte den Anwesenden zu. Leicht o-beinig schlenderte der ungefähr fünfzigjährige Mann zum Tresen, legte seinen Sheriffhut darauf ab und setzte sich neben die Frau von der Tankstelle. Augenringe, so violett wie gefärbte Ostereier, zierten seine knittrigen Unterlider.

»Kommen Sie bei der Suche gut voran?«, fragte Chris.

Der Sheriff räusperte sich. »Ich glaube schon.«

»Wenn es um vier immer noch nichts Neues gibt, gehe ich mal nachsehen. Kann mich ja der Spätschicht anschließen«, erbot sich Chris. »Wenn es die dann noch gibt.«

Sheriff Hebert nickte. Er griff in seine Hemdtasche und zog ein Päckchen Camel ohne Filter heraus, dann schob er es plötzlich wieder zurück. Sein Lachen war rau. »Versuch grade aufzuhören, aber von kaltem Entzug halte ich nicht viel.«

Erica stellte eine Tasse Kaffee vor ihn auf den Tresen und räumte Rachels noch volle Tasse ab. Sie war wenige Minuten zuvor gegangen, ihr Gesicht hatte blass ausgesehen.

»Möchten Sie ein Sandwich? Ein bisschen Suppe? Ich habe da hinten ein spitzenmäßiges Cremesüppchen mit Shrimps«, sagte Chris.

Hebert schüttelte den Kopf. Er schaute sich in dem Raum um. Seine blauen Augen waren so kühl wie Seewasser, aber sie blickten strenger als jedes Augenpaar, das Erica je gesehen hatte. Er war ein stiller Mann, der nur sehr wenig redete, doch wenn er es tat, übernahm er wie von selbst die Führung. »Ein Detective, ein junger Bursche, wird morgen irgendwann hier vorbeikommen, um mit euch über die kleine Perron zu reden. Bist du dann hier, Chris?«

»Klar.«

»Steht Haley Landry im Dienstplan?«, fragte er, und seine fleckigen dicken Finger griffen erneut nach der Zigarettenschachtel. Ohne zuzufassen, senkte er die Hand wieder.

»Yep, Frühschicht«, antwortete Chris.

»Gut, dann sage ich dem Detective, dass sie morgen früh hier ist. Er heißt Eddi Guitreaux. Scheint ein anständiger junger Mann zu sein, soweit ich das beurteilen kann. Intelligent, noch eifrig. Ehemaliger Footballstar. War in Baton Rouge 'ne richtig große Nummer. Er kommt vorbei und stellt 'n paar Fragen. Ich hoffe, ihr helft ihm, so gut ihr könnt.«

Er trank einen großen Schluck Kaffee. »Außerdem bin ich darauf aufmerksam gemacht worden, dass sich seit zwei Monaten ein Spanner hier in der Stadt rumtreibt. Keine Ahnung, ob das irgendwie zusammenhängt. Und es ist nie eine gute Idee, voreilige Schlüsse zu ziehen. Außerdem gibt es keine Anzeichen von Fremdeinwirkung. Harte Fakten, das ist es, was der Detective sucht. Und ich hoffe, die kriegt er auch.«

Kims Augen begannen zu leuchten. »Ein Spanner?«

Nichts hörte Kim lieber als pikante Klatschgeschichten. Ihr Mundwerk hätte *Fox News* in dieser Stadt ersetzen können.

Der Sheriff stellte seine Kaffeetasse ab. »Ja, Ma'am, einer, der den Leuten in die Fenster guckt. In Chester macht er das schon, solange ich denken kann. In Weston auch. Wir erwischen den Scheißkerl einfach nicht, und er scheint in letzter Zeit aktiver geworden zu sein. Manche Leute kriegen auch Schweigeanrufe. Sie glauben, dass es sich um ein und denselben Kerl handelt.« Er hielt einen Augenblick inne. »Aber mehr will ich dazu im Moment nicht sagen. Ich bitte euch auch nur, die Augen aufzuhalten. Ruft auf dem Revier an, wenn ihr was Ungewöhnliches seht. Inzwischen befindet ihr euch mit Guitreaux in bester Gesellschaft.«

Kapitel 13

ERICA RISS EINE SEITE AUS IHREM NOTIZBUCH UND ZERKNÜLLTE sie. Sie warf das Papier auf den Boden und starrte finster auf die nächste leere Seite. Ihre Wangen waren von Tränen befleckt.

Die Szenen funktionierten immer noch nicht, und wenn sie sie trotzdem einfach niederschrieb, klangen sie gekünstelt. Sie würde von vorn anfangen müssen. Etwas ganz anderes schreiben.

Sie beäugte die Heineken-Flasche in Übergröße, die ihr als Spardose für ihren New-York-City-Fonds diente, das Geld, mit dem sie es zur Ostküste schaffen und endlich ihre Mutter finden würde. Die Flasche war einen Meter zwanzig groß und über die Hälfte mit Dollarscheinen und Münzen gefüllt. Ihr Ziel war es, sie bis zum Ende des Sommers voll zu bekommen. Als ihr nun klar wurde, dass sie vermutlich genug Geld, aber keinen Roman haben würde, beschleunigte sich ihr Puls.

In dem vergeblichen Versuch, ein bisschen von ihrer scheußlichen Angst loszuwerden, stieß sie die graue Bettdecke ans Fußende und griff nach ihrem Weinglas. Es war leer. »Super, unglaublich«, stöhnte sie.

»Hallo«, sagte eine leise Stimme hinter ihr.

Erica erstarrte.

»Oh, entschuldige, Schätzchen. Hab ich dich erschreckt?«

Pamela saß auf der ledernen Couch von Ericas Mutter, einen Liebesroman in der Hand. Ein hauchdünnes rosafarbenes Nachthemd bedeckte ihren Oberkörper knapp bis zum Po.

Erica verschränkte die Arme über der Brust. »Hat mein Vater Ihnen einen Schlüssel gegeben?«

Pamela legte das Buch neben sich und neigte den Kopf. Erica sah, dass der Spitzenstoff die Brüste der Frau kaum halten konnte. »Und wenn's so wäre, Cher«, antwortete sie langsam, »wäre das ein Problem?«

Erica spürte, wie ihre Nüstern sich blähten. Sie stürmte aus dem Zimmer und in die Küche. Sie riss die Kühlschranktür auf, erblickte darin zwei Tomaten und eine Gurke, die sie auf dem Heimweg am Abend zuvor aus einem Garten mitgenommen hatte, einen Träger Cola light, ein Glas Oliven und drei Dosen Miller-Lite-Bier.

Sie nahm zwei Dosen Bier heraus und versuchte, das Bier, eine Schachtel Teelichte und ein paar Streichhölzer auf dem Arm zu balancieren, als Pamela in die Küche kam.

»Wenn es dich stört, dass ich hier bin, wenn dein Daddy nicht zu Hause ist, scheinst du mich nicht besonders zu mögen«, stellte sie mit leiser Stimme fest. »Ist es das, was du mir sagen willst?«

Mit zurückgebundenem Haar und ohne Make-up sah die Frau noch jünger aus. Tatsächlich war sie ohne Schminke viel hübscher – na ja, so hübsch, wie ein billiges Flittchen eben sein kann.

»Machen Sie, was Sie wollen. Es ist sein Haus.«

»Aber es gehört auch dir, Schätzchen.«

Erica ging an ihr vorbei.

Die Stimme der Frau folgte ihr. »Weißt du, ich bin mir nicht ganz sicher. Aber entweder stehst du auf Zauberei, oder du denkst zumindest darüber nach. Magst du Hexerei, Cher?«

Erica wirbelte herum und ließ beinahe eine Dose Bier auf den Parkettboden fallen. »Was?«

»Ist mir nur aufgefallen.«

Erica dachte an das Tarotkartenset auf ihrer Kommode

und an die Baldrianwurzel, ein Beruhigungsmittel, das sie einsetzte, wenn sie mit den einfachen Zaubersprüchen herumspielte, die ihre Mutter immer benutzt hatte. »Waren Sie in meinem Zimmer?«

»Ich hab nicht rumgeschnüffelt oder so. Ich wollte mir nur etwas Coldcream borgen, und dabei sind mir ein paar Sachen aufgefallen. Deine Räucherkerzen. Das Buch mit den Beschwörungsformeln.«

»Betreten Sie mein Zimmer nie wieder! Haben Sie das verstanden?«

Pamela blieb der Mund offen stehen. »Ich wollte dich nur fragen, ob du vielleicht einen kleinen Zauber für mich bewirken kannst. Keine Sorge, ich erzähle deinem Dad schon nichts davon. Das ist doch eine Sache unter uns Frauen. Und das soll es auch bleiben.«

Erica warf ihr einen gemeinen Blick zu. Unter uns Frauen? Sie und diese Frau hatten absolut nichts gemeinsam. »Sagen Sie ihm, was Sie wollen. Aber betreten Sie nie wieder mein Zimmer«, warnte sie, »sonst sorge ich dafür, dass mein Vater Sie hier ankettet.«

Kapitel 14

SEIN BLICK WANDERTE VOM FERNSEHER ZUR WAND. DAS TELEFON klingelte. Es klingelte nur selten, und wenn es doch einmal passierte, war es immer ein Werbeanruf.

»Hallo?«

»Guten Tag. Mein Name ist Andrea, ich rufe für *Total Decks* an«, sagte eine kieksende, hoffnungsvolle Stimme. »Wie geht es Ihnen heute?«

Er antwortete nicht.

»Ich hoffe, es geht Ihnen großartig«, fuhr die Frau aufgekratzt fort. »Darf ich fragen, ob Sie eine Sonnenterrasse besitzen?«

»Nein.«

»Nein? Fantastisch. Dann würden wir gerne jemanden zu Ihnen nach Hause schicken, der Ihnen ein unverbindliches Angebot macht. Wann würde es Ihnen passen?«

»Kein Interesse«, erwiderte er und blickte auf seine Armbanduhr. Neun Uhr abends. Für einen Marketinganruf war das eigentlich zu spät. Liegen kleine Kinder um diese Uhrzeit nicht längst im Bett?

»Sind Sie sicher, Sir? Es ist gratis. Das heißt, es kostet nichts.«

»Ja«, sagte er, ohne seine Verärgerung zu verbergen.

Die Fliegengittertür öffnete sich, und seine Schwester Allie erschien. Sie musterte ihn und schüttelte missbilligend den Kopf. Ihr langes Haar trug sie mal wieder offen, und außerdem roch sie stark nach Alkohol und Nachtcreme. Sie stolperte an ihm vorbei und knallte die Tür ihres Zimmers zu.

»Sind Sie sicher?«, plapperte die Stimme am Telefon weiter. »Wir könnten einfach vorbeikommen und Ihnen ein Angebot machen. Es ist garantiert kostenlos. Und *Grady's Custom Decks* haben die besten Bewertungen bei ...«

Aus Allies Zimmer drang laute Musik. Er spürte die Vibration der Bässe in seinen Händen und in seinem Schädel. Er legte den Hörer auf und setzte sich wieder hin. Dann griff er nach seinem Bier und nahm die Fernbedienung in die Hand. Beunruhigende Bilder von weiblichem Fleisch blitzten auf, als er sich durch die Kanäle zappte.

Wenn Allie zu Hause war, konnte er sich nicht entspannen. Seitdem ihre Mutter gestorben war, war ihr Verhalten noch beängstigender geworden.

Ian, der räudige Kater, miaute draußen.

Allies Tür flog auf. Sie kam in die Küche getorkelt und schaltete die Neonröhren ein, die den Raum in ein bläulichweißes Licht tauchten.

»Bleibst du wieder mal zu Hause?«, fragte sie.

Sein Blick wanderte zurück zum Fernseher. Eine Wiederholung von *Seinfeld* flimmerte über den Bildschirm. Er betrachtete die Figuren, ohne sie wirklich zu sehen. Er machte sich nicht viel aus Fernsehen. Solange er im Haus war, war es ihm nicht möglich, sich auch nur eine halbe Stunde auf ein und dieselbe Sache zu konzentrieren. Es ging ihm einfach zu viel durch den Kopf.

Außerdem störte es ihn.

Außer alten Schwarz-Weiß-Sitcoms und Dramen, die in den Fünfzigern bis spätestens Anfang der Siebziger auf Zelluloid gebannt worden waren, bestand das gesamte TV-Programm nur aus abscheulichem Schund.

Aus dem Augenwinkel beobachtete er, wie Allie vor dem

Kühlschrank stand. Sie öffnete ihn und spähte hinein, die Hände in die Hüften gestützt. »Du hast doch zwei Jobs, oder? Also, hätte ich zwei Jobs, dann würde ich hin und wieder mal ein paar Lebensmittel einkaufen.«

»Was brauchst du?«

»Äh, mal sehen. Zwei oder auch nur eine von vier Lebensmittelgruppen? Irgendwas anderes als eine Dose Tabak und billiges Bier? Du bist doch hier der Erwachsene, oder? Du solltest allmählich mal anfangen, dich wie einer zu benehmen.«

Sie knallte die Kühlschranktür zu und drehte den Verschluss einer Bierflasche auf.

Er hatte um diesen Job nicht gebeten, und er wusste selbst, dass er ihn nicht gut machte. »Fünf«, sagte er.

»Was?«, fragte sie und zupfte an ihrem hauchdünnen Top.

»Fünf. Es gibt fünf Lebensmittelgruppen.«

»Meinetwegen.«

»Ich lasse dir Geld da.«

»Und ich gebe es aus. Aber nicht für Essen. Für anderes Zeug. Kondome und Koks.«

Er musterte sie verstohlen und sah, dass sie grinste. Er hasste ihr Benehmen und ihre Kleidung. Alle Mädchen in ihrem Alter zogen sich an wie Flittchen. Merkten sie denn nicht, dass sie sich damit in Gefahr brachten? Was sie bei gewissen Männern damit auslösten?

Bei Männern wie ihm.

Er heftete den Blick auf sein Bier. »Du bist zu jung für so was.«

Sie schnaubte verächtlich. »Zu jung? Was ist, willst du dich jetzt etwa als mein Vater aufspielen? Oh bitte, du bist noch nicht mal erwachsen. Und wirst es auch nie sein.«

Er drehte sich wieder zum Fernseher. Das Bild war jetzt unscharf. Er ließ einen Halswirbel knacken und blickte zum

Wohnzimmertisch, auf dem eine Müslischale stand, halb voll mit saurer Milch.

Eine Küchenschabe krabbelte hinter dem Fernseher über den Fußboden und verschwand dann in einem Riss in der Wand. Er erschauerte. Vor Küchenschaben hatte er sich immer schon gefürchtet, sogar als kleiner Junge, wenn Allie sie gefangen und lachend zwischen ihren kleinen Handflächen zerquetscht hatte.

Aber jetzt war sie älter, dachte sich schlimmere Dinge aus.

Sie warf die Flasche in den Mülleimer zu den anderen leeren Flaschen und den Essenbehältern aus Styropor, dann griff sie nach ihrer Handtasche. »Hättest du nicht auch gerne ein Leben?« Ihr Blick schweifte durch den Raum, nahm alles in sich auf. Er sah, wie er von dem fleckigen Teppichboden zu dem großen Druck von Saint Barth, der Karibikinsel, im Goldrahmen wanderte, der schief an der Wand hing.

Er beobachtete sie und wusste, dass dies nicht der Ort war, an dem Allie sein wollte. Aber auch er wollte nicht hier sein. Sofort nach ihrem achtzehnten Geburtstag würde er verschwinden. Er würde nach Nevada fahren und sich endlich eine eigene Wohnung suchen. Er würde weit fortziehen von diesem Haus, von den ständigen Erinnerungen an seine verstorbene Mutter, an die Qualen, die sie ihm zugefügt hatte, sehr weit fort. Er würde ein anderer Mensch werden. Ein normales Leben führen.

Wenn das überhaupt möglich war.

Allie durchquerte das Zimmer mit gerecktem Kinn. »Und eines Tages werde ich zu dieser Tür hinausspazieren und für immer fortgehen«, sagte sie. Sie lallte ein wenig. »Dann bist du einsam, stimmt's?«

Er dachte an Tiffany, an die Angst in ihren Augen, als ihr klar wurde, dass sie sterben würde. Auch sie hatte weggehen wollen. Sie hatte es nie in die Tat umgesetzt, jedenfalls nicht so, wie sie es sich vorgestellt hatte. Er erinnerte sich an ihre erstickten Schreie, daran, wie steif ihr Körper geworden war.

»Bist du betrunken?«, fragte er.

Allies stahlharter Blick bohrte sich in ihn, und er versuchte, sich seine Nervosität nicht anmerken zu lassen. Sie durfte niemals erfahren, wie unbehaglich er sich in ihrer Gegenwart fühlte, welch große Macht sie über ihn hatte. Sie würde es zu ihrem Vorteil nutzen. Das tun Frauen immer.

»Nein, bin ich nicht. Und was geht dich das überhaupt an? Du bist ja kaum noch am Leben.«

Er wusste, dass sie ihn auf die Palme bringen wollte. Erneut starrte er auf den Bildschirm.

Ihm war bewusst, dass er im Laufe der Jahre attraktiver geworden war, nachdem er diesen schrecklichen Babyspeck verloren hatte. Die Veränderung hatte den Beschimpfungen und dem Lachen der Kinder in der Schule ein Ende gesetzt. Aber für seine Schwester war er so hässlich und unbedeutend geblieben wie eh und je.

Sie grinste. »Und nur zu deiner Information: Ich weiß, dass du neulich abends ein Mädchen hier hattest. Ich habe ihre Handtasche gesehen, und auf der Couch ist ein Lippenstiftfleck.« Sie deutete auf das Sofa. Ihre Augen waren schmal. »Es sei denn, du warst alleine und hast Frauenkleider angezogen und beschissene Lippenstiftfarben ausprobiert. Nicht dass mich das überraschen würde.« Lustlos lachte sie über ihren eigenen Witz.

Er reagierte nicht.

Ihre Miene wurde wieder ernst. »Also, wer war sie?«

Er nahm sein Bier in die Hand.

»War sie hübsch?«

Er sah ihr ins Gesicht und merkte, dass seine Schwester eifersüchtig war. In dieser Familie waren wirklich alle verrückt.

»Hatte sie große Titten?«

»Ja, und zwar sehr schöne«, murmelte er.

Ihre Augen wurden noch schmaler. »Hast du sie gefickt?«

»Ja.« Er fing an zu zittern.

Kein Laut war in dem Zimmer zu hören. Einen langen Augenblick später durchschnitt ihr Lachen die Stille. »Von mir aus. Ich glaube dir sowieso nicht.« Sie strich sich den Rock glatt und ging zur Vorderseite des Hauses. »Gott, bin ich froh, dass ich nicht du bin!«, krakeelte sie. Sie ließ die Fliegengittertür hinter sich zuschnappen und war verschwunden.

Er betrachtete die Stelle, an der sie gestanden hatte. Vor morgen früh würde sie nicht wiederkommen. Er fühlte sich immer sicherer, besser, wenn sie nicht da war.

Er zog seine Gummistiefel an und ging zur Hintertür.

Kapitel 15

RACHEL ANDERSON ÖFFNETE DIE TÜR ZUM ZIMMER IHRES SOH-nes. Sie seufzte. Der Fußboden war von Kleidungsstücken und Illustrierten übersät, und entgegen den im Haus geltenden Regeln stand auf seiner Kommode ein mit Ketchup verschmierter Teller. Daneben lagen zwei zusammengedrückte Dosen Coke.

Sie durchlebte ein schreckliches Jahr. Erst vor wenigen Monaten hatte sie entdeckt, dass ihr Mann Tom eine Affäre mit einer seiner Schülerinnen im Teenageralter hatte: Tiffany Perron. Noch vor einem knappen Jahr hätte sie ihre Hände dafür ins Feuer gelegt, dass Tom niemals fremdgehen würde. Sie hatte ihn immer für einen feinen Kerl gehalten, für einen treuen Ehemann. Ihr Bild von ihm als beschädigt zu bezeichnen wäre kolossal untertrieben gewesen.

»Tommy!«, rief sie nach ihrem Sohn.

Seitdem sie die Neuigkeiten über Tiffany gehört hatte, wollte ihr Magen sich einfach nicht mehr beruhigen. Sie hatte bei dem Diner haltgemacht, um dem Mädchen zu signalisieren, dass sie sie nach wie vor im Auge behielt.

Es war zu einer Art Tradition geworden.

Seitdem sie von Toms Affäre erfahren hatte, war sie immer wieder dort gewesen, denn sie hoffte, ihre Familie zu retten und das junge Mädchen dazu zu bringen, sich von ihrem Mann fernzuhalten. Was bisher ein cleverer Plan zu sein schien, kam ihr plötzlich vollkommen idiotisch vor. Das Mädchen wurde vermisst. Wahrscheinlich war sie einfach weggelaufen, aber dennoch: Sie wurde vermisst. Irgendwie ließ diese Tatsache Rachels Handlungsweise äußerst kindisch wirken.

Geradezu erbärmlich.

»Tommy!«, rief sie noch einmal. »Du hast doch gesagt, du hättest dein Zimmer aufgeräumt!«

Sie fing an, die schmutzigen Kleidungsstücke aufzusammeln. Dann besann sie sich eines Besseren, ließ fallen, was sie aufgehoben hatte, und stapfte ins Wohnzimmer. Was war nur aus ihr und ihrem Leben geworden? Die verbrauchte Frau eines untreuen Ehemannes? Eine verunsicherte Sechsunddreißigjährige, die sich geradezu überschlug, um junge Mädchen in ihre Schranken zu weisen? Eine Frau, die gezwungen war, mit Teenagern zu konkurrieren?

Rachel dachte an das unvollendete Manuskript, das sie in ihrem Wandschrank versteckt hielt. Sie hatte einmal hochfliegende Pläne und große Träume gehabt; und dann wurde sie schwanger mit Kelsey.

Sie heiratete den zehn Jahre älteren Tom, und in dem Progesteronrausch der Schwangerschaft hatte sie geglaubt, dass nur schöne Dinge auf sie zukämen: eine funktionierende Ehe, ein wohlgeratenes Kind, eine erfolgreiche Karriere als Romanautorin. Aber das Geld wurde knapp, und sie war gezwungen gewesen, einen Job als Lehrerin anzunehmen. Kurze Zeit später schon kündigte sich der kleine Tommy an. Und dann fing Tom an, Seitensprünge zu machen.

Etliche.

Und im vergangenen Jahr hatte sich ihre Anzahl beinahe verdoppelt.

Im Wohnzimmer lag der elfjährige Tommy mit einer Schale Kellogg's Apple Jacks auf dem Bauch vor dem Fernseher. Rachel nahm die Fernbedienung von der Couch und drückte auf den An-Aus-Knopf. Der Bildschirm wurde schwarz.

Den Löffel noch in der Hand, drehte Tommy sich zu ihr um und sah sie mit großen Augen verwirrt an.

»Du hast gesagt, du hättest dein Zimmer aufgeräumt, Tommy.«

»Hab ich doch«, antwortete er, so geruhsam und gleichmütig, wie auch sein Vater oft sprach.

Sie stemmte die Hände in die Hüften. »Tommy?«

»Meine Güte, Mom!«

»Meine Güte, Mom … was?«

»Ich meine … kannst du nicht mal locker bleiben? Du tust ja so, als sei das ein Weltuntergang. Und weißt du was? Das ist es nicht.«

Rachel zuckte zusammen. Tommy sagte Worte, die er unzählige Male von seinem Vater gehört hatte, Worte, die sie verabscheute. Es gab Gründe dafür, dass sie nicht entspannt war. Es stimmte nicht, dass sie ein von Natur aus angespannter Mensch war, auch wenn ihre Familie es so sah. Sie hatte ihre Gründe. Gute Gründe, verdammt noch mal! »Sag nie wieder zu mir, dass ich locker sein soll, Tommy.«

Er setzte sich auf und blickte sie finster an. »Aber du machst echt dauernd Stress! Ich hab die Nase so voll davon. Ist Kelseys Zimmer denn aufgeräumt? Hast du ihr etwa Stress gemacht?«

Rachel musterte ihren Sohn. Er ähnelte ihrem Mann mit jedem Tag mehr. Sein welliges blondes Haar. Der störrische, herausfordernde Ton. Die Art, wie er beim Fernsehen den Kopf neigte.

Der Zorn in seinem Gesicht.

Sie registrierte die langen, schlanken Beine, auf denen seit Kurzem weicher Flaum wuchs, die Füße, die über Nacht riesengroß geworden zu sein schienen.

»Tommy, wir reden über dein Zimmer«, sagte sie und versuchte, ihre Stimme unter Kontrolle zu halten.

Im vergangenen Jahr war es zu Hause schwierig geworden. Sie war immer gereizt, und natürlich spürten ihre Kinder das. Sie fragte sich, ob sie von der Affäre wussten. Die Stadt war klein, und sie war sich sicher, dass auch andere Bescheid wussten.

Aber wer?

Und wie viele?

Betrog Tom sie immer noch, obwohl er beharrlich behauptete, es nicht zu tun? Hatte er sie vorher schon betrogen, oder war es wirklich das erste Mal gewesen? Rachel verbannte die Flut von Fragen an den Rand ihres Bewusstseins. »Jetzt geht's aber um dein Zimmer, Tommy«, wiederholte sie. »Du hast gesagt, du hättest aufgeräumt.«

»Siehst du? Immer meckerst du an mir rum und nie an ihr!« Er schnaubte empört. »Weißt du was? Sie ist gar nicht so vollkommen, wie du glaubst.«

Rachel hob eine Braue. Ihre sechzehnjährige Tochter Kelsey hatte sich in letzter Zeit sehr verändert. Sie war rebellisch geworden, und Rachel fing allmählich an, sich Sorgen um sie zu machen. »Ach nein?« Sie blickte aus dem Wohnzimmerfenster und betrachtete den attraktiven jungen Mann, der den Rasen in ihrem Garten mähte, mit dem großen John-Deere-Aufsitzmäher, den sie von Toms verstorbenem Vater geerbt hatten.

Sie hob ein Kissen vom Fußboden auf, warf es auf die Couch und überlegte, welche Taktik am besten geeignet wäre, um Tommy ein paar Informationen zu entlocken.

Nach einigen Sekunden drehte sie sich zu ihrem zornigen Sohn um und sagte etwas, von dem sie wusste, dass gute Mütter es nicht sagen. »Ich finde, sie kommt der Vollkommenheit verdammt nahe, Tommy. Kelsey ist ein gutes Mädchen. Du könntest ruhig ein bisschen mehr sein wie sie.«

Tommys Augen schossen Blitze. »Ja, klar, sie ist ein gutes

Mädchen. Wenn du es gut findest, dass sie mitten in der Nacht heimlich aus dem Fenster steigt, klar, dann ist Kelsey ein großartiges Mädchen. Könnte ich doch nur sein wie sie.«

Rachel stockte der Atem. Kelsey schleicht sich aus dem Haus? Um was zu tun? Und mit wem?

Sie ließ sich auf die Couch fallen. »Woher weißt du das, Tommy?«, fragte sie und nestelte nervös an ihrem Armreif.

»Ich habe sie gesehen. Gestern Abend hat sie es wieder getan. Sie macht das andauernd.« Tommy schüttelte den Kopf. »Und du glaubst, sie ist so verflixt vollkommen.«

* * *

Eine Stunde später klingelte das Telefon. Es war Myrna, eine von Rachels Kolleginnen vom College.

»Ich wollte dir etwas sagen«, setzte sie an. »Oje, wie soll ich es dir nur beibringen?«

Brüsk legte Rachel einen Stapel Aufsätze von Studenten auf dem Küchentisch ab. »Was denn? Sag's doch einfach, Myrna.«

»Es gibt da … Gerüchte«, fuhr ihre Kollegin fort. Sie sprach das Wort »Gerüchte« so leise aus, dass Rachel es kaum hören konnte. Doch da sie Myrna seit Jahren kannte, wusste sie, dass sie dieses Wort tatsächlich benutzt hatte. Vor ihrem geistigen Auge sah Rachel, wie die Frau am anderen Ende der Leitung in diesem Moment vermutlich in ihrem Schlafzimmer saß, vor Erwartung fast platzend, und es kaum noch erwarten konnte, ihr die schmutzigen, verletzenden Einzelheiten mitzuteilen.

Rachel schluckte. »Gerüchte?« Über wen? Über Tom? Über Tom und Tiffany?

»Ich weiß nicht, wie ich es sagen soll.«

Rachel steuerte auf die Hausbar zu. »Nun sag's doch einfach, Myrna«, antwortete sie und versuchte verzweifelt, die Fassung zu bewahren.

»Ja … über Tom und … seine Affäre.«

Rachel versuchte, den Tränen in ihren Augen keine Beachtung zu schenken, während sie sich ein Glas Whisky eingoss. Sie trank ihn auf ex und schüttelte sich. Also wusste Myrna über die Affäre Bescheid. Und wenn Myrna davon wusste, dann …

»Und jetzt, wo die kleine Perron verschwunden ist, sind die Leute … na ja, du weißt ja, wie sie sind. Sie glauben, dass Tom vielleicht …«

Rachel rutschte das Herz in die Hose. Sie legte sich einen Arm fest um den Bauch und riss sich zusammen. Nur mit Mühe gelang es ihr, gleichmütig zu klingen. »Was sagst du da? Glaubst du etwa, dass mehr hinter der Sache steckt als ein rebellisches junges Mädchen, das aus einer Kleinstadt weggelaufen ist? Du glaubst, da ist etwas schiefgegangen, und Tom hat etwas damit zu tun? Wenn es das ist, was du glaubst, dann kann ich dir versichern, dass du absolut auf dem Holzweg bist.«

Hinter ihr erklangen Schritte, dann sagte eine junge Stimme: »Mom, ich gehe zu Stephanie.«

Rachel drehte sich um und erblickte Kelsey. Sie trug ein schwarzes T-Shirt und die schwarze Jogginghose der Texas A&M University, die Tom ihr vor Kurzem von einer Tagung mitgebracht hatte.

Plötzlich hatte Rachel das Bedürfnis, mit ihrer Tochter zu sprechen. Da inzwischen offenbar ganz Grand Trespass über die Affäre Bescheid wusste, wollte sie herausfinden, was ihre Kinder davon mitbekommen hatten. »Bleib dran, Myrna«, sagte Rachel in den Hörer. Ihre Stimme war nur ein Krächzen, und ihre Hand zitterte, als sie die Sprechmuschel damit bedeckte. »Nein. Ich will nicht, dass du aus dem Haus gehst. Nicht jetzt.«

Kelsey blieb der Mund offen stehen. »Aber, Mom!«

»Ich habe Nein gesagt, Kelsey.«

»Verdammt noch mal, Mom!«, schrie das Mädchen, obwohl sie kaum zwei Meter von ihrer Mutter entfernt stand.

»In diesem Haus wird nicht geflucht, mein Fräulein«, flüsterte Rachel wütend und musste sich konzentrieren, um das Telefon nicht fallen zu lassen. Ihr war übel – von den Neuigkeiten, dem Whisky und dem plötzlichen Geschrei.

Rachel hörte Myrnas Stimme, ganz leise, wie von weit weg kommend, drang sie aus dem Hörer. »Oje! Soll ich später noch mal anrufen?«

»Aber warum denn nicht? Warum darf ich nicht zu Stephanie?« Kelsey ließ nicht locker.

»Weil wir beide uns unterhalten müssen«, flüsterte Rachel. »Wenn ich zu Ende telefoniert habe ...«

»Oh Mann! Ich kann es gar nicht mehr erwarten, endlich achtzehn zu sein!«, rief Kelsey, jetzt wieder lauter. »Ich hasse deine dämlichen Regeln. Du verstehst mich einfach nicht. Du verstehst überhaupt nichts!« Sie wirbelte herum und stürmte aus dem Zimmer.

Rachel schluckte und lauschte den zornigen Schritten im Flur. Eine Tür knallte. »Myrna? Bist du noch dran?«

»Tut mir wirklich leid, dass ich so ein schmerzhaftes Thema ansprechen muss«, antwortete sie.

Na klar doch.

»Nein, nein, schon gut. Ich weiß deinen Anruf zu schätzen«, entgegnete Rachel. »Sehen wir uns morgen?«

Kurzes Schweigen, dann: »Sicher. Wir sehen uns morgen, Rachel. Kopf hoch!«

Kopf hoch? Was zum Teufel hatte das zu bedeuten? Wie lange wussten die Leute schon von der Affäre? Länger als sie selbst? Ohne nachzudenken, knallte sie das Telefon an die Wand.

Im Haus war es still, als sie sich den nächsten Drink eingoss.

Und noch einen.

Wahrscheinlich galt sie am College schon seit geraumer Zeit als Witzfigur. Ihre Kollegen tratschten noch über das, was ihr im Sommersemester passiert war, und jetzt das hier? Glaubten sie ernsthaft, Tom könnte in den rebellischen Tobsuchtsanfall dieser dummen Gans verstrickt sein? Denn mehr als das war es nicht – oder zumindest schienen die Frauen im Diner das zu glauben.

Sie verspürte den dringenden Wunsch, Tom irgendetwas Schlimmes anzutun, ihm wirklich wehzutun. Vielleicht würde sie ihm ein Messer in den Hals jagen, während er schlief und von jungen, schönen Mädchen träumte.

Was hatte sich verändert? War sie nicht mehr attraktiv? Warum konnte sie ihn plötzlich nicht mehr glücklich machen? Diese Gedanken trieben sie zur Weißglut. Sie hätte viele Männer heiraten können, aber Tom war derjenige gewesen, den sie am meisten liebte. Er schien so begeistert von ihr zu sein.

So treu ergeben.

Und jetzt konnten sie nicht einmal mehr miteinander reden. Er war distanziert, hart und kalt – aber nicht zu den Kindern, nur zu ihr. War es das, was mit Männern passiert, wenn sie Mitte vierzig sind?

Und dann die Diskussion darüber, den Nissan Pathfinder gegen einen Sportwagen einzutauschen, irgend so ein lächerliches rotes Ding. War er immer schon so gewesen? Hatte sie es nur nicht gemerkt?

Sie trank noch ein kleines Glas Whisky auf ex.

Kapitel 16

AM DIENSTAGMORGEN FÜHRTE HALEY DETECTIVE GUITREAUX IN Chris' staubiges kleines Büro im Küchenwagen hinter dem Diner. Sie nahm auf einem Stuhl gegenüber vom Schreibtisch Platz und musterte den jungen Detective, der ihr schräg gegenüber stand.

Er war ungefähr so groß wie Mac, eins dreiundachtzig, aber viel bulliger. Er hatte olivfarbene Haut, kleine, reizlose, weit auseinanderstehende Augen und ein gespaltenes Kinn. Sein Anzug wirkte teuer, aber er musste dringend gebügelt werden.

»Wie ich höre, war Tiffany deine beste Freundin?«, fragte er mit leiser Stimme, während er sie mit dem Blick durchbohrte.

»Nicht war. Ist.«

Tiffany war nun schon seit drei Nächten verschwunden. Haley hatte keinen Anhaltspunkt, wo sie sich aufhalten könnte. Wäre sie freiwillig irgendwohin gegangen, dann hätte sie es ihr erzählt.

Sie brauchte Antworten.

Sie brauchte Schlaf.

Obwohl sie versucht hatte, mit Charles zu reden, und ihr Bestes getan hatte, um herauszufinden, was genau am Samstag passiert war, war sie keinen Schritt weitergekommen.

»Du warst am Samstagabend mit ihr in einer Kneipe …« Guitreaux hielt kurz inne und klappte ein Notebook auf, das in einer schwarzen Lederhülle steckte. »*Provost's*. Du warst im *Provost's* mit ihr an dem Abend, an dem sie verschwunden ist.«

Verschwunden. Das Wort klang schrecklich.

Haley betrachtete das lange vierschrötige Gesicht des Detective. Sein Cajunakzent klang weich und sanft, aber seine Augen hatten einen harten Ausdruck. Seine Nase war dünn und an der Spitze leicht nach außen gewölbt, als würde er lächeln. Aber er lächelte nicht.

»Ja, Sir. Wir waren am Samstagabend zusammen im *Provost's*.«

Sein Blick wirkte jetzt freundlicher. »Nenn mich Eddie, Cher«, bat er. »Sir sage ich zu meinem Vater. Und wir beide haben zueinander ein Verhältnis wie brennende Streichhölzer zu Motoröl. Also, sei so gnädig und erzähl mir, was an dem Abend passiert ist. Die ganze Geschichte bitte.«

Haley wand sich auf ihrem Stuhl, dann atmete sie tief ein. »Tiffany hat mich zu Hause abgeholt, und um kurz vor neun sind wir zum *Provost's* gefahren. Wir waren erst ein paar Minuten oder eine Viertelstunde dort, da kam Charles rein, Tiffanys Freund. Danach habe ich sie bald aus den Augen verloren.«

»Und warum?«

»Ich bin zur Toilette gegangen.« Ihr wurde schwindelig, als sie sich die Ereignisse des Abends noch einmal ins Gedächtnis rief.

Der Detective klopfte mit einem riesigen Ring auf Chris' Schreibtisch. Austin hatte ihr erzählt, dass der Ring von einer Collegemeisterschaft stammte. Vermutlich hatte der Detective ein paar Jahre lang für die Louisiana State University Football gespielt, bevor eine Verletzung seine kurze Karriere beendete.

»Und was passierte dann?«

Haley erinnerte sich, dass sie in der Toilettenkabine gewartet hatte, noch ganz aufgeregt war, weil sie überhaupt ausgegangen waren. Zu dem Zeitpunkt hatte sie noch keine Ahnung, dass ihre Freundin verschwinden würde. Denn hätte sie das geahnt, dann hätte sie sie niemals allein gelassen.

»Ich habe dort eine Weile gewartet.«

»Gewartet?«

»Ja. Tiffany und Charles haben … sich gestritten. Sie wollten ungestört sein.«

»War das ungewöhnlich für die beiden? Der Streit?«

»Nein.«

Er musterte sie einen Augenblick, dann öffnete er sein Notebook wieder und überprüfte etwas. »Wie lange warst du in dieser Toilettenkabine?«

»Vielleicht eine Viertelstunde. Ich hatte keine Uhr um.«

Er kritzelte eine ausführliche Notiz in sein Buch und blickte wieder auf. »Und dann?«

»Ich bin auf den Parkplatz gegangen, aber ich konnte sie nicht finden.«

»Und was hast du dann getan?«

»Ich bin nach Hause gegangen.«

»Kam es dir nicht merkwürdig vor, dass sie dich alleine in der Kneipe zurückgelassen hat?«

Haley zuckte mit den Schultern. »Nein, eigentlich nicht. Ich dachte, die beiden wären zusammen weggegangen. Dass sie sich versöhnt und mich vergessen hätten.«

Wieder klopfte er mit dem Ring auf den Schreibtisch. »Ich wäre nicht sehr glücklich, wenn ein Freund so etwas mit mir machen würde. Ich würde es seltsam finden.«

»Na ja, Sie kennen Tiffany nicht. Manchmal ist sie ziemlich rücksichtslos. Es war eigentlich nichts Ungewöhnliches für sie.«

»Hast du noch etwas von ihr gehört, nachdem du gegangen warst?«

»Nein, aber am nächsten Morgen hat mich ihre Mutter

angerufen. Sie hat gefragt, wo Tiffany ist. Sie hat sich Sorgen gemacht.«

»Ist Tiffany früher schon mal weggelaufen?«

Haley schüttelte den Kopf.

»Hat sie gelegentlich die Nacht woanders verbracht, ohne dass ihre Mutter davon wusste? Oder davon gesprochen, die Stadt zu verlassen?«

Haley setzte sich aufrechter hin. »Manchmal schleicht sie aus dem Haus, aber sie ist immer vorsichtig. Sie hat viel zu viel Angst, dass ihre Mutter sie erwischen könnte. Und nein, sie hat nie erwähnt, dass sie die Stadt verlassen will. Nicht so jedenfalls. So was würde sie einfach nicht machen.«

»Die meisten Neunzehnjährigen verhalten sich ihren Müttern gegenüber nicht so verantwortungsbewusst«, stellte Guitreaux fest.

»Sie kennen ihre Mutter nicht. Sie ist ziemlich erdrückend. Sie behandelt Tiffany immer noch wie ein Kind.«

»Tatsächlich? Irgendeine Vorstellung, warum Tiffany sich das gefallen lässt? Nach allem, was ich gehört habe, ist sie ziemlich willensstark.«

»Geld. Ihre Eltern kontrollieren einen großen Fonds, bis sie einundzwanzig wird. Sie tut alles, um es sich mit ihrer Mutter nicht zu verscherzen, aber es fällt ihr schwer. Sie hat das Gefühl, dass ihre Mutter ihr dauernd im Nacken sitzt, und sie hasst sie dafür.«

Guitreaux nickte. »Verstehe.« Er tippte sich mit dem Stift ein paarmal nachdenklich gegen die Oberlippe. »Kommen wir zu Tiffanys Beziehung zu Charles. Also, erstens: Worüber haben sie sich gestritten?«

»Ich glaube, sie hat sich mit einem anderen getroffen oder hatte es zumindest vor. Vielleicht hat Charles es rausgekriegt.«

»Hast du nach Samstagabend noch einmal mit Charles geredet?«

Haley schüttelte den Kopf.

»Überhaupt nicht?«

»Nein.«

»Ihr beide, du und Charles. Würdest du sagen, dass ihr euch nahesteht?«

»Nicht besonders, aber ja, doch, durch Tiffany sind wir Freunde geworden. Warum?«

»Na ja, ich dachte nur, ihr hättet eigentlich das Bedürfnis haben müssen, miteinander zu reden, nachdem jemand verschwunden ist, den ihr beide gernhabt.«

»Ich konnte ihn nicht erreichen. Ich hab's versucht.«

Die Augen des Detective schienen zu funkeln. »Verstehe.« Eine Weile betrachtete er seine Notizen. »Kennst du den Gentleman, mit dem sie sich vielleicht getroffen hat?«

»Nein, Sir, den kenne ich nicht.«

»Nein?«

»Nein.«

»Keine Idee, um wen es sich handeln könnte?«

»Nein.«

»Du und Tiffany, habt ihr euch an dem Abend gut verstanden?«

»Ja. Warum?«

»Keine Meinungsverschiedenheiten? Vielleicht ein Streit?«

Haley runzelte die Stirn. »Nein, gar nichts. Warum fragen Sie?«

Erneut blickte er in sein Notebook. »Ist mein Job.« Ihre Blicke kreuzten sich.

»Als du Tiffany das letzte Mal gesehen hast, war es also ungefähr halb zehn, zwanzig vor zehn, und sie hat sich gerade mit ihrem Freund gestritten, mit Charles. Das war das Letzte, was du von ihr gehört oder gesehen hast.«

»Ja.«

»Okay, gut. Ich glaube, vorläufig reicht das. Es sei denn, du kannst mir noch etwas erzählen, was uns dabei helfen würde, deine Freundin zu finden, versteht sich.«

»Ich habe Ihnen alles gesagt.« Haley fühlte sich leer. Doch als sie die Worte aussprach, fiel ihr blitzartig etwas wieder ein, das Tiffany an jenem Abend zu ihr gesagt hatte, etwas, das sie in dem Augenblick, in dem sie es aussprach, nicht beunruhigt hatte. Aber jetzt beunruhigte es sie. »Wahrscheinlich hat es nichts zu bedeuten, aber … zu den letzten Dingen, die Tiffany mir am Samstagabend erzählt hat, gehörte, dass Charles sich verhielt, als sei er … besessen. Es war das erste Mal, dass sie so etwas über ihn zu mir gesagt hat.«

Kapitel 17

NACHDEM SIE SICH VON DETECTIVE GUITREAUX VERABSCHIEDET hatte, tastete Haley auf dem Parkplatz vor dem Diner nach ihren Autoschlüsseln. Obwohl nur fünf Schlüssel an dem Ring hingen, fiel es ihr schwer, den richtigen zu finden.

Ihre Hände zitterten, und ihre Lunge rebellierte gegen die heiße, feuchte Luft. Sie hustete, und ein entsetzlicher Schmerz schoss ihr durch den Schädel. Der Bericht über diesen Abend hatte sie ausgelaugt, ihr die wenige Energie genommen, die ihr noch geblieben war. Zwar glaubte sie nicht, dass Charles in der Lage war, Tiffany etwas Schlimmes anzutun, aber warum sollte er sie sonst meiden?

Jemand rief nach ihr. Sie blinzelte in die grelle Sonne und sah, dass Austin auf sie zugetrabt kam. »Du bist doch nicht in der Verfassung zu fahren. Komm, ich bringe dich nach Hause.«

»Nein, es geht mir gut«, behauptete sie, ließ die Schlüssel fallen und bückte sich, um sie aufzuheben. Als sie danach griff, erwischte sie auch ein paar winzige Kieselsteine. Sie richtete sich auf und wischte sich den Kies von den Händen. »Wirklich, mir geht's gut.«

Doch als sie aufblickte und ihm zeigen wollte, dass alles in Ordnung sei, traten ihr Tränen in die Augen.

»Alles wird gut«, beruhigte er sie. »Komm, ich bring dich nach Hause. Chris hat gesagt, er kann dir deinen Wagen heute Abend irgendwann bringen.«

Sie zitterte, als sie die Main Street hinunterfuhren. Zu viele schreckliche Dinge geschahen, und sie wusste nicht, wie viel Stress sie noch ertragen konnte. Chris hatte ihr vorgeschlagen, noch ein paar Tage freizunehmen. Das war eine Erleichterung, denn mittlerweile fiel es ihr sogar schwer, sich auf etwas so Einfaches wie das Aufgeben einer Bestellung zu konzentrieren. In ihrem Kopf herrschte ein zu großes Durcheinander.

Am Tag zuvor hatte sie sich in ihrem Zimmer eingeigelt, die doppelte Dosis MediNait geschluckt und zu schlafen versucht. Doch erst spät in der Nacht, nachdem sie stundenlang den Riss in ihrer Zimmerdecke angestarrt hatte, schlief sie endlich ein. Und als der Schlaf kam, nahm er die Form eines lebensechten Albtraums an: Sie fuhr auf ihrem Fahrrad zum Lebensmittelladen und stellte dann fest, dass sie den Rückweg nicht kannte. Während der Fahrt kam ihr nichts vertraut vor. Es war, als befände sie sich in einer fremden Stadt. Vor Entsetzen trat sie wild in die Pedale.

»Ist dir die Klimaanlage zu kalt eingestellt?«, fragte Austin und legte eine Hand auf einen der Lüftungsschlitze.

»Nein, ist gut so.« Sie schniefte. »Bieg an der Kirche bitte links ab.« Sie warf Austin einen verstohlenen Blick zu. Seit Monaten schwärmte sie heimlich für ihn, hatte bei verschiedenen Gelegenheiten mit ihm geplaudert, aber nicht so oft, wie sie eigentlich wollte, denn er und Chris verbrachten den Großteil ihrer Zeit hinten im Küchenwagen.

Sie wusste, dass ihre Schwärmerei harmlos war und sie nur von ihren Problemen ablenken sollte. Sie wusste, dass sie niemals nach ihren Gefühlen handeln würde.

Frauen wie sie – unscheinbar, berechenbar und verantwortungsbewusst – verlieben sich in Kerle wie Mac und bleiben mit ihnen zusammen. Außerdem tat Mac ihr gut. Austin war in einer festen Beziehung mit Beth, die im ersten Semester an der Texas A&M studierte. Es ging das Gerücht, dass er ihr einen

Heiratsantrag machen wollte, genauso, wie Haley eines Tages wahrscheinlich Mac heiraten würde.

»Wie geht's Beth?«

Austin verzog die Mundwinkel nach oben. »Ihr geht's gut. Sehr gut. Und wie geht's Mac?«

»Auch gut. Ich wusste gar nicht, dass du ihn kennst.«

»Nee, tu ich auch nicht. Hab ihn nur mal im Diner gesehen«, sagte er. »Und natürlich redet Miss Quasselstrippe gelegentlich über ihn.«

Haley lächelte über den Spitznamen, den er Kim gegeben hatte.

»Und wie oft kriegst du Beth zu sehen?«

»Wir versuchen, uns jedes zweite Wochenende zu treffen, und natürlich in den Collegeferien. Der Weg ist nicht gerade kurz, beim besten Willen nicht.«

»Ja, ich weiß«, erwiderte Haley und fragte sich, ob sie eine Fernbeziehung mit Mac führen könnte. Schnell beschloss sie, dass sie dazu in der Lage sei. Obwohl sie nur fünfzehn Kilometer voneinander entfernt wohnten, sahen auch sie sich nicht jeden Tag.

Normalerweise kam er dreimal die Woche bei ihr vorbei, manchmal öfter, manchmal seltener. Und wenn er da war, schien er viel stärker daran interessiert, ob es ihr und ihrer Familie gut ging, als daran, mit ihr zu knutschen oder irgendetwas Romantisches zu unternehmen. Aber sie beklagte sich nicht. So, wie die Dinge standen, war die Beziehung perfekt für sie. Seitdem ihr Vater tot war, hatte sie fast jedes Interesse an Small Talk verloren. Meistens befürchtete sie ohnehin, ihn zu langweilen, wenn sie mit ihm zusammen war.

Sie war nicht mehr das witzige Mädchen, das er einst kennengelernt hatte. Aber Mac, der selbst nicht sehr gesprächig war, schien sich nichts daraus zu machen. Sie unternahmen Dinge, bei denen sie nicht viel reden mussten. Manchmal tüftelte er allein herum, reparierte irgendetwas im Haus, mähte den Rasen, strich die Bodenleisten.

Haley lehnte den Kopf an die Lehne des Beifahrersitzes. Sie schloss die Augen und atmete ein. Austins Pick-up roch ebenso beruhigend nach Öl oder Schmierfett wie der von Mac, nur war es weniger staubig darin und stank auch nicht nach kaltem Rauch.

Austin hielt vor ihrem Haus und zog die Handbremse an. In der Zeit, die sie brauchte, um ihre Handtasche vom Fußboden aufzuheben, war er schon an der Beifahrertür angelangt. Er öffnete sie und half ihr auszusteigen, so, wie Mac es auch immer tat.

Aber als seine Hand die ihre berührte, durchfuhr es ihren Körper wie elektrischer Strom.

»Ruh dich ein bisschen aus«, riet er, während er sie zur Haustür begleitete. »Chris hat gesagt, dass er dein Auto heute Abend noch vorbeibringt.«

»Danke«, sagte Haley und schützte ihre Augen mit der Hand vor dem Sonnenlicht. »Schätze, es war wirklich besser, dass du mich gefahren hast.« Sie rieb sich die Augen. Plötzlich merkte sie, dass sie sich ein bisschen besser fühlte.

»Wir sehen uns im Diner, wenn du so weit bist, dass du wiederkommen kannst. Chris macht sich Sorgen um dich.«

Zwei Pekannüsse klickerten auf die Veranda. Haley bückte sich, um sie aufzuheben. »Übrigens, hat Chris dich gebeten, mich herzufahren?«

Er nickte.

»Oh«, sagte sie und merkte, dass sie gehofft hätte, es wäre seine eigene Idee gewesen. »Bitte richte ihm meinen Dank dafür aus.«

»Mach ich. Pass auf dich auf!« Er ging über die ungepflasterte Auffahrt zu seinem Wagen zurück.

Haley stand auf der Veranda und ließ die Nüsse in ihrer

Handfläche hin und her rollen, während sie beobachtete, wie Austin wieder in seinen Pick-up stieg.

Seufzend öffnete sie die Haustür.

Kapitel 18

ERICA LIEBTE ES, WENN RACHEL AN DIE TAFEL SCHRIEB. IHRE Schrift war ordentlich und genau, immer in Großbuchstaben, sehr leserlich. Wichtige Wörter, denen sie Nachdruck verleihen wollte, unterstrich sie doppelt.

Von der Kreide musste sie häufig niesen. Wenn das passierte, hallte das Wort »Gesundheit!« in dem kleinen Hörsaal von den Wänden wider. Alle liebten Rachel.

Aber nicht so sehr, wie Erica sie liebte.

Erica genoss es, Rachels fließende, selbstsichere Bewegungen zu sehen, wenn sie auf und ab ging und erklärte, wie wichtig Dialoge seien. Sie liebte die Art, wie ihre Augenbrauen sich zu formvollendeten Vs zusammenzogen, wenn sie der Klasse eine Frage stellte. Das unverfälschte Lächeln, das sich in ihrem Gesicht ausbreitete, wenn ein Schüler eine richtige Antwort gab.

Mehr als einmal hörte Erica die Jungs über Rachel reden.

»Sie ist echt der Hammer.«

»Ziemlich scharf für so ein altes Mädchen.«

»Verdammt, mit der würd ich's gerne mal treiben.«

Erica hätte gewettet, dass ihre Mutter jetzt genauso schön war, wenn nicht noch schöner, falls das überhaupt möglich war. Sie sehnte sich danach, sie wiederzusehen und herauszufinden, wie sie tatsächlich aussah.

Heute konnte Erica kaum still sitzen. Sie hatte am Morgen beim Schreiben einen Durchbruch gehabt, eine glänzende neue Idee.

Eine Offenbarung.

Rachel warf einen Blick auf ihre Uhr. »Also, fassen wir zusammen, bevor wir im Stoff fortfahren«, sagte sie, spähte in die Klasse und rang die schmalen Hände. »Dialoge sind also viel mehr als nur Worte. Tatsächlich sind sie eins der wichtigsten Werkzeuge, wenn ihr eure Geschichte vorantreiben wollt. Dialoge könnt ihr auch benutzen, um die Entwicklung…«

Meistens saß Erica in der ersten Reihe, aber an diesem Morgen war sie zu spät gekommen und hatte ganz hinten Platz genommen. Vor dem Kurs war sie auf den kleinen Friedhof an der Harper's Road gegangen, um nachzudenken. Auch das hatte zu den Schreibgewohnheiten ihrer Mutter gehört, war eine ihrer Musen gewesen.

Manchmal hatte ihre Mutter stundenlang dort gesessen, nur sie, die Toten und ihre Gedanken, und hatte grausige Situationen und Welten ersonnen.

Also versuchte Erica es auch.

Auf dem Friedhof empfand sie eine einzigartige Stille. Die Menschen, die unter ihren Füßen lagen, waren nicht bedrohlich, im Gegensatz zu denen, mit denen sie jeden Tag zu tun hatte.

Doch als sie sich an diesem Morgen durch den Wald gekämpft hatte, war sie erschrocken, weil sie plötzlich gemerkt hatte, dass etwas in ihrer Nähe war.

Etwas Lebendiges.

Blätter raschelten, und sie erhaschte einen Blick auf jemanden, der ungefähr zehn Meter von ihr entfernt war. Sie rief nach der Person, doch die rannte weg.

Warum war dieser Mensch vor ihr davongerannt?

Ein Klopfen an der Tür zum Klassenzimmer. Rachel entschuldigte sich, und nach ein paar geflüsterten Sätzen vor dem Klassenraum streckte sie den Kopf wieder herein. »Ich möchte, dass ihr mit den Übungen am Ende von Kapitel zehn anfangt«, sagte sie. »Um zehn vor elf könnt ihr alle gehen.«

»Glaubst du, das war die Polizei?«, fragte das Mädchen, das rechts vor Erica saß, ein Mädchen mit Sommersprossen.

»Die Polizei? Was soll die denn hier?«

»Na ja, weil die mit ihrem Mann geschlafen hat.«

Erica, die gerade das zehnte Kapitel aufschlagen wollte, hielt inne. Ihre Finger glitten von den Buchseiten. Die Richtung, die das Gespräch nahm, gefiel ihr nicht.

»Wer denn?«, fragte das sommersprossige Mädchen und rümpfte die Nase.

»Was glaubst du denn? Das Mädchen, das vermisst wird. Tiffany Soundso.«

Erica sah, wie der anderen die Kinnlade herunterfiel. »Mrs Andersons Mann hat mit ihr geschlafen?«

»Ja klar.«

Ungläubig blickte das sommersprossige Mädchen seine Kommilitonin an. »Woher weißt du das?«

»Das weiß doch jeder. Mrs Anderson hat es rausgekriegt und ist ausgerastet. Manche glauben, dass das Mädchen vielleicht ihretwegen verschwunden ist.«

»Was, echt?«

»Ja, ohne Scheiß.«

Erica biss sich auf die Unterlippe und zwang sich, nichts dazu zu sagen. Diese Mädchen waren dumm. Was wussten die denn schon? Sie trat gegen die Stuhllehne der größeren der beiden.

»War ein Versehen«, murmelte Erica und starrte auf ihren Text.

Sie spürte, wie das Mädchen sie kurz musterte und sich dann wieder umdrehte.

Die mit den Sommersprossen flüsterte: »Sie sieht aber nicht wie eine Mörderin aus.«

»Hallo? Hat Dahmer vielleicht so ausgesehen? Oder Bundy?«

»Dahmer schon.«

Das große Mädchen überhörte es. »Also, Mrs Anderson ist nicht so vollkommen, wie sie aussieht. Offensichtlich hatte sie ein Motiv. Und jetzt halt dich fest: Sie war öfter in dem Imbiss in Grand Trespass, wo Tiffany gearbeitet hat. Und zwar so regelmäßig wie ein Uhrwerk. Wie eine Stalkerin.«

Wieder trat Erica gegen die Stuhllehne.

Die Lange drehte sich um.

»Hoppla«, sagte Erica mit fester Stimme und durchbohrte das Mädchen mit dem Blick.

Die andere musterte sie einige Sekunden, und ihr Gesichtsausdruck zeigte eine Mischung aus Ärger und Verwirrung. Dann endlich verstand sie die unausgesprochene Botschaft, drehte sich wieder um und sagte für den Rest der Stunde kein Wort mehr.

Kapitel 19

AM MITTWOCHABEND SASS HALEY AM GRAB IHRES VATERS. »ES ist so schwer für uns, Daddy«, sagte sie zu ihm. »Allen hier geht es mies ohne dich. Ich wünschte so sehr, alles könnte wieder so werden, wie es einmal war.«

Mit jedem Tag, der verging, schienen ihre Erinnerungen an die alten Zeiten zu verblassen. An manchen Tagen erinnerte sie sich nicht einmal mehr genau, wie ihr Vater ausgesehen hatte. Manchmal vergaß sie sogar, wie sein Lachen geklungen hatte.

Das Vergessen machte ihr Angst.

Sie griff nach einer Löwenzahnblüte und fing an, sie auseinanderzuzupfen, während Tränen in ihren Augen brannten. »Und Tiffany ist immer noch nicht nach Hause gekommen. Keiner scheint irgendeine Ahnung zu haben, was mit ihr passiert ist. Ich wünschte, du wärst da und könntest uns helfen.«

Auch wenn ihr Vater noch am Leben gewesen wäre, hätte er nicht viel tun können, das wusste sie. Schließlich war er kein Detective oder Kopfgeldjäger. Er war ein Bücherwurm gewesen, ein Collegeprofessor, ein schmächtiger, sanfter Mann. Das änderte nichts daran, dass sie sich danach sehnte, sein Gesicht zu sehen und seine schmächtigen Arme um ihre Schultern zu spüren, wenn er sie zu trösten versuchte.

Sie umschlang ihre Knie und spähte zu dem Schotterweg hinüber, der zum Friedhof führte: Er war mit Bierdosen übersät, mit weggeworfenem Angelzubehör und Verpackungen von Wendy's. Der Stacheldrahtzaun, der den Friedhof schützen sollte, hatte sich an manchen Stellen gelockert, saß schief und vermochte kaum noch, irgendwelche Eindringlinge abzuhalten.

Kein Grabstein war so schön wie der von Daddy oder Nana. Auf manchen Gräbern stand nur ein Schild mit dem Namen und dem Geburts- und Sterbedatum des Toten. Schlichte Natursteine schmückten andere Grabstätten, manche waren auffällig geformt, andere wirkten zerklüftet. Sie sah, dass ein Klappstuhl auf einen Grabstein gefallen war, auf dem das Wort »Mutter« in scharfkantigen, spitzen Buchstaben zu lesen war.

Sie dachte an ihre eigene Mutter. »Mom geht es immer noch dreckig. Sie verlässt das Bett überhaupt nicht mehr«, flüsterte Haley. »Ich glaube, sie will ohne dich nicht leben.«

Sie versuchte, einen schrecklichen Gedanken zu vertreiben, einen, der ihr in den Monaten seit dem Unfall immer wieder in den Sinn gekommen war: den Wunsch, ihre Mutter – und nicht ihr Vater – wäre in jener Nacht gestorben. Neben Tiffany waren ihr Vater und Nana ihre besten Freunde gewesen. Ihnen hatte sie in vieler Hinsicht wesentlich näher gestanden als ihrer Mutter.

Während Becky immer an ihrem Rockzipfel gehangen hatte, war Daddy derjenige, an dem Haley hing. Sie konnten über alles miteinander reden, und das hatten sie auch oft getan. Wäre Mom gestorben, dann hätte ihr Vater sie nicht so im Stich gelassen wie Mom jetzt, da war sie sich sicher. Er wäre stärker gewesen, schon um seiner Mädchen willen.

In wenigen Metern Entfernung knackten Zweige.

Haleys Knie wurden weich. Ihr Körper erstarrte, und sie spähte hinaus in den Wald, die Löwenzahnblüte noch zwischen zwei Fingern.

»Ist da jemand?«

Ein weiterer kleiner Ast brach entzwei.

Ihr stockte der Atem. Sie ging in die Hocke und spannte sich an, bereit, loszurennen.

Einen grauenhaften Augenblick später hörte sie eine vertraute weibliche Stimme. »Entschuldige. Ich bin's nur.«

Sie sah eine Hand, dann einen Kopf voller Haare aus dem Gebüsch auftauchen. In dem trüben Licht dauerte es einen Augenblick, bis sie erkannte, dass es Erica Duvall war.

»Hey«, sagte Erica und wischte sich nervös über ihr T-Shirt. »Tut mir leid. Ich wusste nicht, dass jemand hier ist.« Sie drehte sich um und wollte wieder gehen.

»Nein. Geh nicht weg«, bat Haley laut. »Du kannst hierbleiben.« Sie schlurfte wieder zum Grab ihres Vaters und setzte sich davor.

Einige Sekunden blieb Erica reglos stehen, als überlegte sie, was sie als Nächstes tun sollte. Schließlich gesellte sie sich zu Haley und stellte ihren Rucksack ab. »Irgendwas Neues wegen Tiffany?«

Haleys Brustkorb schmerzte. »Nein. Nichts.«

Erica machte sich an ihrem Rucksack zu schaffen und holte eine Flasche Wein heraus. Sie drehte den Deckel ab und nahm einen kräftigen Schluck. »Der Wind wird stärker«, sagte sie leise und hielt Haley die Flasche hin, ohne sie anzusehen. »Es wird Sturm geben.«

Haley betrachtete die Flasche, dann nahm sie sie widerstrebend in die Hand. In ihrem ganzen Leben hatte sie erst ein einziges Mal Alkohol getrunken, aber jetzt fragte sie sich, ob er ihr helfen könnte, nur einen Augenblick lang alles zu vergessen. Sie nippte an der säuerlichen Flüssigkeit, verzog das Gesicht und gab Erica die Flasche zurück.

»Besuchst du ihn jeden Tag?«, fragte Erica und blickte zu der Stelle, an der Haleys Vater lag.

Haley umarmte sich selbst, um sich die Kälte vom Leib zu

halten. Auf dem Friedhof schien es immer kälter zu sein als in der restlichen Stadt. »Fast jeden Tag.«

»Ich habe dich schon mal hier gesehen«, meinte Erica. »Ich dachte, du wolltest gern alleine sein, darum bin ich wieder gegangen.«

Haley bemerkte, dass Erica noch mehr Wein trank, und fragte sich, wie oft sie die Gespräche mit ihrem Vater belauscht haben mochte. »Warum kommst du hierher?«

»Die Energie ist hier anders«, antwortete Erica und reichte ihr erneut die Flasche.

Haley nahm einen größeren Schluck und zuckte angesichts des sauren Geschmacks zusammen. Sie wunderte sich, weil sie nach so vielen Jahren tatsächlich Erica Duvall gegenübersaß und eine richtige Unterhaltung mit ihr führte. Unter all den Leuten, die sie je kennengelernt hatte, gab es niemanden, den sie faszinierender fand als Erica. Das Mädchen hatte etwas Dunkles, Geheimnisvolles an sich wie sonst keiner, den sie kannte. Obwohl sie kaum eins fünfundfünfzig groß und spindeldürr war, strahlte sie eine gewisse Härte aus – nicht die vorgetäuschte Härte, die viele Mädchen im Teenageralter an den Tag legen, nein, bei Erica war dieser Zug echt.

Der Wind frischte auf, und Haley rümpfte die Nase. Ein übler, betäubender Geruch lag in der Luft. »Ich rieche einen Skunk.«

»Ja, auf der Harper's Road liegt ein toter«, sagte Erica und deutete auf den Schotterweg zu ihrer Rechten. Sie kickte sich die Flipflops von den Füßen und rieb mit den Fußsohlen über das Gras. »Da liegt er mit den Beinen in der Luft. Seine wachsamen dunklen Augen sehen zum Herrn auf. Den es allerdings nicht gibt, schon klar.«

An der leicht verwaschenen Art, wie das Mädchen die Worte aussprach, erkannte Haley, dass sie betrunken war. Sie betrachtete Ericas nackte Füße. »Hast du keine Angst, hier barfuß zu laufen?«

»Nein, eigentlich nicht. Meine Füße sind robust. Außerdem ist es besser, die Welt um sich herum zu spüren. Die Leute nehmen einfach hin, dass sie immer unempfindlicher werden.«

Innerhalb von Minuten senkte sich die Dunkelheit auf den Friedhof und ließ schaurige Schatten über ihn wandern. Erica zündete sich eine Zigarette an und reichte sie an Haley weiter. Die orangefarbene Glut war das einzige Licht auf dem Friedhof, außer dem matten bläulichen Glanz einiger ferner Sterne.

Sie blieben sitzen, reichten einander den Wein und die Zigarette. Bald drehte sich auch in Haleys Kopf alles vor Alkohol und Nikotin.

»So lange hatten wir noch nie Sendepause«, meinte Haley.

»Du und Tiffany?«

Haley nickte. »Wenn es ihr gut ginge, hätte sie mich längst angerufen. Aber es geht ihr nicht gut. Sie ist entweder verletzt oder …«

Als Erica einen Zug von der Zigarette nahm, leuchtete die Glut erneut in der Dunkelheit auf. Sie sagte nichts, aber ihr Schweigen sprach Bände.

»Weißt du, wahrscheinlich ist es nicht der richtige Zeitpunkt, um so etwas zu sagen«, hob Erica an, »aber, ehrlich gesagt, ich habe Tiffany nie gemocht. Das heißt natürlich nicht, dass ich hoffe, ihr ist etwas Schlimmes passiert. Ich will dich nur nicht anlügen. Du sollst wissen, was ich von ihr halte.«

Haley zuckte mit den Schultern. »Es mag sie eben nicht jeder. Mich ja auch nicht. Weil ich ihre Freundin bin.«

»Machst du Witze? Jeder mag dich.«

Haley dachte nach und stimmte Erica insgeheim zu. Schließlich hatte sie noch nie Feinde gehabt.

In wenigen Metern Entfernung knackte ein Ast. Haley

sprang auf. »Hast du das gehört?«, flüsterte sie, ohne den Wald aus den Augen zu lassen.

»Pst. Leise.«

Noch ein Ast krachte, dann raschelten Blätter, als würde etwas oder jemand auf die Baumlinie zusteuern. Irgendwo hoch oben schrie eine Eule, dann tauchte ein trüber runder Lichtkegel auf. Er tanzte zwischen Waldrand und Friedhof hin und her.

Eine Taschenlampe.

So schnell sie erschienen war, so schnell war sie auch wieder verschwunden, und erneut versank alles in Dunkelheit.

»Leise«, flüsterte Erica wieder.

Haley nickte und hielt den Atem an.

Einige Sekunden lang saßen die beiden schweigend da. Mit gespitzten Ohren lauschte Haley in die Nacht hinein, aber außer den üblichen Geräuschen war nichts zu hören, nur ein Chor von Ochsenfröschen und die nächtliche Brise, die die Blätter über ihnen rauschen ließ.

Dann spürte sie eine kleine Hand auf ihrem Handgelenk, und Erica zog sie hoch. Bevor sie wusste, wie ihr geschah, rannte sie schon hinter Erica auf die Harper's Road zu. Erste dicke Regentropfen fielen vom Himmel, während sie noch liefen.

Erica hatte recht gehabt.

Ein Sturm zog auf.

Kapitel 20

IM HAUS DER ANDERSONS STARRTE TOM SEINE FRAU WÜTEND AN. Sein Gesicht war rot angelaufen. »Ich werde diese Frage nicht bewerten«, blaffte er.

»Bewerten?«, fragte Rachel, die auf dem Rand des Bettes saß. »Ich bin keine deiner Studentinnen, Tom. Warst du ehrlich oder nicht, als du gesagt hast, dass du die Affäre mit ihr beendet hast?«

Prüfend musterte sie ihren Mann und versuchte, ihn von einem objektiven Standpunkt aus zu betrachten. Sein Haaransatz ging zurück, und seine Haare waren inzwischen grau. Die Haut an seinem einst markanten Kiefer hatte leicht zu hängen begonnen, und als er ärgerlich abwinkte, bemerkte sie einige Altersflecken auf seinen Händen.

»Diese Frage habe ich dir schon hunderttausend Mal beantwortet! Ich werde sie nicht noch einmal beantworten. Ich habe dir die Wahrheit gesagt, und entweder glaubst du mir, oder du glaubst mir nicht. Es ist deine Entscheidung.«

Glaubte er wirklich, dass es so einfach war? Dass ihre Welt noch immer so schwarz-weiß war? Sogar nach seinem Betrug, nach all seinen Lügen? Nein, ihre Welt bestand nun aus tristen Schattierungen von Grau. Sosehr sie sich auch bemühte, sie wusste einfach nicht mehr, was stimmte und was nicht.

»Ich weiß nicht, was ich glauben soll«, gab sie aufrichtig zu.

Er ließ die Arme hängen. »Ich habe mich entschuldigt. Immer wieder bin ich auf deine Zweifel eingegangen und habe versucht, dafür zu sorgen, dass es dir besser geht. Ich kann nichts mehr tun.«

Sarkastisch lachte sie auf. »Für deine Ehefrau kannst du nichts mehr tun? Was sagt das über unsere Beziehung aus? Wo stehen wir eigentlich, hä? Wo sind wir, Tom?« Plötzlich wurde ihr klar, dass sie die Antwort nicht hören wollte.

Er drehte ihr den Rücken zu und öffnete die Schranktür.

Ihr Herz pochte laut, als sie die Frage wiederholte. »Du hast gesagt, du kannst nichts mehr tun. Was soll das heißen?«

»Einfach nur das, was ich gesagt habe.«

Rachel blickte auf die lilafarbene Steppdecke hinab, die sie am Wochenende zuvor bei JCPenney ausgesucht hatten, und auf die Volants, die sie gemeinsam vor das Fenster gehängt hatten. Das teure impressionistische Ölgemälde, das sie im Internet ausgewählt hatten, wenige Minuten, bevor sie zum ersten Mal seit Monaten miteinander schliefen. Irgendwie hatte sie geglaubt, die neue Einrichtung würde ihnen bei ihrem Neuanfang helfen, ihnen zu einem klaren Schnitt verhelfen. Auch für die Küche hatte sie Pläne gehabt und für den Teppich im Wohnzimmer.

Draußen grollte Donner. Sie spähte aus dem Schlafzimmerfenster. Ein Sturm war aufgezogen. »Also, wohin führt uns das? Dass du nichts mehr tun kannst? Dass du nicht in der Lage bist, zu verstehen, warum ich ein Problem damit habe, den Worten zu glauben, die aus deinem Mund kommen, nachdem du drei Monate lang mit dieser kleinen Hure durch die Gegend gelaufen bist?«

»Rachel!«, zischte Tom.

»Was, Rachel?«, brüllte sie. »Was soll das heißen?« Sie drückte ihren Armreif so heftig, dass er zu zerbrechen drohte.

»Ich bin dieses Spielchen leid. Das heißt es.«

»Spielchen?«

»Ja, Spielchen! Ich weiß, dir geht's dann besser, aber mich

macht es wahnsinnig. Es macht mich verrückt, verdammt noch mal!«

Hatte sie ihn dieses Wort je zuvor aussprechen hören? Nein, wahrscheinlich nicht. »Weißt du, wo das Mädchen ist?«, hörte sie sich fragen, denn sie konnte die Frage nicht mehr zurückhalten.

Er wirbelte herum. »Um Himmels willen, woher soll ich das wissen? Wessen beschuldigst du mich eigentlich?«

Sie formte die Worte langsam. »Ich habe dich nicht beschuldigt.«

Sein Mund verzog sich zu einer Grimasse, dann zu einem merkwürdigen Grinsen. »Doch. Du hast mich gefragt, ob ich weiß, wo Tiffany ist. Du hast angedeutet, dass ich …«

»Ich will diesen Namen in diesem Haus nicht hören!«, schrie sie. Es war eine Regel, genau wie die, dass in die Kinderzimmer oder ins Wohnzimmer kein Geschirr mitgenommen werden durfte. Und auf die Einhaltung dieser Regel achtete sie am strengsten.

Im Flur knallte eine Tür. Eins der Kinder.

Mehrere Sekunden lang herrschte Schweigen, dann ergriff Tom wieder das Wort. »Um deine Frage zu beantworten, meine liebe Ehefrau: nein. Nein, ich weiß nicht, wo das vermisste Mädchen ist.«

Sie sah, wie ihr Mann für eine Tagung in San Francisco eine Reisetasche aus dem Schrank nahm. »Die Leute vom College reden.«

Mit einem Hemd in der Hand hielt Tom kurz inne. »Lass sie reden!«

»Ach ja? Damit sie glauben, dass einer von uns dem Mädchen etwas angetan hat?«

Er warf das Hemd in die Tasche. »Wenn es das ist, worüber sie reden wollen, klar.«

Sie hasste diesen Unterton in seiner Stimme, mit dem er

so oft dafür sorgte, dass sie das Gefühl hatte, sich schlecht zu benehmen.

»Bin ich etwa eine Zicke, nur weil ich dich das frage? Bin ich eine Zicke, wenn ich dich frage, ob du etwas vom Verbleib dieses Mädchens weißt, mit dem du …« Sie verstummte und starrte wieder auf die lilafarbene Bettdecke. Sie kam ihr jetzt unpassend vor, kindisch, wie etwas, das ihre Studentinnen sich aussuchen würden, aber keine Frau in ihrem Alter. Die Volants wirkten ebenso teeniehaft. Plötzlich verspürte sie den Drang, sie herunterzureißen.

Tom pfefferte einen leeren Kleiderbügel auf den Teppich und griff nach einem hellblauen Poloshirt.

Sie hob den Kleiderbügel vom Boden auf. »Bin ich das?«, fragte sie eindringlich. »Ist es falsch von mir, dich zu fragen? Ist in letzter Zeit denn alles, was ich sage oder frage, völlig falsch?«

Er warf eine Krawatte in die Reisetasche.

Sie griff nach ihrem Weinglas und trank den Rest auf ex, während die Wut in ihr hochstieg.

»Schön zu sehen, dass du wieder trinkst«, murmelte er. »Das macht uns die Sache natürlich viel leichter.«

»Leicht?« Rachels Lachen klang bitter. »Und was machst du? Machst du es unserer Ehe etwa leicht? Und unseren Kindern?« In ihren Augen brannte es, aber es widerstrebte ihr zu weinen. Sie hatte seinetwegen schon so viele Tränen vergossen, zu viele. »Kommst du wenigstens rechtzeitig zum Familienabend aus San Francisco zurück?«

Nachdem sie sich versöhnt hatten, hatten Tom und sie vereinbart, dass ein neues Ritual der Familie guttun würde, und darum hatten sie den Samstagabend zum Familienabend erklärt.

»Ich weiß es nicht.«

Rachel seufzte und sah weiter zu, wie ihr Mann seine Tasche packte. Sie fühlte sich elend, vernachlässigt und machtlos. Sie hasste ihr Leben und das, was aus ihr geworden war.

»Tommy hat mir erzählt, dass Kelsey sich nachts aus ihrem Zimmer schleicht«, sagte sie, in einem letzten, verzweifelten Versuch, ein gemeinsames Thema zu finden, das ihnen helfen würde, wieder zusammenzufinden.

Tom schloss die Reisetasche. »Dann red mit ihr, Rachel. Aber tu's nicht, wenn du getrunken hast. Damit muss sie nicht auch noch fertigwerden.«

Die Wut in ihrem Inneren war zu groß, um sie zurückzuhalten. Sie atmete heftig ein, denn sie hatte das Gefühl, ersticken zu müssen, wenn sie es nicht tat. »Ach, leck mich doch«, sagte sie und erhob sich auf wackligen Beinen. Sie ging zur Schlafzimmertür und drehte sich zu ihm um. »Scheiß auf dich und deine Affäre. Weißt du, im Grunde bist du schon längst ein Fremder für mich.«

Sie starrte ihn an, blickte dem Menschen in die Augen, dem sie einst ihr Leben anvertraut hätte. Dann wankte sie aus dem Zimmer.

Kapitel 21

DER STRENGE GERUCH EINES FEUCHTEN MISTHAUFENS HING IN der Luft, als die beiden Mädchen die Veranda vor Haleys Elternhaus erreichten. Erica bückte sich und versuchte, einen Krampf im hinteren Oberschenkel zu lösen.

»Was glaubst du, wer könnte das gewesen sein?«, fragte Haley außer Atem.

Die Minuten, die sie gerade durchlebt hatte, kamen Erica ziemlich verschwommen vor. Sie hatte zu viel getrunken. War wirklich wieder jemand im Wald gewesen?

Erica zuckte mit den Schultern. »Das kann alles Mögliche gewesen sein. Vielleicht ein Tier.«

»Mit einer Taschenlampe?«

»Hast du eine gesehen?«, fragte sie. Sie dachte an den Menschen, der wenige Tage zuvor im Wald vor ihr davongelaufen war.

»Ja, ich glaube schon.«

»Bist du sicher? Kann auch der Mond gewesen sein. Steht heute Nacht ziemlich tief.«

Haley kicherte, und Erica erstarrte. Habe ich etwas Falsches gesagt? »Was ist daran so lustig?«

Donner grollte über ihren Köpfen, als Haley in lautes, heftiges Gelächter ausbrach. »Ich habe noch nie …«, setzte Haley an und musste dann nach Luft schnappen. »Ich habe noch nie so viel getrunken. Ich … ich glaube … ich bin betrunken.«

Nach und nach entspannte Erica sich wieder, erleichtert,

weil Haley sie nicht auslachte. Sie blickte auf ihre schmutzigen Füße herunter. Sie brannten vom vielen Rennen, aber ihr Körper steckte so voller Adrenalin, dass sie keinen Schmerz spürte. Schon lange, bevor sie den Friedhof erreicht hatte, war sie völlig aufgedreht gewesen. Denn sonst wäre sie nicht geblieben, das war ihr vollkommen klar.

»Ich werde nicht einfach betrunken. Ich bin selbst verantwortlich dafür«, fuhr Haley fort. Wieder lachte sie. »Aber es fühlt sich unglaublich an.« Sie strich sich die feuchten Ponysträhnen aus den Augen und grinste. Ihr Gesicht war so nahe, dass Erica den Wein in ihrem Atem riechen konnte. Ihre Augen funkelten im Licht der Verandalampe, schon lange war nicht mehr so viel Leben in ihnen gewesen. Zumindest für den Augenblick schien sie ihre Sorgen vergessen zu haben.

Haley stieß die Haustür auf. Drinnen konnte Erica zwei Mädchen im Teenageralter und einen kleinen Jungen erkennen. Alle drei starrten sie an. Sie machte Anstalten zu gehen, aber Haley griff nach ihrer Hand.

»Hay-wee!«, krähte der Junge, und seine Stimme durchschnitt die Stille. Er stürzte auf Haley zu, rannte sie beinahe über den Haufen und klammerte sich an ihrem Bein fest. Der Junge sah aus wie ein kleiner Clown, mit seinen voluminösen Schmachtlocken und einer Brille mit dicken Gläsern auf der Nase, die seine Augen größer erscheinen ließen. Bei seinem Anblick fragte Erica sich, ob er das gleiche Schicksal wie sie erleiden würde, wenn er in die Schule kam, ob ihn die gleichen quälenden Witzeleien erwarteten, die ihm klarmachten, dass er nicht dazugehörte.

Haley lachte den kleinen Jungen aus.

»Warum freust du dich so? Haben sie etwa Tiffany gefunden?«, fragte die brünette Jugendliche mit hoffnungsvoller Miene, eine Zwei-Liter-Flasche Coke in der Hand.

Haley hörte auf zu lachen.

Widerstrebend nahm Erica an dem Eichentisch neben dem anderen Mädchen Platz. Sie stellte ihren Rucksack neben sich ab und beschloss, nur wenige Minuten zu bleiben. Dann würde sie zum Friedhof zurückgehen, ihre Flipflops holen und sich ein bisschen im Wald umschauen, um danach nach Hause zu fahren und weiter an ihrem Buch zu arbeiten.

»Wo is Tiffiny denn?«, fragte der kleine Junge, den Erica auf fünf oder sechs schätzte. Für ein Kind in seinem Alter sprach er ziemlich undeutlich. Er legte die Hände wie einen Trichter um seinen kleinen Mund und fing an, ungelenk im Kreis herumzulaufen.

»Erica, das ist meine Schwester Becky«, sagte Haley. »Ihre Freundin Seacrest«, erklärte sie mit Blick auf das dunkelhaarige Mädchen, »und der Kleine hier ist Sasha.« Sie wies auf den Jungen mit der schmutzigen Haut, dem gerade so schwindelig geworden war, dass er hinfiel. »Becky ist seine Babysitterin.«

»Hi«, grüßte Becky mit einem freundlichen Lächeln im Gesicht.

Seacrest musterte Erica nur gelangweilt.

»Woher habt ihr das McDonald's-Zeug?«, fragte Haley ihre Schwester.

Schweigend konzentrierte Becky sich darauf, Coke in drei Gläser zu gießen. Sie sah fast genauso merkwürdig aus wie der kleinen Junge. Ihre Gesichtszüge wirkten unharmonisch. Sie hatte strähniges braunes Haar, eng stehende Augen und eine Nase, die für ihr Gesicht zu breit war. Sie ähnelte ihrer hübschen Schwester überhaupt nicht.

»Becky?«, wiederholte Haley, als ihre Schwester nicht antwortete.

»Wir hatten eine Mitfahrgelegenheit nach Chester«, antwortete Becky schließlich lässig und reichte Sasha, der nun aufrecht auf dem Fußboden saß, ein Glas.

»Bei wem?«, fragte Haley.

Becky gab Sasha einen Burger. »Keine Ahnung. Irgendein Typ eben.«

»Einfach irgendein Typ?«

Seacrest kicherte leise.

»Okay, wir sind per Anhalter gefahren«, gab Becky nervös zu.

»Ihr seid was?«, rief Haley aus.

»Was is Analter, Hay-wee?«, fragte Sasha vom Fußboden aus, den Mund vollgestopft mit Brot und Fleisch.

Erica rutschte unbehaglich auf dem Stuhl hin und her. Sie zog an ihrem feuchten T-Shirt, und kühle Luft drang zwischen den Baumwollstoff und ihre Haut. Sie musterte Seacrest, die nicht nur ganz anders aussah als die anständigen, gesunden Landrys, sondern auch eine völlig andere Ausstrahlung hatte. Sie trug eng sitzende Shorts und ein Neckholdertop, und in ihrer Miene lag etwas Bösartiges, Grausames. Seacrest musste den Blick gespürt haben, denn sie drehte sich um und betrachtete Erica kurz aus schmalen Augen, bevor sie Becky ein Glas Coke aus der Hand nahm.

Der Blickwechsel sorgte dafür, dass Erica die Wangen brannten. Es war ein Déjà-vu-Erlebnis aus ihrer grauenhaften Schulzeit.

Taxiert werden.

Abgelehnt werden.

Die Tatsache, dass ein so viel jüngeres Mädchen ihr so viel anhaben konnte, sorgte dafür, dass sie sich vor sich selbst schämte. Sie fühlte sich schwach und erbärmlich. Sie erinnerte sich an die Worte, die ihre Mutter sich selbst nach jedem Streit mit Ericas Vater wie ein Mantra vorgesagt hatte: »Niemand kann dafür sorgen, dass du dich unterlegen fühlst. Es sei denn, du lässt es zu.« Sie richtete sich in dem Sessel auf und straffte die Schultern.

»Das ist doch keine große Sache«, verteidigte Becky sich.

»Trampen ist keine große Sache?«, schnauzte Haley sie an.

Erica sah, dass Haleys Augen merkwürdig aussahen. Irgendwie war ihr Blick nicht zielgerichtet. Sie war eindeutig betrunken.

Haley schwankte leicht, dann stützte sie sich auf den Tisch. »Hast du vergessen, dass Tiffany vermisst wird?«

»Wo is Tiffiny?«, fragte Sasha erneut und wirkte nun besorgt.

»Seacrest trampt andauernd«, behauptete Becky. Sie zeigte auf das andere Mädchen. »Und wie du siehst, hat sie bisher niemand in kleine Stücke geschnitten.«

Eine Menge aufgeregter Worte quollen aus Haleys Mund, doch Becky verstand kein einziges davon.

Mit offenem Mund starrte sie ihre große Schwester an. »Oh mein Gott, du bist betrunken! Darum benimmst du dich so komisch!«

»Was?«, fragte Haley und versuchte, sich nichts anmerken zu lassen.

Erica wollte nichts mehr hören und sehen. Wenn sie Familienstreit haben wollte – bei ihr zu Hause gab es genug davon. Als sich die Gelegenheit bot, sich davonzuschleichen, packte sie ihren Rucksack und steuerte auf die Haustür zu. Unterwegs hörte sie, wie Beckys Stimme lauter wurde, als sie noch einmal auf ihre Schwester losging.

»Du bist so besoffen, dass du kaum noch sprechen kannst! Und mir hältst du Vorträge? Was für eine verfluchte Heuchlerin du doch bist!«

Kapitel 22

SCHWEISSGEBADET VOR ANGST WACHTE ER AUF. ES WAR DONnerstag, zwei Uhr nachts. Fünf Tage seit dem Mord, und die Cops hatten sich noch nicht blicken lassen. Genau wie bei den Morden Jahre zuvor hatten sie nicht den geringsten Anhaltspunkt.

Er dachte an den Albtraum, der ihn im Schlaf überfallen hatte und in dem er wieder durchleben musste, wie er zehn Jahre zuvor aufgewacht war und seine Mutter draußen im Hof gesehen hatte.

Er biss die Zähne zusammen und ließ sich wieder auf das Kissen sinken.

Damals war er erst neun Jahre alt gewesen. Er war vom Küchenfenster zurück in sein Zimmer gerannt und wieder ins Bett geschlüpft. Unter der kratzigen Decke hatte er sich zusammengerollt und die Augen zugekniffen. Du hast nur geträumt, hatte er sich eingeredet. Es ist ein Albtraum, nichts sonst. Seine Mutter lag betrunken im Bett, wo sie hingehörte – stand nicht draußen im Regen –, und er lag hier in seinem Bett, warm eingehüllt … und halbwegs in Sicherheit bis zum Morgengrauen.

Draußen schlug ein Zweig immer wieder gegen sein Fenster wie ein dünner Finger, der unbedingt die Aufmerksamkeit auf sich ziehen wollte. Tap, tap. TAP! Tap, tap. Er verzog sich tiefer unter die Decke und umklammerte seine Knie.

Die Zimmertür schwang auf und knallte gegen die Wand. »Versuchst du etwa, mich auszusperren, Cher?«, knurrte seine

Mutter mit einem gefährlichen Unterton in der Stimme. »Dann könnte es nächstes Mal hilfreich sein, wenn du auch die Haustür abschließt.« Sie riss die Decke von seinem Bett und schaute auf ihn herab, ihr Atem roch scharf nach Whisky. »Steh auf!«

Kühles Wasser tropfte von ihrem nackten Körper auf sein blasses Gesicht und in den Nacken. Knochige Finger packten ihn am Handgelenk und zogen ihn aus dem Bett. »Ich sagte, steh auf und hilf mir!«

Draußen regnete es in Strömen, beinahe sofort waren seine nackte Haut und die Unterwäsche nass. Er starrte auf einen halb nackten Mann, der auf dem Boden lag, das Gesicht blutverschmiert.

Die Augen des Mannes waren geschlossen, und sein Kiefer klaffte in einem seltsamen Winkel. Er trug nur ein weißes Unterhemd. Sein Blick sauste hin und her, nahm den behaarten, aufgedunsenen Bauch und die stämmigen kurzen Beine wahr. Dann sah er dem Mann wieder ins Gesicht.

Seine Mutter drückte dem Mann die Finger in den Nacken. »Pack ihn am Handgelenk!«, befahl sie.

Er bückte sich, widerstrebend berührte er das Handgelenk des Mannes. »Ist er … ist er tot?«

»Ich sagte, pack ihn am Handgelenk, Junge!«

In den darauffolgenden Minuten schleiften sie den Mann vom Haus die etwa siebzig Meter bis zum Teich. Während sie ihn über den Rasen zerrten, spürte der Junge, wie etwas Warmes in ihm explodierte. Es breitete sich erst in seinem Bauch aus und strömte dann durch seine Venen: eine Mischung aus Panik, Angst und einem merkwürdigen Hochgefühl – ein Gefühl, das seltsamerweise nicht nur unangenehm war.

Über ihnen riss der Himmel auf, und der Mann hustete. Er ließ das Handgelenk los und trat einen Schritt zurück. »Er lebt!«, schrie er.

»Was machst du da? Nimm diesen gottverdammten Arm und zieh!«

Der Mann war wieder still, und sie legten ihn am Ufer des Teiches ab. Der Regen hatte nachgelassen, und der Mond schien hinter den Wolken hervor. Zwei Wassermokassinottern durchschnitten das trübe Wasser und glitten auf die Stelle zu, an der die alte Piroge mit dem Kiel nach oben lag.

Er mied den Blick seiner Mutter und konzentrierte sich auf die Schlangen. Er fragte sich, ob sie die Gefahr riechen konnten, die in der Luft lag, den bevorstehenden Tod des Fremden. Der Tod war ein Ort, von dem er geträumt und sich oftmals gefragt hatte, ob es ein schönerer Ort sei als der, den er während seines jungen Lebens kennengelernt hatte.

»Du wartest hier!«, befahl sie. »Ich komme gleich wieder.« Und damit war seine Mutter in der Dunkelheit verschwunden.

»Dariah?«, flüsterte der Mann und öffnete halb die Augen. »Was machst du …«, setzte er an und verstummte wieder. Das flache, gurgelnde Geräusch, das er von sich gab, wurde fast vollständig vom entfernten Quaken der Ochsenfrösche übertönt.

Einen Augenblick später war seine Mutter außer Atem und mit einer Schaufel in der Hand zurückgekommen. Sie warf sie auf den Boden, packte ihn bei den schmalen Schultern und grub ihm die langen roten Nägel tief ins Fleisch.

»Dariah?«, flüsterte der Mann erneut. »Was ist …?«

Sie ließ ihn los und starrte den Mann einen langen Moment an. Plötzlich wurde sie ganz ruhig. Als sie wieder sprach, formte sie die Worte sehr langsam. »Ich gehe jetzt ins Haus.« Sie reichte ihm die Schaufel. »Und wenn ich zurückkomme, atmet er nicht mehr. Hast du das verstanden?«

Ein eigenartiges Licht war in seinem Kopf angegangen. Es leuchtete erst hell und wurde dann etwas schwächer. Auf seinem nackten Rücken fühlte der heftige Regen sich an wie spitze kleine Eiszapfen, während der Mann erneut dieses widerwärtige Gurgeln von sich gab.

»Glaub bloß nicht, du könntest in die Stadt gehen und anfangen, Geschichten zu erzählen. Das kannst du nicht, denn du wirst genauso schuldig sein wie ich. Hörst du, was ich dir sage? In dieser Sache hängen wir beide drin.« Ein Grinsen breitete sich in ihrem Gesicht aus. »Und das wirst du nie vergessen, sogar, wenn du dich sonst an nichts mehr erinnerst.«

»Aber …«

»Nichts aber!«, knurrte sie wütend. Regenwasser tropfte ihr vom Kinn. »Ich bin deine Mom, und du tust, was ich dir sage!« Sie deutete auf die Schaufel. »Du tust jetzt, was ich gesagt habe, und wenn ich die Sachen zusammen habe, die wir brauchen, bin ich wieder da.«

Sie stürmte auf das Haus zu, und er blickte ihr hinterher, bis er ihre Gestalt in der Dunkelheit nicht mehr erkennen konnte. Dann drehte er sich zu dem Mann um, der noch immer gurgelte. Seine Augen waren klein und angsterfüllt.

»Mein Sohn … du musst mir helfen«, brachte er mühsam heraus. »Du musst mich … vor Dariah verstecken. Irgend… irgendwas hat ausgesetzt im Kopf dieser Verrückten.«

Er neigte den Kopf und musterte den Mann. Sein Herz schlug so heftig, dass er glaubte, umfallen zu müssen. Er wollte das nicht tun. Er wusste nicht einmal, ob er es konnte. Aber wenn er es nicht tat, würde sie ihm das Leben noch sehr viel schwerer machen, und er wusste, dass er das nicht mehr ertragen würde.

Der Mann atmete mühsam.

»Bitte, Junge«, flehte er. »Bitte. Ich kann meine Beine nicht spüren … und wir haben nicht viel Zeit. Diese Frau macht uns beide fertig. Sie bringt uns beide um. Du musst … du musst mich verstecken.«

Aber der Junge hatte bereits seine eigenen Schlüsse gezogen.

Entweder der Fremde oder er selbst, also musste der Fremde daran glauben. Er atmete flach und stoßweise und hob die Schaufel hoch über den Kopf.

»Gott … bitte vergib mir«, flehte er.

Dann durchdrangen die Schreie des Mannes und seine eigenen die Nacht, als er tat, was seine Mutter ihm aufgetragen hatte.

Kapitel 23

HALEY BLINZELTE IN DIE DUNKELHEIT UND DREHTE DEN KOPF, UM nach der Uhrzeit zu sehen: drei Uhr. Es war schon Donnerstagmorgen. Aller Wahrscheinlichkeit nach wurde Tiffany immer noch vermisst.

Sie wischte sich die Schweißperlen von der Stirn und befreite ihre Füße aus der Bettdecke, in der sie sich verfangen hatten. Ein schmaler Lichtstrahl drang aus Beckys Zimmer, und sie hörte Seacrest lachen, Beckys neue Freundin.

Sie stand auf und spähte durch die mottenzerfressene Plane, die die Lücken in der unfertigen Wand bedeckte, die ihr Zimmer von Beckys trennte. Als Haley und Becky heranwuchsen und es ihnen unangenehm wurde, sich ein Zimmer zu teilen, hatte ihr Vater beschlossen, eine Wand in der Mitte des großen Raumes zu errichten, damit seine Töchter sich zurückziehen und ungestört sein konnten. Aber er war gestorben, bevor er mit dem Bau fertig war.

Nun lag Seacrest auf dem Bauch am Fußende von Beckys Bett, nur mit einer roten Unterhose und einem winzigen T-Shirt bekleidet. Ihr dunkles Haar verdeckte zum Teil ihr Gesicht, während sie in einer Illustrierten blätterte.

Becky saß am Kopfende, ebenfalls mit einer Zeitschrift in der Hand. Sie tippte sich mit einem Finger auf den Mund und konzentrierte sich auf das, was sie las.

»Ach nee«, murmelte Seacrest und schüttelte den Kopf. Sie kicherte. »Hör mal, egal, wie dringend du pinkeln musst, du machst ab jetzt immer das Licht im Bad an, bevor du dich auf die Toilette setzt.«

»Hä?«, fragte Becky geistesabwesend.

»Das Mädel war bei ihrer Freundin zu Hause und ist ins Badezimmer gegangen, ohne das Licht anzumachen. Sie wollte sich aufs Klo setzen und ist stattdessen auf dem Schoß von diesem Typen gelandet«, sagte Seacrest und schüttelte erneut den Kopf. Sie erhob sich auf die Knie und warf ihr langes Haar über die Schulter zurück. »Und sie war in den Typen verknallt. Sie hat auf ihn draufgepinkelt. Direkt auf seinen Schoß. Wie blöd kann man eigentlich sein?«

Becky kicherte.

Seacrest streckte sich und entblößte ihren Bauch. Ihre vollen Lippen öffneten sich zu einem Gähnen, und ihr Nasenring mit dem Smaragd darin funkelte. Mit einem Anflug von Neid bemerkte Haley, dass das Mädchen sogar dann fantastisch aussah, wenn sie es gar nicht darauf anlegte.

Seacrest drehte sich zu Becky. »Du hast doch gesagt, dass deine Schwester mit dem Mädchen befreundet ist, stimmt's? Ich meine die, die verschwunden ist.«

Becky legte sich die Illustrierte auf die Brust. »Tiffany. Ja, sie ist ihre beste Freundin.«

»Glaubst du, sie ist tot?«

»Auf keinen Fall!«

»Aber was ist dann mit ihr passiert?«

»Keine Ahnung«, antwortete Becky nachdenklich. »Aber so was … so was passiert in dieser Gegend einfach nicht.«

»Ich wette, sie ist tot.«

Becky runzelte die Stirn. »Lass das bloß nicht Haley hören. Die kriegt 'nen Anfall.«

»Ich wette, ihr Freund hat sie umgebracht«, sagte Seacrest. »So was passiert dauernd. Manchmal finden sie die Leute erst Jahre später, und dann tauchen Körperteile in verschiedenen

Städten auf. Finger, Füße, Arme. Manchmal auch ihre Köpfe. Sie haben einen Kopf in der Wohnung von diesem Dahmer gefunden. Das war ein Nekrophiler.«

Haley kroch zurück ins Bett und vergrub den Kopf im Kissen. Sie wollte nichts mehr hören. Sie wünschte, Becky hätte Seacrest nicht kennengelernt. Sie war das, was Mom eine Kanaille genannt hätte, boshaft und ungezogen. Schlechte Nachrichten von der anderen Seite der Stadt sozusagen.

Vulgär und bedenklich gekleidet, übte sie schlechten Einfluss auf Becky aus, die wie die meisten Teenager noch nicht recht wusste, wer sie eigentlich war.

Und so über Tiffany zu sprechen! Mit welchem Recht behauptete sie, sie sei …

Im Wohnzimmer knarrte eine Holzdiele. Haley stützte sich auf die Ellbogen und sah, dass die beiden Mädchen immer noch in Beckys Zimmer waren und schweigend lasen.

Sie schwang die Beine aus dem Bett, stand auf und zog sich Shorts an. Sie fühlte etwas Sandiges unter den Füßen: feines Sägemehl, das von der Arbeit ihres Vaters an der Wand stammte. Manchmal konnte sie es sogar in ihren Laken spüren. Und dann hatte sie immer das Gefühl, dass ihr Vater ganz nah bei ihr war.

Als sie die Tür öffnete, sah Haley ihre Mutter an der Spüle in der Küche stehen. Wrigley, die elfjährige Windhündin, die ihrer Mutter so gut wie nie von der Seite wich, blickte sie schläfrig von ihrem Platz auf dem Boden aus an.

»Mom? Soll ich dir etwas bringen?«, fragte Haley.

Ihre Mutter schüttelte den Kopf. »Nein, Dummerchen, ich hole nur etwas zu trinken für Wrigley.« Dummerchen. So hatte ihre Mutter sie zuletzt vor dem Unfall genannt.

Haley legte ihr eine Hand auf die knochige Schulter. »Bist du sicher? Ich habe Gumbo gekocht. Soll ich dir schnell was aufwärmen?«

Das Haar der älteren Frau war zerzaust und fettig. Außer in ihren Albträumen war dies das erste Mal in beinahe fünf Tagen, dass Haley ihre Mutter wach sah.

»Ich habe keinen Hunger, Liebes«, erklärte Mrs Landry und drehte den Wasserhahn zu. »Wrigley musste nur kurz raus.«

Der saure, unsaubere Geruch, den ihre Mutter verströmte, stieg Haley in die Nase. Sie bemerkte zwei Tabletten in ihrer Hand.

»Wie geht's dir?«

»Es geht mir gut, mein Schatz. Alles in Ordnung.« Sie legte sich die Tabletten auf die Zunge und spülte sie mit einem Becher Wasser herunter. »Das sind nur die Schlaftabletten, die Dr. Broussard mir verschrieben hat. Sie helfen mir … klarzukommen.«

Mit einer Schüssel Wasser in der Hand ging sie an Haley vorbei und steuerte durch das Wohnzimmer wieder auf ihr Schlafzimmer zu. Die Bewegungen ihres Körpers zeichneten sich unter dem schäbigen gelben Morgenmantel ab, aber sie besaßen nicht mehr den femininen Schwung, der ihnen vor dem Unfall zu eigen gewesen war. Mrs Landry bewegte sich so schwerfällig, als trüge sie die Last der ganzen Welt auf ihren Schultern.

Die von Arthritis geplagte Wrigley grunzte leise, als sie aufstand und ihr folgte.

»Tiffany wird vermisst«, sagte Haley.

Ihre Mutter ließ die Klinke an der Tür zu ihrem Zimmer los. »Vermisst?« Verwirrt verzog sie das Gesicht. »Wie schrecklich. Ich sollte Julia anrufen«, gab sie zurück und meinte damit Tiffanys Mutter. »Wann ist das passiert?«

»Seit Samstag hat sie niemand mehr gesehen.«

»Ist heute Montag?«

»Dienstag.«

»Oh!« Die Schüssel zitterte in ihrer Hand. »Ist sie vielleicht mit einem Jungen zusammen?«

Haley schüttelte den Kopf. »Nein. Das hätte sie mir gesagt.«

»Ja, vermutlich hast du recht, Liebes. Aber ich bin sicher, sie wird wieder auftauchen. Ich werde für sie beten.«

»Sheriff Hebert war hier, aber du hast geschlafen. Er hat gesagt, er wollte dich nicht stören. Ein Detective ist mit ihm unterwegs. Sie wollen mit jedem in der Stadt sprechen, sie werden also bestimmt noch mal vorbeikommen.«

Ihre Mutter nickte. »Wie geht's deiner Schwester?«

»Gut.«

»Gut. Das ist sehr gut«, sagte ihre Mutter, und ein schwaches Lächeln huschte über ihr Gesicht. Haley sah, dass ihre Zähne in den vergangenen Monaten gelb geworden waren. »Und dir, Haley?«

»Mir geht's auch gut.«

»Wie läuft's am College?«

Um sie nicht zu beunruhigen, hatte Haley ihrer Mutter verschwiegen, dass sie sich nicht für die Sommerkurse angemeldet hatte. Ursprünglich hatte sie vorgehabt, Kurse zu belegen, um das versäumte erste Semester aufzuholen. »Gut«, erwiderte sie.

»Ist es schwierig für dich, nach Lafayette und zurück zu kommen?«

Haley schüttelte den Kopf.

»Gut, sehr gut. Ich muss mich jetzt ein bisschen ausruhen. Schlaf schön, Liebes.« Sie und Wrigley verschwanden in dem Zimmer. Hinter ihnen fiel die Tür ins Schloss.

Einen langen Augenblick stand Haley neben der Tür. »C'est l'heure du lit«, flüsterte sie, als sie sich an Nanas sanfte Worte zur Schlafenszeit erinnerte. »Gute Nacht, Mom.«

* * *

Es war das zweite Mal, dass Haley in dieser Nacht die Augen aufschlug. Sie setzte sich auf und schaute auf den Radiowecker. Es war fast vier Uhr morgens.

Was hatte sie um diese Zeit geweckt?

Da hörte sie es wieder. Jemand schrie. Sie schoss aus dem Bett und rannte in Beckys Zimmer. Das Deckenlicht war eingeschaltet, und Becky hockte zusammengekrümmt in der Ecke hinter ihrem Bett, eine Kruste aus angetrockneter Antipickelcreme bedeckte Nase und Kinn.

»Jemand ist draußen vor dem Fenster«, flüsterte eine Stimme hinter ihr.

Haley drehte sich um und sah Seacrest, die neben der Kommode kniete. Auch ihr Gesicht war von Pickelcreme gesprenkelt, und sie zeigte auf das Fenster.

»Becky, geh in mein Zimmer«, flüsterte Haley.

Becky rührte sich nicht vom Fleck.

Jemand klopfte leise an die Scheibe. Haleys Herz begann schneller zu schlagen. Eine gedämpfte Stimme rief etwas von der anderen Seite. Dann erschien ein Gesicht vor dem Fenster, aber sie konnte nicht erkennen, wer es war.

Haley hielt den Atem an und trat einen Schritt vor. »Tiffany? Bist du das?«

Wieder rief die Stimme: »Nein, ich bin's, Charles.«

Kapitel 24

HALEY SCHALTETE DAS LICHT AUF DER VERANDA EIN UND TRAT hinaus vor die Haustür. Charles saß auf der Hollywoodschaukel. Er trug ein zerknittertes weißes T-Shirt und locker sitzende Jeans und hielt eines der Flugblätter umklammert, die Mrs Perron angefertigt hatte. Sie hatte sie überall aufgehängt: an Baumstämmen und Verkehrszeichen, in Schaufenstern und öffentlichen Toiletten, seitlich an Briefkästen und an Autos. Es war unmöglich, sich in der Stadt aufzuhalten, ohne mindestens ein Dutzend Kopien von Tiffanys Porträt zu sehen.

»Wo warst du?«, fragte Haley.

Charles schien seine Worte abzuwägen, bevor er sie aussprach. Als er schließlich das Schweigen brach, war seine Stimme rau und leise. »Du weißt doch, dass ich Tiffany nicht wehgetan habe, oder?«

Vor weniger als einer Woche noch hätte sie Charles' Frage bejaht. Sie hätte sich beim besten Willen nicht vorstellen können, dass er Tiffany etwas antat.

»Du hast mir nicht geantwortet. Wo warst du?«, wiederholte sie.

»Zu Hause … meistens.«

»Ich bin dort gewesen, Charles. Viele Male. Entweder hat sich niemand gemeldet, oder deine Mutter hat behauptet, du seist nicht zu Hause. Du bist mir aus dem Weg gegangen.«

»Meine Mutter hielt es für das Beste, dass ich mich bedeckt halte, bis Tiffany wieder auftaucht.« Er konzentrierte sich auf das Flugblatt und faltete es sorgfältig in zwei Hälften. »Ich weiß, wie das aussieht, Haley. Ich bin nicht blöd. Ich dachte, sie würde wiederkommen, aber so war es nicht.«

»Was ist am Samstag passiert? Wo ist sie?«

»Ich weiß es nicht. Klar, wenn ich sage, dass ich keine Ahnung habe, klingt das...« Er senkte den Kopf. »Weißt du, wir haben uns gestritten. In den letzten zwei Wochen hatten wir dauernd Streit. Und am Samstagabend ist sie einfach... verschwunden.«

»Verschwunden?«

»Scheiße! Verstehst du, was ich meine?« Er drehte sich um, und die Ketten der Schaukel protestierten quietschend gegen die Belastung durch sein Gewicht. »Ich wusste, dass es so kommen würde. Ich sage, dass ich nichts weiß, und du glaubst, dass ich ihr etwas angetan habe. Genau das denkt auch der Sheriff. Und dieser erbärmliche Typ, dieser Detective vom Arsch der Welt, der dauernd bei uns zu Hause herumlungert.«

Er lief nun auf der Veranda auf und ab, das Flugblatt flatterte in seiner Hand. »Tiffany hat sich wieder mit jemandem getroffen, Haley. Sie hat es geleugnet, aber ich weiß, dass es stimmt. Sie hat sich irgendwie anders benommen. Genau wie bei der Sache mit diesem Anderson.«

Er blieb stehen und setzte sich auf die oberste Stufe. Sein Fuß tappte immer wieder laut auf das Holz, aber Haley versuchte, nicht darauf zu achten. Sie wusste, dass die Mädchen noch nicht schliefen. Und ihre Mutter... als ob die aufwachen würde.

Charles schüttelte frustriert den Kopf, dann fuhr er fort: »Wir haben uns auf dem Parkplatz vom *Provost's* gestritten, und sie ist einfach abgehauen. Das war das letzte Mal, dass ich sie gesehen habe.«

»Abgehauen? Aber wohin denn?«

»In den Wald.«

»Warum hätte sie in den Wald gehen sollen? Sie hasst den Wald, Charles. Sie fürchtet sich davor.«

Er zuckte mit den Schultern. »Sie haut immer ab, wenn wir uns streiten. Ich schätze, der Wald kam ihr grade recht.«

»Okay. Und bist du ihr gefolgt?«

»Zuerst nicht. Weißt du, ich laufe ihr dauernd hinterher. Inzwischen erwartete sie diese Art von Aufmerksamkeit von mir. Ich hatte auf dieses Spielchen keine Lust mehr, also habe ich abgewartet. Aber als sie nach einer Weile nicht zurückkam, bin ich in den Wald gegangen, um sie zu holen.«

Haley fiel wieder ein, dass sie in jener Nacht im Wald etwas gesehen hatte, das sich bewegte. Konnte das Tiffany gewesen sein oder Charles oder …?

Ein Gürteltier trottete über den Hof, und als es ihre Anwesenheit spürte, erstarrte es. Haley beobachtete es, während sie Charles zuhörte.

»Ich habe nach ihr gerufen. Dann dachte ich, dass sie wahrscheinlich irgendwo sitzt, schmollt und mir nicht antwortet. Also bin ich nach ungefähr zehn Minuten in meinen Pick-up gestiegen und weggefahren. Tiff macht alles erst dann, wenn sie bereit dazu ist, Haley. Du kannst ihr einfach nichts vorschreiben. Das weißt du doch. Und todsicher kannst du ihr nicht vorschreiben, irgendetwas nicht zu tun, was sie tun will. Wäre ich geblieben und hätte noch ein bisschen länger gewartet, dann würde all das jetzt vielleicht nicht passieren. Glaub mir, wenn ihr irgendetwas … du weißt schon … etwas Schlimmes … passiert ist, dann kann ich mit mir selbst nicht mehr leben.«

Haley versuchte, seine Worte zu verarbeiten.

»Glaubst du, dass sie vielleicht mit einem anderen weggelaufen ist?«, fragte er.

Sie schüttelte den Kopf und sah zu, wie das Gürteltier davonlief.

»Weißt du, mit wem sie sich getroffen hat?«

»Nein.«

»Aber du weißt, dass sie sich mit jemandem getroffen hat?«

»Ehrlich, ich weiß es nicht.«

»Ich will dich nicht unter Druck setzen«, sagte Charles. »Es ist nur schwer für mich, weil ich weiß, wie nahe ihr beiden euch steht. Ich weiß, dass sie dir alles Mögliche erzählt.«

Er sagte »erzählt«, nicht »erzählte«. Das war ein gutes Zeichen.

»Charles, Tiffany hat gesagt, dass du dich in letzter Zeit seltsam verhalten hast. Wie besessen.«

»Besessen.« Er schnaubte. »Ja, das könnte von ihr kommen. Mensch, Haley, du weißt doch, wie dramatisch sie sein kann. Wenn sie sich am Küchenschrank stößt, erzählt sie wahrscheinlich, dass sie eine klaffende Wunde am Schädel hat. Wenn im Supermarkt zufällig ein Typ mit ihr flirtet, macht sie gleich drei daraus.«

Charles hatte recht.

Er fuhr mit den Fingern in sein Haar und ließ den Blick über die Veranda schweifen. »Ich weiß nicht, was ich tun soll. Dauernd löchern sie mich mit Fragen. Dieselben Fragen immer wieder, um festzustellen, ob ich ins Straucheln komme und mir selbst widerspreche. Es ist wie in einer richtig schlechten Folge von *Law & Order* oder so. Scheiße, langsam krieg ich echt Panik.«

Haley ging zur Schaukel und setzte sich hinein.

»Der Sheriff und dieser Arsch von Detective, die einen Scheiß darüber wissen, wie man einen Vermisstenfall aufklärt, glauben, dass ich dahinterstecke. Sie sehen eine Art Monster in mir. Und es hilft mir todsicher nicht weiter, dass ich ein schwarzer Mann in einer Stadt in der hintersten Provinz bin, die voller rassistischer Ärsche steckt. Zweimal haben sie das Haus meiner Mom schon durchsucht. Meinen Pick-up. Ich weiß nicht, wie viele Stunden ich zum Verhör auf dem Revier verbracht habe. Ich glaube, die sind einfach stocksauer, weil sie mir nichts anhängen können.« Charles rang die Hände. »Mein Gott, ich habe ihr nichts getan. Das könnte ich gar nicht. Sie hat eine Welt von Schmerz um mich geschaffen, aber ich liebe dieses Mädchen immer noch wie verrückt.«

Kapitel 25

AM SAMSTAG GING HALEY WIEDER ZUR ARBEIT. SIE NAHM gerade die Bestellung eines Gastes an, als Tyler Jeffries in das Diner spaziert kam. Er hielt ein Mädchen an der Hand, das ungefähr in Beckys Alter war.

Ihr stockte der Atem, der Notizblock fiel ihr aus der Hand und landete auf den schwarz-weißen Fliesen. Das Gefühl, dass sie gleich ohnmächtig werden würde, war überwältigend.

»Sieh mal an, was hat uns die Miezekatze denn da mitgebracht?«, platzte Kim heraus und lief rasch um den Tresen herum, um ihre Cousine zu umarmen. »Hey, wo bist du gewesen, Mr Tyler? Ich habe dich eine Ewigkeit nicht gesehen.«

Als Haley in die Knie ging, um den Notizblock aufzuheben, stellte sie sich – nicht zum ersten Mal – vor, wie Tyler in jener Nacht draußen auf der Coontz Road ausgesehen haben musste, als er ihren Vater getötet hatte.

Vermutlich war er schweißgebadet gewesen, hatte die Augen weit aufgerissen, als ihm klar wurde, was er da angefahren hatte.

Schweißtropfen liefen langsam an der Rückseite von Haleys Hals herunter. Sie glaubte nicht, dass sie sich dazu überwinden konnte, durch das Diner zur Tür zu gehen, nicht, wenn er im Raum war. Aber hatte sie eine Wahl? Als sie Tyler anstarrte, bemerkte sie, wie unverbraucht und glücklich er aussah. Zu glücklich. Er verdiente es nicht, so …

Sie sah ihn noch immer an, als er herüberblickte und sie

entdeckte. Seine Miene verfinsterte sich, und schnell wandte er den Blick ab.

Die Kuhglocken bimmelten, und Mac kam herein. Er nickte allen zur Begrüßung zu. Tyler beäugte ihn zögernd.

»Miss, haben Sie mich gehört? Ist alles in Ordnung?«, fragte der Gast Haley.

Haley bemerkte, wie die Erkenntnis sich langsam in Kims gerötetem Gesicht abzeichnete, als sie sie anstarrte. Sie deutete auf Haley, und Mac steuerte auf sie zu. Seine großen braunen Augen blickten besorgt.

»Alles okay mit dir?«, flüsterte Mac. »Nein, natürlich nicht. Geh und setz dich in den Wagen.« Er reichte ihr die Schlüssel. »Ich sage Kim, dass du für den Rest des Tages freinimmst.«

* * *

Die mit Vinyl bezogenen Sitze von Macs Pick-up brannten an den Rückseiten ihrer Beine und Arme, aber Haley nahm es kaum wahr.

»Ich verstehe ja, dass es jedem hätte zustoßen können«, sagte Haley. Der Wind wehte ihr das Haar ins Gesicht. Sie kurbelte das Fenster etwas höher. »Schließlich ist Daddy am Straßenrand gegangen, und es war dunkel und hat geregnet, und dann diese scharfe Kurve … aber er war mein Vater. Und Tyler hat ihn umgebracht. Ich kann nicht einfach so tun, als wäre nichts passiert.«

Mac legte eine Hand auf Haleys Knie. »Ich weiß, Babe, ich weiß.«

Haley sah die Bäume vorbeiziehen und versuchte, nicht mehr an jene Nacht zu denken.

»Meinst du, du kannst bei mir übernachten?«, fragte sie.

Mac verlangsamte die Fahrt und bog in die Straße ein, in der sie wohnte. »Ich weiß nicht. Ich werde ziemlich lange arbeiten müssen. Darum bin ich beim Diner vorbeigekommen, um Hallo zu sagen.«

»In letzter Zeit hast du so oft bis spät abends gearbeitet«, sagte Haley. Sofort empfand sie ein leichtes Schuldgefühl, weil sie sich beklagte. Schließlich war es typisch Mac, dass er Freiraum brauchte. Den brauchte er immer, und zwar viel davon. Sie war diejenige, die sich verändert hatte, nicht er.

Aber sie sehnte sich verzweifelt nach Gesellschaft, und darum beschloss sie, die Bedürftige zu spielen. Wenn Mac sich irgendetwas wünschte, dann war es, gebraucht zu werden. Und sie brauchte Hilfe, um mit Tiffanys Verschwinden fertigzuwerden. Bisher hatten sie kaum über das gesprochen, was geschehen war.

»Bitte. Ich brauche dich.«

Langsam verzog Macs Gesicht sich zu einem Lächeln. »Du brauchst mich wirklich, stimmt's?«, meinte er und tätschelte ihr das Knie. Er parkte vor ihrem Haus. »Wie wär's, wenn ich gegen zehn noch mal vorbeikomme? Dann fahren wir zu *Luke's*, holen dein Auto und kommen dann hierher zurück. Guter Plan?«

Erleichtert nickte Haley.

»Was glaubst du, was ist mit Tiffany passiert?«, fragte sie, und die Worte waren aus ihrem Mund gepurzelt, bevor sie wusste, dass sie sie sagen würde.

»Ach, mach dir keine Sorgen um sie. Wo auch immer sie sein mag, ich bin sicher, es geht ihr gut. Du hast auch so schon Sorgen genug, Haley. Und ihre Mutter ist einfach paranoid. Inzwischen hat sie alle in Aufruhr versetzt, aber das legt sich wieder, sobald Tiffany zu Hause anruft.«

»Wie kannst du so etwas sagen? Es kann ihr gar nicht gut gehen. Wäre sie freiwillig verschwunden, dann hätte sie mich angerufen. Das weißt du.«

Mac seufzte. »Hör mal, ich muss jetzt wirklich los. Lass uns später darüber reden, okay?«

In diesem Augenblick beugte sie sich vor, um ihre Handtasche aufzuheben, und entdeckte etwas Glänzendes, das unter dem Sitz hervorlugte. Sie hob es auf. Es war eine Ausgabe des *Hustler*. Adrenalin schoss durch ihre Adern, so schockiert war sie, dieses Heft in Macs Wagen zu sehen.

Lange betrachtete sie das erregende Titelblatt. Ihr Herz raste. Obwohl sie sich nicht sicher war, was sie von Pornografie eigentlich hielt, hatte Mac das Gespräch gelegentlich darauf gelenkt, wenn sie zusammen waren, und er hatte immer behauptet, so etwas törne ihn ab.

Warum sagte er so etwas, wenn es gar nicht stimmte?

Die Tatsache, dass er dieses Magazin besaß, machte ihr auch Angst. Das einzig Vertraute, Konstante und Verlässliche in ihrem Leben war derzeit Mac. Es sah ihm einfach überhaupt nicht ähnlich.

Sie warf ihm das Heft in den Schoß. »Wie oft hast du mir erzählt, dass du keine Pornos magst? Dass du anständige Frauen magst?«

Das Magazin rutschte von seinem Schoß und fiel zu Boden.

Macs Wangen waren rot geworden, und er vermied es, ihr in die Augen zu sehen. Stattdessen blickte er geradeaus auf das Haus.

»War das eine Lüge?«

Er antwortete nicht.

Wütend schlug ihr Herz in der Brust, und plötzlich sprang sie aus dem Wagen. »Das mit dem Vorbeikommen kannst du vergessen. Ich bin lieber allein als mit jemandem zusammen, der mich anlügt.«

Sie knallte die Tür zu, stapfte auf den Hauseingang zu und fragte sich, was in ihrem Leben noch alles schiefgehen würde.

* * *

Becky roch nach Himbeeren, nach einer duftenden Bodylotion, die sie vermutlich während ihrer Anhaltereskapade mit Seacrest gekauft hatte. Aber Haley zögerte, ihr Vorhaltungen zu machen. Sie wollte nicht, dass Becky noch mehr Zeit woanders verbrachte, weg von zu Hause, wie sie es mit Sadie in den ersten Monaten nach dem Tod ihres Vaters getan hatte. Wenn sie damit wieder anfing, würde Haley völlig den Überblick über das Leben ihrer Schwester verlieren. Wenn sie mit Seacrest durch die Weltgeschichte zog, beunruhigte sie das mehr, als wenn die Mädchen zu Hause blieben.

Nun lag Becky neben Haley in deren Doppelbett. Ein Bodenventilator stand vor ihnen und blies ihnen lauwarme Luft ins Gesicht. Sasha schlief auf einem Teletubbies-Schlafsack auf dem Fußboden, sein kleiner Kiefer war entspannt, sein Mund zu einem perfekten Rund geöffnet.

Der kleine Junge tat Haley leid. Er verbrachte viel mehr Zeit bei ihnen als bei sich zu Hause. Seine Mutter war eine Stripperin, die ihre Zeit offenbar lieber mit ihren Kunden verbrachte. Obwohl Becky sich Haley gegenüber manchmal verantwortungslos verhielt, wurde der Kleine bei ihnen zu Hause wesentlich fürsorglicher behandelt als von seiner Mutter in ihrem Wohnwagen in Trespass Gardens.

Haley rieb sich die Schläfen und versuchte, den Streit, den sie gerade mit Mac gehabt hatte, an den Rand ihres Bewusstseins zu drängen. Sie war nicht bereit, sich damit auseinanderzusetzen.

»Ich habe heute Tyler Jeffries gesehen«, sagte sie.

Mit offenem Mund starrte Becky sie an. »Wirklich? Wo denn?«

»Im Diner.«

Becky verzog das Gesicht. »Dieses …«, setzte sie an und verstummte dann, weil ihr offenbar keine passenden Worte einfielen. »Arschloch, Mörder«, sagte sie schließlich. Ihre Mundwinkel verzogen sich nach unten, aber sie schien eher nachdenklich als aufgeregt zu sein.

Still lagen die beiden nebeneinander und lauschten dem Klicken des Ventilators.

»Wird es Mom je wieder besser gehen?«, fragte Becky. Sie hatte das Gesicht seitlich in ein Kissen gedrückt, und die braunen Sommersprossen auf ihrem Nasenrücken hoben sich von ihrer hellen Haut ab.

»Ganz bestimmt«, antwortete Haley, erleichtert und ziemlich überrascht, weil ihre Schwester ihre Mutter endlich einmal erwähnt hatte. Seit dem Unfall war das nur wenige Male vorgekommen.

»Aber wann? Wann geht's ihr endlich besser?«

Haley stützte sich auf dem Ellbogen ab. »Ich weiß es nicht.«

»Das geht jetzt schon ewig und drei Tage so«, klagte Becky. »Und sie tut, als würde sie uns nicht mehr kennen. Wie kann sie uns das nur antun?«

Sie war wütend, wahrscheinlich genauso wütend wie Haley.

»Sie kann im Augenblick nicht klar denken, Becky. Sie ist einfach schrecklich deprimiert.«

Becky seufzte, dann drehte sie sich auf den Bauch und überkreuzte die Knöchel. Eine braune Haarsträhne hing ihr in die helle Stirn. »Können wir irgendwas tun? Irgendwas, was Dr. Broussard nicht kann?«

»Du könntest hin und wieder zu ihr reingehen und mit ihr reden«, schlug Haley vor.

Becky schüttelte den Kopf und starrte ins Leere. »Es gefällt mir nicht, sie so zu sehen. Ich will nicht zu ihr in dieses stinkende Zimmer gehen und sie sehen, wenn sie so krank im Kopf wirkt.« Becky warf ihr einen Seitenblick zu. »Könnte sie irgendwas Dummes tun? Sich selbst verletzen oder so?«

»Um Himmels willen, nein«, erwiderte Haley schnell, und ihr schauderte. An so etwas wollte sie nicht denken, nicht jetzt. Ihr Verstand benötigte dringend ein bisschen Ruhe und Frieden.

»Wie geht's Sadie?«, fragte sie. »Ich habe sie in letzter Zeit gar nicht mehr hier gesehen.«

»Weiß ich nicht. Wir sind nicht mehr befreundet.«

»Was?«

»Ich mag Seacrest lieber, und die hasst Sadie.«

»Aber ihr seid doch immer schon Freundinnen gewesen, Beck.«

Becky zuckte mit den Schultern. »Ist sie nicht hübsch? Ich meine, Seacrest.«

Haley dachte darüber nach, was sie antworten sollte. Sie war mehr als hübsch. Tatsächlich sah sie sogar großartig aus. Aber es kam ihr so unfair vor, wen Gott mit Schönheit bedachte. »Ja, sie ist hübsch. Aber nur von außen.«

Becky drehte eine braune Strähne um einen rundlichen Finger und blickte nachdenklich drein. »Findest du, dass ich hübsch bin?«

Haley wusste, dass weder sie noch ihre Schwester je das Titelblatt einer Illustrierten zieren würden, aber das bedeutete nicht, dass sie unattraktiv waren. »Natürlich«, antwortete sie. »Du bist schön, innen und außen.«

»Aber im Vergleich zu Seacrest bin ich gar nichts. Sogar ihr Name ist supercool.« Sie schürzte die Lippen und schwieg einen Augenblick. »Da ist dieser Junge, Richard. Ich mag ihn, aber ich glaube, er mag sie lieber als mich. Ich meine, warum auch nicht? Mir würde es genauso gehen.« Sie seufzte. »Jedem würde es so gehen.«

Haley wollte ihrer Schwester einen Kuss geben und sie an sich drücken. Sie wusste, dass Becky ebenso einsam und aufgewühlt, so verwirrt und verängstigt war wie sie selbst.

»Ich glaube, Seacrest ist ein Nichts im Vergleich zu dir. Richard müsste verrückt sein, wenn er sie dir vorziehen würde.

Du bist cleverer und hast mehr Stil. Außerdem finde ich ihren Namen ziemlich blöd.«

Becky blickte sie zweifelnd an. »Sagst du das nicht nur, weil du meine Schwester bist?«

»Nein, Ehrenwort!«

Beckys Blick wurde sanfter. »Vermisst du Dad immer noch?«

»Ja, und ich werde ihn immer vermissen.«

»Ich auch«, flüsterte Becky. »Und Tiff?«

»Die vermisse ich auch«, sagte Haley.

»Glaubst du, sie ist tot? Meinst du nicht, dass sie uns angerufen hätte, wenn sie nicht tot wäre?«

Haley schluckte, und Tränen stiegen ihr in die Augen. Sie griff nach dem Anhänger an ihrem Hals und rieb ihn zwischen zwei Fingern. »Ja, Beck, das glaube ich. Ich glaube, so ist es.«

Kapitel 26

FAMILIE ANDERSON WAR IM WOHNZIMMER VERSAMMELT. KELsey saß in einem Sessel, Rachel auf dem Zweiersofa, Tom auf der Couch, und der kleine Tommy lag ausgestreckt auf dem Fußboden, eine DVD in Händen.

»Aber die habe ich schon gesehen«, beschwerte sich Kelsey. »Lass uns lieber die andere gucken.«

»Ist doch nicht mein Problem, wenn du dir schon alle angesehen hast!«, schoss Tommy zurück.

»Hört auf, euch anzuschreien«, sagte Rachel und versuchte, nicht ebenfalls laut zu werden. Sie war angespannt. Tiffany war noch immer nicht wieder aufgetaucht, und das führte dazu, dass am College alle über sie und Tom redeten … und über ihre Ehe, obwohl es niemandem zustand, darüber zu urteilen.

Rachel feilte sich die Nägel, obwohl sie sie am Tag zuvor schon zu kurz gefeilt hatte. Das leise Klingeln des Windspiels an der Hintertür war zu hören, die Metallstäbe klimperten in der undurchdringlichen Dunkelheit gegeneinander. Sie blickte aus dem Fenster hinter dem Fernsehapparat, aber es war so dunkel draußen, dass sie nichts erkennen konnte.

Tom hatte darauf bestanden, das große Fenster, das sich vom Boden bis zur sechs Meter hohen Decke erstreckte, nicht mit Gardinen zu verhängen. Es bestünde keine Notwendigkeit dazu, hatte er gesagt, weil dahinter nur der abgeschiedene Wald lag. Aber sie fühlte sich unwohl, wenn sie abends im Wohnzimmer vor dem ungeschützten Fenster saß, vor allem jetzt, wo das Mädchen vermisst wurde und ein potenzieller Mörder frei herumlief.

»Sie kriegt doch nicht schon wieder ihren Willen, oder?«, fragte Tommy, wandte sich zu seiner Mutter und blickte sie fragend an.

»Wir sehen uns den Film an, den noch keiner von uns kennt«, sagte sein Vater. »Leg die DVD ein, Tommy.«

Verärgert schnaubend nahm Tommy eine blaue DVD-Hülle vom Couchtisch.

»Haha«, flüsterte Kelsey schadenfroh.

»Kelsey, hör auf damit!«, schimpfte Rachel, und ihre Stimme klang barscher als beabsichtigt. »Dein Vater hat eine Entscheidung getroffen. Damit musst du jetzt leben.«

Wütend starrte Kelsey sie an. »Ach, und wer schreit hier jetzt?«

»Kelsey, sprich nicht so mit deiner Mutter«, mahnte Tom.

»Oh bitte«, gab Kelsey zurück und verdrehte die Augen.

Rachel biss sich auf die Zunge. Es war ihr Familienabend. Heute würde sie nachgeben und den Kampf auf einen passenderen Zeitpunkt verschieben. Außerdem war es schön, dass Tom früh aus San Francisco zurückgekommen war. Vielleicht hatte das ja etwas zu bedeuten.

Schweigend sahen sie sich die Vorschauen an. Vor den Trailern lief eine Werbesendung mit jungen Models, die Make-up anpriesen. Eine von ihnen erinnerte sie an Tiffany. Sie hatte rötliches Haar und strahlende junge Augen. Rachel dachte an ihre eigenen Augen und daran, wie müde sie inzwischen wirkten. Wann hatten sie sich eigentlich so verändert?

Das Model hatte einen schlanken und geschmeidigen Körper, genau wie Tiffany, und ihre Haut besaß einen jugendlichen Schimmer. Ein anderes Model war etwas älter und trug einen Bikini. Lag das am Body-Make-up, oder hatten diese Frauen wirklich keine Spur von Cellulitis? Am Ende des

Werbespots lächelten die Models in die Kamera und entblößten die Zähne zu einem Piranhalächeln. Sie wirkten so begehrenswert, sogar auf Rachel.

Sie erinnerte sich an die Zeit, als sie selbst begehrt wurde. Damals hatte Tom so etwas wie einen Hauptgewinn in ihr gesehen. Morgens kam er in ihrem Schlafsaal vorbei, brachte ihr Kaffee und glasierte Donuts mit und begleitete sie dann zu ihrem Kurs, so erpicht war er darauf gewesen, an ihrer Seite zu sein. Er hatte ihr süße Liebesbriefe in ihrem Fach in der Poststelle hinterlassen, und stundenlang hatte er ihr zugehört, wenn sie über ihre Träume sprach, schien immer begierig auf mehr zu warten.

Er hatte sie so innig und aufrichtig geliebt, hatte ihr keinen Grund gegeben, daran zu zweifeln, dass er immer für sie da sein würde. Aber das war lange her. Vieles hatte sich seitdem verändert.

Kelsey stand abrupt auf. »Ich muss noch Hausaufgaben machen.«

»Am Samstagabend?«, fragte Rachel und warf die Nagelfeile auf den Beistelltisch.

»Klar muss sie das«, sagte Tommy höhnisch.

»Muss ich auch!«, fauchte Kelsey ihn an.

»Kelsey, setz dich wieder hin«, sagte Rachel. »Wir machen jetzt etwas als Familie, gemeinsam. Deine Hausaufgaben kannst du auch morgen noch erledigen.«

»Warum hast du dich eigentlich um den verdammten Film gestritten, wenn du jetzt mit so was rausrückst?«, zischte Tommy.

»Verdammt noch mal, halt endlich die Klappe!«, schnauzte Kelsey ihn an. »Ich hasse Samstage. Der Familienabend ist das Blödeste, was ich je gehört habe! Daddy, ich will jetzt einfach nur meine Hausaufgaben machen. Ich will nicht zwei Stunden hier rumsitzen und mir Gedanken darüber machen.«

Tom drückte die Hand gegen die Stirn, als hätte er schreckliche Kopfschmerzen. Als er sprach, klang er resigniert. »Dann geh. Geh und mach deine Hausaufgaben.«

Kelsey rannte fast aus dem Zimmer.

Rachel spürte, wie ihre Wangen heiß wurden. Sie versuchte, alles zusammenzuhalten, hatte durchgesetzt, dass die Familie an einem Abend in der Woche ein paar Stunden Qualitätszeit miteinander verbrachte, komme, was da wolle. Und jetzt… »Tom! Warum hast du…?«

»Sie hat gesagt, sie muss Hausaufgaben machen«, erwiderte Tom mit fester Stimme.

Rachel wusste es besser. Kelsey hatte vieles im Sinn, aber Hausaufgaben gehörten ganz bestimmt nicht dazu. »Wir haben doch vereinbart, dass samstags…«

»Du hast vereinbart«, konterte er. »Ich wünschte, du würdest dich einfach mal entspannen, Rachel. Lass das Kind seine Hausaufgaben erledigen. Gönn uns einfach mal eine Verschnaufpause.«

Entspannen? Verschnaufpause? Auf einmal fühlte Rachel sich erschöpft. Sie spürte den Blick ihres Sohnes und die himmelschreiende Gleichgültigkeit ihres Mannes, als sie aufstand und aus dem Zimmer ging.

Kapitel 27

ER HUSCHTE DURCH DEN NASSKALTEN WALD UND LAUSCHTE AUFmerksam auf alle Geräusche, die er nicht selbst verursachte. Nervös schob er einen Zweig beiseite, der ihm im Weg war. Er ließ ihn eine Sekunde zu früh los, und der Zweig sprang zurück und streifte seine Brust. Kühles Regenwasser spritzte ihm ins Gesicht. Er blieb stehen und rieb sich mit dem Arm die Augen.

Er musste seine Gedanken ordnen, durch die Finsternis in seinem Kopf waten. Allie war erst mal verschwunden. Wieder einmal war sie schmollend davongelaufen, aber nicht, ohne ihn vorher wie üblich lautstark zu beleidigen.

Er packte den Zweig, warf ihn von sich, bis er auf weiteres Gestrüpp traf und sich zwischen nassen Blättern verhakte. Er dachte daran, wie sich Allie in der Nacht zuvor an ihn gepresst hatte.

An derselben Stelle, wo das Mädchen gelegen hatte.

Wenn sie wüsste.

Ihr Besuch war obszön und für einen abscheulichen Sekundenbruchteil auf beunruhigende Art verlockend gewesen. Ihre weiche Wärme, ihre seidige Haut. Es war stockdunkel gewesen, und er konnte überhaupt nichts sehen, aber er glaubte, sagen zu können, dass sie ein schwarzes Nachthemd trug, das nuttige. Ja, ganz sicher.

Sein Körper war starr, als er da auf der Seite lag, die Augen aufgerissen, und geradeaus starrte, ohne etwas zu sehen. Ihr heißer Atem, der nach Zimt roch, kitzelte ihn im Nacken, bevor er sie wegstieß, so heftig, dass sie zu Boden ging.

Einen Augenblick später erklangen laute, mit Schluchzern durchsetzte Flüche in der Dunkelheit. Ihre Fausthiebe brannten auf seinen Schultern, als sie ihn schlug. Dann rannte sie aus dem Zimmer, krachend fiel die Tür hinter ihr ins Schloss. Danach wurde es wieder still, und nur das Zirpen der Grillen vor seinem Fenster und das klägliche Miauen von Ian, dem Kater, waren zu hören gewesen.

Jetzt kam er aus dem Wald heraus und spähte zum Haus der Andersons hinüber. Wieder konnte er ungehindert in das Wohnzimmer der Familie blicken. Zwei Menschen hielten sich dort auf: Der Vater saß im Fernsehsessel, der kleine Sohn lag ausgestreckt auf dem Fußboden im blauen Zwielicht des Fernsehers. Sein nach oben gerichtetes Gesicht sah blass aus in dem flimmernden Licht dessen, was auch immer die beiden sich da anschauten.

Er hockte sich hin und kroch an der Schaukel vorbei, auf der er bereits Hunderte von Stunden verbracht hatte. Heute Abend musste er näher an das Haus herankommen.

Drei Meter von dem großen Fenster entfernt legte er sich auf den Bauch und beobachtete, was in dem Wohnzimmer vor sich ging. Der Vater lachte. Der Junge auch. Dann wurden ihre Mienen wieder ausdruckslos, und sie sahen sich weiter ihre Show an.

Rachel war nirgendwo zu sehen. Sie war diejenige, die ihn mit ihrem warmen Lächeln und leisen Lachen tröstete. Es war nicht zu übersehen, dass sie ihre Familie liebte. Sie war die Vogelmutter in diesem Nest, die Ernährerin.

Aber in letzter Zeit schien sie gestresst zu sein. Es schmerzte ihn bis in sein Innerstes, zu sehen, dass eine so schöne Frau dermaßen unter Druck stand. Einmal hatte er gesehen, dass ihre Tochter sie anschrie. Sie hatte auf den Zehenspitzen gestanden, sich vorgebeugt und Rachel ins Gesicht gebrüllt. Als sein Engel sich abwandte, wirkte ihr Gesicht so angespannt, so mitgenommen. Er musste sich zusammennehmen, um nicht mit der Faust das Fenster einzuschlagen, das Mädchen am Hals zu packen und ihr zu sagen, dass eine Mutter wie ihre ein seltenes Geschenk sei.

In seinen Tagträumen wanderte er durch das Haus – nicht, während sie dort war, das noch nicht, sondern wenn niemand sich darin aufhielt. Was würde er dort sehen? Wie lebten sie? Er sehnte sich danach, die Dinge zu berühren, die sie berührte. Sie war eine ganz besondere Frau. Eine von sehr wenigen.

Licht brannte in dem Zimmer, von dem er wusste, dass es ihrer Tochter gehörte. Er stand auf und ging näher heran. Obwohl die Jalousien heruntergelassen waren, wusste er, dass sie in dem Raum war. Er konnte ihre hochnäsige Stimme hören und Bruchstücke einer einseitigen Unterhaltung. Sie telefonierte. Und sie klang zornig.

Langsam umrundete er das Haus. An der Westseite fiel Licht aus einem kleinen rechteckigen Fenster: das große Badezimmer. Er nahm den Schatten einer Topfpflanze auf dem Fensterbrett wahr, eine Sonnenblume. Einmal hatte er gesehen, wie sie sich in dem kleinen Gewächshaus um die Blumen kümmerte, ihre Hände bewegten sich langsam, überlegt, umsichtiger, als er es je zuvor gesehen hatte. Ihre Hände waren ganz anders als die schwieligen, fordernden, gierigen Hände seiner Mutter. Er schüttelte den Kopf, um ihr Bild loszuwerden.

Er schlich sich näher heran und spähte zum Fenster hinein. Durch die Jalousie konnte er erkennen, dass sich drinnen jemand bewegte. Wasser lief. Ein Bad wurde eingelassen.

Lächelnd wandte er sich ab. Er lehnte sich mit dem Rücken an das Haus und blieb reglos dort stehen. Er hörte, wie sie auf und ab ging. Da stand er, war ihr ganz nahe, nur wenige Meter entfernt.

In diesem Augenblick traf er eine Entscheidung. Er würde hineingehen. Und zwar bald.

Vorläufig jedoch schloss er die Augen und entspannte sich.

Kapitel 28

AM NACHMITTAG WAR DER HIMMEL GRAU, EIN GEWITTER ZOG auf. Erica saß auf einer mit rotem Plastik bezogenen Bank und kritzelte etwas in ihr Notizbuch, das nun zur Hälfte mit Aufzeichnungen gefüllt war. Endlich fügte sich alles zusammen. Die Erleuchtung, die ihr gekommen war, hatte ihr Schreiben vollkommen verändert, und sie fühlte sich so angeregt und neugierig, dass sie in sich hinein lächelte.

Das Diner war ziemlich leer. Nur ein Gast saß an einem Tisch, außerdem waren noch Chris, Kim, Austin und sie selbst anwesend. Die drei Mitarbeiter standen am Tresen und unterhielten sich. Sie schnappte Bruchteile ihrer Unterhaltung auf, aber nur, wenn etwas sie interessierte.

Und der Großteil des Gesprächs interessierte sie nicht.

Blitze zuckten über den Himmel, gefolgt von ohrenbetäubendem Donner. Sie spähte aus dem Fenster, sah, wie sich das Zuckerrohr auf dem Feld neben dem Diner im heulenden Wind bog. Die *Vermisst*-Flugblätter flatterten vor den Fenstern, an denen sie aufgehängt worden waren, und versuchten, den Kampf gegen den feindseligen, hartnäckigen Wind zu gewinnen.

Erica blätterte in ihrem Notizbuch weiter vor, zu einem Ausschnitt aus der Bestsellerliste der *New York Times*. Sie fuhr mit dem Finger über den Namen einer weiblichen Krimiautorin, die möglicherweise ihre Mutter war, aber ein Pseudonym benutzte. Sie hatte das Internet nach einem Foto der Frau durchsucht, konnte aber keines finden. Ihr Name war einfach eines Tages aus heiterem Himmel aufgetaucht, und Erica war losgestürmt, um sich ihr Buch zu kaufen.

Es hatte irgendetwas mit der Art zu tun, wie diese Autorin schrieb, mit den Worten, die sie wählte. Sie kamen ihr einfach zu vertraut vor. Erica hatte Artikel über die Frau gefunden und erfahren, dass sie Single war und aus dem Süden stammte, aber keiner der Berichte verriet, woher genau.

Seufzend klappte sie das Notizbuch zu. Ihre Gedanken wanderten zu Haley, dem einzigen Menschen in ihrem Alter, den sie je gemocht hatte. Sie erinnerte sich an die Berührung des Mädchens und daran, wie selbstverständlich sie sie zu sich nach Hause eingeladen hatte. Offenbar betrachtete Haley sie als ihre Freundin.

Aber warum ausgerechnet sie? Sie waren so verschieden. Während Haley immer höflich und nett war und – zumindest bis zum Unfall ihres Vaters – vor Lebensfreude zu leuchten schien, hatte Erica den Eindruck, dass sie selbst von einer schwarzen Wolke erstickt wurde. Außerdem war Freundschaft etwas, das Erica bisher nur mit ihrer Mutter erlebt hatte. Sie wusste nicht, wie sie sich verhalten sollte, um einem anderen Menschen eine Freundin zu sein.

In den Monaten seit dem Tod von Haleys Vater hatte Erica beobachtet, wie Haley sich veränderte. Ihre Lebensfreude war erloschen. Ihre Augen waren allmählich stumpfer geworden, hatten ihren Glanz verloren. Erica hatte beobachtet, wie sie auf dem Friedhof saß und leise mit ihrem verstorbenen Vater sprach. Einmal war Haley in einen Ameisenhaufen getreten und darin stehen geblieben, bis kleine schwarze Flecke ihre Beine bedeckten. Manchmal weinte sie. Das war es, was Erica zu dem Mädchen hingezogen hatte. Sie identifizierte sich mit ihrem Verlust, ihrem Bedürfnis, den Schmerz zu verbergen, ihren geheimen Marotten und Ticks.

Und dennoch waren sie beide so verschieden.

Das Geschäft lief schlecht, zu schlecht. Am liebsten wäre Erica mit den mickrigen zehn Dollar Trinkgeld in der Tasche, die sie in den vergangenen vier Stunden bekommen hatte, einfach vor Dienstschluss gegangen.

»Diese Ermittlungen, die sie da führen, laufen ziemlich beschissen, wenn du mich fragst«, sagte Chris gerade und tunkte einen Kräcker in einen Teller Étouffée. »Der Detective stochert immer noch überall herum, aber ich sage euch, wenn sie bis jetzt noch nichts gefunden haben, werden sie auch nichts mehr finden.«

»Ich glaube immer noch, dass das Mädchen einfach weggelaufen ist«, warf Kim mit ihrer hohen Stimme ein und blickte besorgt in das Gewitter hinaus. »Abgesehen davon, habe ich mit Myrna Adams vom College gesprochen. Es gibt da ein paar interessante Vermutungen über Tom Anderson. Sie meinte, ein paar Leute aus dem Lehrerkollegium hätten es kaum erwarten können, mit dem Detective zu reden.«

»Nur, weil ein Mann seine Frau betrügt, ist er noch lange kein Mörder«, hielt Austin vom Tresen her dagegen und goss sich eine Tasse Kaffee ein.

Kim schnaubte. »Das vielleicht nicht, aber es sagt eine Menge über seinen Charakter aus. Und danach sollte man einen Menschen schließlich beurteilen, stimmt's, Chris?«

Chris nickte und griff nach der Zeitung.

»Ach, da fällt mir was ein«, fuhr Kim fort und ließ sich wieder auf ihrem Hocker nieder. »Gestern Abend habe ich mit meiner Schwester in Kalifornien gesprochen. Sie hat gefragt, ob Tiffany eine ist, die immer lächelt. Vor Jahren soll sich einer irgendwo vor einem Supermarkt rumgetrieben haben, der mochte diese Sorte besonders gern. Das war echt gruselig, was der gemacht hat. Er hat immer vor der Tür gewartet, bis Frauen rauskamen. Und dann hat er sie angelächelt und gewartet, bis eine sein Lächeln erwiderte. So hat er sich seine Opfer ausgesucht. Er hat das fast ein Jahr lang gemacht, und meine Schwester sagt, er habe sogar Briefe an die Lokalzeitung da draußen geschrieben und ihnen gesagt, was er trieb. Und trotzdem ist dieses Monster nie gefasst worden. Irgendwann hat er einfach aufgehört zu töten. Läuft immer noch frei herum. Könnte doch sein, dass er sich jetzt hier in der Gegend rumtreibt?«

Erica schlug ihr Notizbuch wieder auf und tat so, als schriebe sie, denn sie wollte nicht den Eindruck erwecken, als interessierte sie sich für das Gespräch. Fremde anlächeln, dachte sie und verlagerte das Gewicht auf der Sitzbank. Sie lächelte nur selten, denn sie wollte nicht wahrgenommen werden, noch nicht. Nicht, bevor sie etwas Großartiges vorzuweisen hatte.

»Jedenfalls habe ich meinen beiden Kleinen heute Morgen verklickert, dass sie niemals einen Fremden anlächeln dürfen«, sagte Kim. »Man sollte nur zu Leuten freundlich sein, die man kennt, weil sich da draußen wirklich jede Menge Verrückte herumtreiben. In New Orleans gibt's reichlich davon. Und wenn man mal genauer darüber nachdenkt, ist das nicht besonders weit weg von hier.«

Erica schob ihr Notizbuch in den Rucksack und stand auf. »Heute ist echt nichts los, Chris. Hast du was dagegen, wenn ich früher Schluss mache?«

»Kein Problem, Honey. Wir kommen schon klar«, erwiderte er, während sein gesundes Auge sie anblickte und das schielende auf das Gewitter draußen gerichtet war. »Ist halt mal wieder ein lahmer Nachmittag. Das Wetter macht's ja auch nicht besser.«

Die Kuhglocken bimmelten, und Detective Guitreaux trat ein. Er trug Chinos, ein blaues T-Shirt und eine Baseballcap. Er grüßte alle mit einem Nicken.

»Braut sich ein richtiges Unwetter zusammen da draußen«, sagte er, nahm die Kappe ab und fuhr sich mit den Fingern durch das dichte Haar. Chris stellte ihm eine Tasse mit frischem Kaffee hin. »Was können wir heute für Sie tun, Detective?«

»Ich würde Sie gerne unter vier Augen sprechen, wenn Sie nichts dagegen haben. Gehen wir kurz raus.«

Chris rieb sich den Nacken. »Klar. Wie Sie wollen.«

Erica hätte schwören mögen, dass Chris blass geworden war.

Kapitel 29

HALEY ÖFFNETE DIE TÜR ZUM SCHLAFZIMMER IHRER MUTTER UND stellte überrascht fest, dass sie wach war. Spröde Schwarz-Weiß-Fotos mit Eselsohren und Hunderte neuerer Farbfotos waren überall auf dem Bett und dem Fußboden verteilt. Ein leeres Fotoalbum lag auf dem Schreibtisch ihrer Mutter neben einer Schachtel Papiertaschentücher.

Einen Moment lang fragte Haley sich, ob sie zu viel getrunken hatte und sich Dinge einbildete. Aber sie hatte nur einen Gin mit Cola gehabt – bis jetzt. Seitdem sie sich den Wein mit Erica geteilt und die köstliche Gefühllosigkeit genossen hatte, hatte sie angefangen, jeden Tag einen oder zwei Drinks zu sich zu nehmen, um besser mit allem klarzukommen. Ihr Vater hatte einen ansehnlichen Geheimvorrat ganz hinten in der Speisekammer gehortet: Gin, Wodka und Bourbon. Sie probierte alle Sorten durch und stellte fest, dass sie Gin am leichtesten runterkriegte.

Haley stellte einen Teller auf den Nachttisch. »Es ist Huhn mit Klößen. Dein Lieblingsessen.«

Ihre Mutter lächelte. Es war nicht das entspannte, aufrichtig fröhliche Lächeln, mit dem Haley aufgewachsen war, sondern das unbeteiligte, gezwungene Lächeln, dem man ansah, dass es durch Medikamente verursacht war und an das sie sich in den vergangenen Monaten gewöhnt hatte. »Danke, Liebes.«

»Klebst du Fotos ein?«, fragte Haley hoffnungsvoll und ging auf das Fenster zu.

Ihre Mutter schüttelte den Kopf. Ihre Nasenspitze war rot, und zerknüllte Papiertaschentücher lagen auf ihrem Schoß. »Nein, ich sehe mir nur ein paar alte Fotos an, Süße.« Sie zeigte auf das Bett. »Diese hier habe ich mir schon ziemlich lange nicht mehr angeschaut.«

Jetzt, nur für einen Augenblick, war ihr Lächeln wieder das warme Lächeln von früher.

Sie nahm ein Foto in die Hand und reichte es Haley. Es war bei einem von Haleys Schwimmwettkämpfen aufgenommen worden, als sie zehn war, bei dem Wettschwimmen gegen die Chester Elementary School, den größten Konkurrenten ihrer Schule. Im roten Einteiler hockte Haley auf ihrer Position, angespannt und konzentriert, und wartete darauf, die Sechshundert-Meter-Freistil in Angriff zu nehmen. Haley hatte noch den Geruch des Chlors in der Nase und erinnerte sich an das Gefühl des kühlen Wassers auf der Haut. Sie dachte an die University of Louisiana und wie sie genau jetzt dort schwimmen könnte, wenn sie rechtzeitig mit dem Studium angefangen hätte.

Ihre Mutter legte das Foto wieder auf das Bett und nahm ein anderes. Das Bild zeigte ihren Vater. Er stand am Grill und hatte ein albernes Grinsen im Gesicht. In der Hand hielt er ein dickes Stück Fleisch, und er trug eine weiße Schürze mit der Aufschrift *Vegetarier*. Es war ein vollkommenes Beispiel für seinen geschmacklosen Humor. »Das hier ist auf der Feier zu Beckys zehntem Geburtstag aufgenommen worden«, sagte ihre Mutter. Sie deutete auf die linke obere Ecke. »Siehst du die Luftballons?«

Haley nickte.

Ihre Mutter blickte zu ihr hoch. »Ich weiß nicht, warum dieses hier es nicht in ein Fotoalbum geschafft hat. Scheint, als gäbe es viele Bilder, denen es so ergangen ist. Ich verstehe das nicht.«

»Keine Ahnung, Mom.«

Der Blick ihrer Mutter wanderte zu Haleys Hals. »Das ist eine hübsche Kette. Ist die neu? Hat Mac sie dir geschenkt?«

Ihre Mutter wusste ganz genau, dass die Kette nicht neu war. Haley berührte das Metall und dachte an Tiffany. »Nein, die ist nicht neu. Du hast sie mir gekauft. Und noch mal die gleiche für Tiffany. Weißt du das nicht mehr?«

Die Frau starrte Haley einen Moment lang ins Gesicht, dann griff sie nach dem Tablettenfläschchen auf ihrem Nachttisch. Sie öffnete es und steckte sich zwei Pillen in den Mund.

Haley ließ die Schultern sinken. Immer wenn sie glaubte, dass es ihrer Mutter ein wenig besser ging, täuschte sie sich. Nichts wünschte sie sich mehr, als dass der Zustand ihrer Mutter sich besserte und Tiffany wieder nach Hause kam – zwei Dinge, über die sie keinerlei Kontrolle besaß.

Das erinnerte sie an Mac. Ein ganzer Tag war vergangen, seitdem sie das Pornomagazin in seinem Truck gefunden hatte, und bisher hatte er weder angerufen, noch war er vorbeigekommen. Sie fragte sich, ob sie zu hart mit ihm umgegangen war, ob sie überreagiert hatte.

Sie war nicht mehr wütend auf ihn, nur verwirrt, weil er es offenbar für nötig hielt, sie anzulügen. Vielleicht sollte sie den ersten Schritt tun und ihn anrufen.

Ihr kam wieder in den Sinn, wie laut Becky und Seacrest aufgeschrien hatten, als Charles am Donnerstagmorgen an Beckys Fenster geklopft hatte. »Mom, warum hast du neulich abends nicht nach uns gesehen? Hast du die Schreie nicht gehört?«, fragte sie.

»Schreie? Wer hat denn geschrien? Ist alles in Ordnung?«

Haley dachte an die Schlaftabletten, aber die waren keine Entschuldigung. Ihre Mutter konnte sie und Becky nicht einfach allein lassen und erwarten, dass sie sich selbst durchschlugen, egal, wie sehr sie litt. Sie litten auch. Sie musste endlich aufhören zu trauern und wieder ihre Mutter sein.

»Wusstest du, dass Becky angefangen hat, per Anhalter zu fahren?«, fragte sie in der verzweifelten Hoffnung, ihrer Mutter endlich irgendeine angemessene Gefühlsäußerung zu entlocken.

»Per Anhalter?«

»Ja, Mom. Du solltest mit ihr darüber reden.«

»Oje! Ja, das werde ich. Es ist so gefährlich«, sagte sie. Dann wurde ihr Blick trüb, sie schien nicht Haley anzuschauen, sondern an ihr vorbei, als konzentrierte sie sich auf etwas, das nur sie sehen konnte. Sie atmete ein paarmal flach und hektisch.

»Hast du Mrs Perron schon angerufen?«

Ihre Mutter schüttelte den Kopf.

»Das solltest du wirklich tun. Tiffany wird immer noch vermisst.«

»Du meine Güte«, murmelte ihre Mutter.

Haley war nicht davon überzeugt, dass sie sie überhaupt gehört hatte. »Mom?«

»Ja, Liebling.«

»Alles okay mit dir?«

»Ja. Deine Mom braucht ein bisschen Schlaf, Liebes. Lass mich ein kleines Nickerchen machen.«

Kapitel 30

SPÄTER AM ABEND LAG ER IN SEINEM BETT UND VERSUCHTE, DIE Geräusche nicht zu hören, die aus dem Zimmer seiner Schwester drangen: Gelächter, und zwar sowohl Allies als auch das eines Jungen. Er starrte finster durch sein Zimmer und zu dem kleinen Fenster hinaus.

Die beiden sollten aufhören. Was machten die da drin?

Er hasste es, wenn Allie Jungen mit nach Hause brachte. Sie tat das, um ihn zu demütigen.

Er konnte sie in ihrem Zimmer riechen. Schon immer hatte er einen hervorragenden Geruchssinn gehabt. Ob er Allies Parfüm wahrnahm, den muffigen Geruch seiner Mutter oder den kupferartigen von Blut – er vermochte all das aus einer Entfernung zu riechen wie sonst kaum jemand.

Allie war so wohlriechend wie ein Oleander, dessen schöne rosafarbene Blüten sein tödliches Gift verbergen. Genau wie die Pflanze war auch Allie giftig. Die meisten Frauen waren so – außer Rachel Anderson natürlich … und nur wenige andere.

Er dachte an Tiffany, an seine Mutter und die anderen, die auf dem Grund des Teiches hinten im Garten lagen. Tiffany hatte sich zu ihm hingezogen gefühlt. Sie hatte ihn begehrt, hatte ihm nahe sein wollen. Wochenlang hatte sie ihn angebaggert, aber er hatte ihr keine Beachtung geschenkt – was nur dazu zu führen schien, dass sie ihn noch stärker begehrte. Dann aber hatte sie bereitwillig sein Haus betreten, wie er es sich erhofft hatte.

Allie quietschte jetzt lauter. Er presste sich die Hände auf die Ohren. Das Herz pochte ihm vor Zorn in den Schläfen, und sein Atem ging flach und stoßweise.

Sie kreischte schon wieder.

Er hielt es nicht mehr aus, sprang aus dem Bett und stieß die Tür auf. Er raste den Flur entlang und sah, dass ihre Tür weit offen stand. Im Zimmer flackerte Kerzenlicht.

Er machte noch einen Schritt und stand im Türrahmen.

Sie waren in ihrem Bett. Allie war nackt und saß auf dem Schoß des Jungen. Sie bewegte sich rhythmisch vor und zurück, die Arme über den Kopf erhoben und mit verschränkten Fingern.

Plötzlich drehte sie sich zu ihm und warf ihm einen niederträchtigen Blick zu. Sie machte sich nicht die Mühe, mit dem aufzuhören, was sie da gerade tat. Sie starrte ihn einfach nur an.

»Was zum Teufel denkst du dir eigentlich dabei?«, rief er ihr von der Tür aus zu und wusste nicht recht, ob er Allie oder den Jungen meinte. Er machte einen Schritt vorwärts und sah, dass der Junge überhaupt kein Junge war, sondern ein Mann, ein großer, kräftiger Mann und viel älter als er.

All die ungepflegt aussehenden Männer schossen ihm durch den Kopf, die früher für ein paar Stunden in der Nacht und an vielen Nachmittagen mit seiner Mutter zusammen gewesen waren, als er noch kleiner war.

»Was zum Teufel denkst du dir dabei?«, wiederholte er. »Sie ist noch ein Kind, du Arschloch!«

Erschrocken stieß der Mann Allie von sich, sodass sie vom Bett fiel. Er bückte sich, um seine Hose aufzuheben.

Er versuchte sich zu beherrschen, schaltete das Deckenlicht ein und ging auf den Mann zu. Er schubste ihn, der Mann taumelte zurück und fiel wieder auf das Bett. Die Hose hing ihm um die behaarten Waden.

»Das wusste ich nicht!«, brüllte er. »Sie hat gesagt, sie ist achtzehn!«

»Achtzehn? Zum Teufel, sieht sie etwa aus wie achtzehn?«

»Lass ihn in Ruhe!«, kreischte Allie und rappelte sich vom Boden auf. »Er ist ein Kunde!«

Er bemerkte drei zerknitterte Zwanzig-Dollar-Noten auf Allies Nachttisch. Vor Wut zitternd, trat er den Mann, mehrmals, und jedes Mal trat er heftiger zu.

Allies Hände umklammerten ihn nun in der Taille. »Hör auf! Bitte, hör auf!«

»Wofür ist das Geld, Allie?«, schrie er. Tränen brannten ihm in den Augen.

Sie war eine Hure – eine üble, bösartige Hure.

Sie umklammerte ihn fester, ihr Fleisch heiß auf seinem. Für den Bruchteil einer Sekunde kreuzten sich ihre Blicke, und er erkannte, dass sie das hier genoss.

Sie wird mich mit ihrer Art langsam und qualvoll töten.

»Wofür ist dieses Geld?«, schrie er noch einmal, außer Atem jetzt. »Wofür ist es, sag's mir!«

Er musste weg von diesem Ort, aus diesem Haus, von ihr – oder sie würden ihn umbringen.

Durch den Tränenschleier hindurch bekam er verschwommen mit, wie der Mann aufstand und sich erneut an seiner Hose zu schaffen machte. Er riss einen Cowboyhut und ein paar Autoschlüssel an sich, die auf dem Boden gelegen hatten, und stolperte aus dem Zimmer.

Wenige Sekunden später schlug die Haustür zu.

Kapitel 31

ALS ER EINE STUNDE SPÄTER AUF DEM SCHMALEN SITZ DER Schaukel saß und das Haus der Andersons beobachtete, näherte sich ein Junge. Er schlich auf Zehenspitzen durch den Garten, bis er das Fenster zum Zimmer der Tochter erreicht hatte. Dann, Sekunden später, streckte das Mädchen den Kopf heraus, und der Junge half ihr, herauszusteigen. Die beiden lachten leise, dann rannten sie aus dem Garten und in die Nacht hinein.

Als die beiden verschwunden waren, betrachtete er das Fenster genauer. Er atmete die kühle, vom Regen reingewaschene Luft und versuchte zu entscheiden, ob es zu riskant wäre, ob er zu weit gehen würde. Einige Minuten lang stand er da und überlegte, während er den polierten Stein wild in seiner Handfläche herumrollen ließ. Dann beschloss er, dass es das Risiko wert war. Er hatte das Mädchen schon vorher aus dem Haus schleichen sehen, und sie blieb immer stundenlang weg. Der Rest des Hauses war dunkel, also schlief die Familie tief und fest.

Ja, ihm würde nichts passieren, wenn er jetzt ins Haus ging.

Er hob das Fenster ein Stück weiter an und zog sich hinein. Adrenalin strömte durch seine Adern, als er langsam in dem Zimmer umherging und die dunkle Umgebung in sich aufnahm.

Es gab einen Schreibtisch, auf dem eine Ballerina aus

Keramik und ein Schmuckkästchen standen. Eine Kommode, unordentlich vollgestopft mit kleinen Pinseln und Bürsten, Make-up und einer großen Dose Haarspray. Er nahm eine Bürste in die Hand, strich über die Haare, die sich um die Borsten herum angesammelt hatten. Er zog einige heraus und rieb sie zwischen den Fingerspitzen.

Die Strähnen fühlten sich rau an. Wahrscheinlich waren die Haare gefärbt und hatten nicht mehr ihre natürliche Farbe, im Gegensatz zum Haar ihrer Mutter. Aber noch nie war er seinem Engel so nahe gekommen, also steckte er die Haare ein und legte die Bürste wieder auf die Kommode.

Er ging zu dem ungemachten Bett. Im trüben Licht versuchte er die Farbe der Bettdecke zu erkennen. Ein großes Kissen lag am Fußende. Herzförmig war das Wort *Kelsey* daraufgestickt.

»Kelsey.« Er formte den Namen mit den Lippen und spürte, wie er ihm von der Zunge perlte. Ein Wort, das Rachel wahrscheinlich mehrmals täglich aussprach. Erneut flüsterte er es und bückte sich, um an ihrer Bettwäsche zu riechen. Sie roch nach Mädchen wie die von Allie. Parfümiert.

Er legte sich auf das Bett und hielt die Daunendecke umklammert. Hier schläft ihre Tochter. Das sind die Dinge, die sie kurz vorm Einschlafen sieht, die Dinge, die sie dann hört.

Wütend starrte er in die Dunkelheit, und seine Schultern strafften sich. Plötzlich wollte er das Mädchen an den Schultern packen und sie schütteln, bis nur noch das Weiße in ihren Augen zu sehen war.

Wusste sie denn nicht, dass ihre Mutter sich Sorgen machte, wenn sie nachts aus dem Haus schlich? Das Mädchen taugte nichts, genau wie Allie und die anderen jungen Mädchen, die er jeden Tag sah.

Er strich mit den Fingern über die Daunendecke. Sie war

weicher als Allies und das genaue Gegenteil der Militärdecke, mit der er sich schon als Kind zugedeckt hatte. Er fragte sich, wie weich Rachels Bettdecke erst sein mochte.

Plötzlich wusste er, dass er es herausfinden musste.

Er musste es einfach wissen, denn sonst würde der Gedanke daran seinen ohnehin schon verwirrten Verstand vollends verdunkeln. Er schloss die Augen und schwelgte in der Vorstellung.

Dann erlaubte er sich, eine Erinnerung zu genießen, eine der wenigen guten, die er besaß.

Tiffany war sauer gewesen, als er angehalten hatte, um sie am Straßenrand aufzulesen. Sie hatte behauptet, ihre Schlüssel im Wald verloren zu haben. Sie stieg in den Pick-up und bat ihn, sie einfach mitzunehmen. »Überall ist es besser als hier«, hatte sie gesagt. Also legte er den Gang ein, und sie fuhren über die Main Street bis zum Haus seiner Mutter.

Bald lag ihre Hand auf seiner Schulter, obwohl sie dort nicht hingehörte.

»Wir sind fertig miteinander«, verkündete sie.

»Fertig?«

»Ja, diesmal ist es endgültig aus. Er glaubt, ich gehöre ihm, und so was hasse ich wie die Pest.«

»Und, gehörst du ihm?«

Sie betrachtete ihn in der Dunkelheit und schien zu dem Schluss zu kommen, dass er sie nur necken wollte. »Zum Teufel, nein«, antwortete sie, und ein Grinsen breitete sich in ihrem schmalen Gesicht aus.

Er trat das Gaspedal durch.

Im Wohnzimmer legte sie ihre schlanken, gebräunten Beine dekorativ auf eine Lehne des Fernsehsessels, während er zwei kleine Gläser mit Wodka füllte und zwei Bierflaschen von ihren Verschlüssen befreite. Während sie die ersten beiden Gläser leerte, beklagte sie sich über ihren Freund.

Er nickte die ganze Zeit, obwohl er ihr eigentlich gar nicht zuhörte, sondern sich vorstellte, was er bald ungehindert mit ihr tun würde.

Früher hatte er davon geträumt, sie umzubringen, aber das war nur ein Tagtraum gewesen.

Oder etwa nicht?

Nach einer Weile wurden ihre Lider schwer. Sie rutschte aus dem Fernsehsessel und ging zu dem Platz, auf dem er saß.

Er versuchte, ruhig zu bleiben.

Je näher sie kam, desto größer wurde seine Qual. Sein Atem beschleunigte sich, und er ballte die Fäuste. Hoffentlich würde Allie nicht nach Hause kommen. Er stellte sich vor, wie sie zur Tür hereinspaziert kam, dieses Mädchen in ihrem Haus sah und dann irgendetwas Cleveres – oder total Blödes – sagte. Aber er wusste, dass er sich nicht mehr zurückhalten konnte.

Jetzt nicht mehr.

Sie drückte ihm die Lippen auf den Mund, und Wut stieg in ihm auf. Er wollte sie am Hals packen und schütteln, aber stattdessen lehnte er sich zurück, entzog sich ihr.

»Was ist denn?«, flüsterte sie, und eine Alkoholfahne wehte aus ihrem warmen Mund.

Er stand auf und nahm ihre Hand, ließ zu, dass ihre langen Fingernägel über seine Handfläche kratzten.

Kichernd ließ sie sich von ihm führen.

»Winzig, dein Zimmer«, stellte sie fest, als sie das einzige Zimmer betraten, das er je gehabt hatte. In dem Augenblick dachte er daran, wie wohlhabend ihre Familie war, und er hasste sie noch mehr als zuvor. »Aber gemütlich.«

Nein, es war nicht gemütlich. Auf irgendeine ungeschickte Art versuchte sie, höflich zu sein. Er stieß sie auf das Bett, und wie er vermutet hatte, gefiel ihr das.

Sie blickte zu ihm auf, der Blick müde von zu viel Alkohol. »Das ist absolut falsch«, sagte sie und kicherte.

Er nickte.

»Aber wir werden es niemandem erzählen. Es ist unser kleines Geheimnis, stimmt's?«

Er nickte. Das ist es. Eindeutig ein Geheimnis.

Wieder kicherte sie. Noch immer blickte sie zu ihm auf, legte die Finger auf ihre Bluse und öffnete einen Knopf nach dem anderen. Dann schob sie sich den Stoff von den schmalen Schultern und ließ die Bluse hinter sich auf das Bett fallen. Sie trug einen mit Spitze besetzten schwarzen BH, und unter dem dünnen Material konnte er ihre Brustwarzen erkennen.

Sein ganzer Körper wurde warm. Sie hatte volle Brüste, nicht so üppig wie die der Models in seinen Magazinen, aber für ihren zierlichen Körper waren sie groß.

Sie lachte, als sie einen der Träger über die Schulter streifte. »Weißt du eigentlich, wie lange ich mir das schon gewünscht habe?«, fragte sie, und ihre Lider wirkten noch schwerer als wenige Minuten zuvor.

»Nein.«

Erneut lachte sie. »Schon soooo lange.« Sie zog den anderen Träger herunter, dann griff sie in ihren Rücken und öffnete den Verschluss des BHs. Große blasse Brüste mit harten rosafarbenen Brustwarzen sprangen hervor. Die Hitze war nun fast glühend. Er wurde hart.

Sie streckte sich auf dem Bett aus. »Gefällt dir, was du siehst?«, lallte sie.

Er stand am Rand des Bettes und betrachtete sie.

»Dann komm, fass mich an!«

Widerstrebend setzte er sich auf das Bett.

Sie griff nach ihm und küsste ihn auf den Hals, dann zog sie ihn an sich, und sein Mund lag auf ihren Brüsten.

Die Hitze drohte ihn zu verzehren, als er die Lippen auf eine Brustwarze drückte, dann den Mund öffnete und sie einsog. Seine Erektion pulsierte, und auf den Knien rutschte er nach vorn, griff nach der anderen weichen Brust und fuhr mit der Zunge über den Nippel.

Sie wölbte den Rücken, das lange Haar fiel herab wie ein Wasserfall. Zum x-ten Mal an diesem Abend kicherte sie. »Du bist irgendwie so tollpatschig«, flüsterte sie.

In seinem Kopf ging das Licht an. Abrupt wandte er sich ab, und er wurde untenherum schlaff. Die Hitze in seinem Körper sammelte sich und stieg ihm in den Kopf. Sie foppte ihn.

Als sie sich aufsetzte, machte sie sich nicht die Mühe, ihre sündhaften Brüste zu bedecken. »Was ist los? Hab ich was Falsches gesagt?«

Das Blut toste in seinem Kopf, und der Raum selbst schien sich zu verschieben.

»Warum starrst du mich so an?«, fragte sie mit geweiteten Augen. »Ich habe mir nichts dabei gedacht, ehrlich nicht. Es ist nur… es ist nur, dass du…«

Er wich zurück, angewidert von sich selbst.

Erneut streckte sie sich auf dem Bett aus. »Oh Gott, mir ist sooo schwindelig«, sagte sie, und das hässliche Lächeln lag wieder auf ihren Lippen. Sie kicherte, dann wedelte sie ihm mit dem Zeigefinger vor der Nase herum. »Komm wieder her. Ich bin noch nicht fertig mit dir.«

Als er sich nicht vom Fleck rührte, beugte sie sich vor und zog ihn an den Gürtelschlaufen zu sich. Sie öffnete den Knopf an seiner Hose und zog den Reißverschluss auf.

Er zitterte.

Als sie nach ihm griff, packte er sie an den Handgelenken und hielt sie fest.

»Oooh«, schnurrte sie. »Du magst es auf die harte Tour, stimmt's?«

Sein Kopf schmerzte, aber das lag nicht am Alkohol, sondern an ihren Worten und an dem, was sie taten. Er drückte fester zu.

Ihre Augen weiteten sich. »Hey, allmählich tut das wirklich weh«, sagte sie.

Er lockerte den Griff nicht.

Ihr Blick schoss zwischen seinen Augen und ihrem Handgelenk, das er festhielt, hin und her.

»Du magst keinen Schmerz?«, fragte er und blickte sie streng an.

Verwirrung lag in ihrem Blick.

»Und warum betrügst du dann deinen Freund?«, fragte er. »Hast du geglaubt, dass ihm das nicht wehtun würde?«

»Was?«

»Warum hast du ihn betrogen …?«

»Na, du hast gut reden!« Wütend starrte sie ihn an. »Lass mich los! Verdammt noch mal, lass meine Handgelenke los!«

Er hielt sie noch fester.

»Ich gehe nicht mit Huren ins Bett«, schnauzte er sie an. »Das hättest du dir eigentlich denken können.«

Als sie wieder sprach, war ihre Stimme leiser. »Es tut mir leid«, erklärte sie, und Tränen stiegen ihr in die Augen. »Es tut mir leid. Ich … ich dachte, du magst mich. Ich meine, du hast dich jedenfalls so benommen. Hör mal, lass mich los, und ich gehe einfach weg. Wir sollten das hier sowieso nicht tun.«

Das Blut rauschte in seinen Ohren. »Hast du eigentlich eine Ahnung, wie vielen Menschen du wehgetan hast? Interessiert dich das überhaupt?«

»Es tut mir leid. Es tut mir so leid.«

Er ließ ihre Handgelenke los, und sie beugte sich vor und bedeckte ihre Brüste. Dicke, mitleiderregende Tränen hatten ihre Wimperntusche verschmiert.

Er nahm ein Kissen.

Sie beobachtete ihn, während sie sich abmühte, ihre Bluse zuzuknöpfen, obwohl sie ihren BH vergessen hatte, der nun auf dem Boden lag.

Ian kratzte am Fenster.

Er drehte sich zu dem Kater um und spürte gleichzeitig, dass das Bett sich bewegte. Einer ihrer Füße stand schon auf dem Boden, der andere würde schnell folgen.

Er holte aus und drückte ihr das Kissen aufs Gesicht. Sie schrie und trat um sich, aber er setzte sich auf ihre Beine. Sie schlug ihm auf die Brust, kratzte ihm die Haut auf. Sie versuchte, den Kopf wegzudrehen, aber sein Griff war fest.

Ein machtvoller Kitzel erfüllte ihn, ein Gefühl, das viel erotischer war als das, was er vorhin empfunden hatte, als er ihr sündiges Fleisch gekostet hatte. Jeder Teil von ihm war nun lebendig. Er fühlte sich fantastisch, besser als je zuvor in den letzten zehn Jahren. Die Wut strömte aus ihm heraus, als hätte sich endlich ein Ventil geöffnet.

Sie zerkratzte ihm den Nacken und die Brust, aber er spürte keinen Schmerz.

»Es ist in Ordnung, sich zu fürchten«, flüsterte er.

Endlich ließ ihr Widerstand nach, und er hob das Kissen an, sodass er ihr in die Augen sehen konnte. Erst waren sie weit aufgerissen, große grüne Kristalle voller Schmerz. Dann senkten sich ihre Lider, und sie war still.

Vor dem Fenster schrie Ian.

Er drehte sich um und starrte den Kater wütend an. Den würde er auch endlich loswerden. Er füllte seine Lunge mit Luft und ließ sie wieder heraus, war endlich in der Lage, frei zu atmen.

Er starrte auf den leblosen Körper des Mädchens, der jetzt verdreht und reglos dalag. Er hatte sie ihrer Würde beraubt, ihrer Macht. Die Erkenntnis war befreiend.

Die Fliegengittertür im Eingang des Hauses fiel zu.

Allie.

Er hörte lautes Getöse. Ihm war, als hätte er nur wenige Minuten mit geschlossenen Augen dagelegen. Er fuhr im Bett hoch, und einen Moment lang hatte er keine Ahnung, wo er war. Das Zimmer roch fremd; das Fenster war nicht da, wo es sich normalerweise befand.

Ein orangefarbenes Licht beleuchtete den Flur und fiel durch den zentimeterbreiten Spalt zwischen der Tür und dem Teppichboden herein.

Dann erinnerte er sich wieder: Er war überhaupt nicht zu Hause. Er war bei Rachel und lag im Bett ihrer Tochter.

Die Schritte kamen näher.

Er schlüpfte aus dem Bett und versuchte, sich schnell darunterzuschieben.

Die Tür flog auf.

Kapitel 32

IN DER ZWEITEN JULIWOCHE WAR ES GLÜHEND HEISS. DAS GRAS war verbrannt, die Pflanzen verwelkt, und die Leute waren ungewöhnlich still. Und wenn sie redeten, klangen sie gereizt.

Die Klimaanlage in Beckys Zimmer hatte den Geist aufgegeben. Mit einem merkwürdigen Geräusch fing es an, Metall auf Metall, alle paar Minuten, wie ein kleines Tier, das schreit, weil es sich in dem Ventilator verfangen hat. Haley hatte im Bett gelegen, benommen von zu viel MediNait, und starrte die Wand an, als ein markerschütterndes Geräusch das Haus erfüllte … und dann hörte der Ventilator endgültig auf, sich zu drehen.

Becky und Seacrest waren dazu übergegangen, es sich im Wohnzimmer gemütlich zu machen und sich mithilfe des großen Wandventilators Kühlung zu verschaffen, der hinter ihnen summte, während sich alte Ausgaben von *Cosmopolitan*, *People* und *Glamour* auf dem Couchtisch stapelten und im Fernsehen MTV plärrte.

Es war neun Tage her, seitdem Tiffany Perron verschwunden war. Ihr schwarzer Ford Mustang war ihrer Familie zurückgebracht worden und stand nun sicher in der Garage. Jeder, der Tiffany kannte, war mindestens zweimal verhört worden. Manche, wie Charles und Haley, hatten sich mehrmals mit Guitreaux getroffen, und der Detective hatte ihnen im Großen und Ganzen immer wieder dieselben Fragen gestellt. Das einzige Indiz, das bisher aufgetaucht war, waren Tiffanys Autoschlüssel. Sie waren im Wald gefunden worden, nur wenige Meter von dem Parkplatz beim *Provost's* entfernt.

Haley hatte keinerlei Vertrauen in den Detective oder seine Fähigkeiten, und sie hatte jede Hoffnung verloren, ihre Freundin jemals wiederzusehen. Sie hatte geweint, bis keine Tränen mehr übrig waren. Die Möglichkeiten schienen so begrenzt, so finster, dass sie sich weigerte, darüber nachzudenken.

***

Als am Montag Haleys Schicht zu Ende ging, verließ sie *Luke's* durch den Vordereingang und entdeckte Mac, der an den Kombi ihrer Familie gelehnt dastand.

Ihr Puls beschleunigte sich.

Es war das erste Mal seit zwei Tagen, dass sie sich begegneten. Sie hatte beschlossen, ihn nicht anzurufen … und er hatte sich nicht die Mühe gemacht, sich bei ihr zu melden.

Er schirmte seine Augen vor der Nachmittagssonne ab und lächelte unbehaglich, und sie konnte sich nicht überwinden, sein Lächeln zu erwidern.

Er nahm etwas von der Motorhaube. Rosen, die in einer transparenten Hülle steckten. »Die sind für dich«, sagte er, als sie sich schließlich direkt gegenüberstanden. Er reichte ihr die Rosen und schien sich unbehaglich zu fühlen. So hatte sie ihn noch nie zuvor gesehen. Sonst wirkte er immer so selbstsicher, aber jetzt fühlte er sich ganz offensichtlich nicht wohl in seiner Haut.

»Danke«, murmelte sie und nahm die Blumen entgegen.

Er zog eine Zigarette aus der Packung und heftete den Blick darauf. »Hör mal, es tut mir leid. Ich weiß, es ist nicht richtig von mir, dich anzulügen. Normalerweise … normalerweise gucke ich mir solche Magazine nicht an, aber manchmal gefällt es mir eben, verstehst du?«

»Nein, verstehe ich nicht.«

Mac schluckte und betrachtete noch immer die nicht angezündete Zigarette. »Ich bin ein Kerl, Hale. Mag ich es, wenn meine Freundin anständig ist? Absolut. Sehe ich mir hin und wieder einen Porno an? Hm, ja, das schon. Ich weiß nicht, ob das gut oder schlecht ist oder vielleicht auch keins von beidem, aber ich weiß, dass ich dich nicht hätte anlügen sollen. Ich habe dir was anderes erzählt, weil ich geglaubt habe, dass es das war, was du hören wolltest. Ich weiß, dass Mädchen das nicht besonders mögen.« Er bohrte seine Stiefelspitze in den Staub, dann kreuzten sich ihre Blicke. »Aber ich will von jetzt an immer ehrlich zu dir sein, und darum sage ich dir, dass ich mir so was hin und wieder ganz gerne mal anschaue.«

Er berührte ihre Wange mit seiner starken Hand. »Weißt du, ich will dich nicht verlieren, Hale. Es gibt hier draußen nicht viele Frauen, die so sind wie du. Ich habe wirklich großes Glück gehabt, und das weiß ich. Ich werde dich nicht noch einmal enttäuschen, indem ich dich anlüge. Ich schwöre es dir.«

* * *

Haley hatte wieder den Albtraum, der sie in den vergangenen Monaten schon so oft gequält hatte. Sie hatte geglaubt, er sei inzwischen verschwunden, aber so war es nicht.

Viele Male hatte sie ihre Mutter fragen wollen, wie genau ihre Traumbilder die Realität widerspiegelten. Der Traum spielte sich ab wie ein Film, den ihr Unbewusstes aus den Details geschaffen hatte, die sie zufällig über den Tod ihres Vaters gehört hatte. Auch wenn der Traum vielleicht nicht vollkommen mit der Wirklichkeit übereinstimmte, so war er doch erstaunlich detailreich, von den Mienen der Beteiligten bis hin zu der Kleidung, die ihre Mutter und ihr Vater an jenem Abend getragen hatten.

Ihre Eltern waren im Auto die Coontz Road entlanggefahren, eine kurvenreiche Straße am Rand von Grand Trespass. Die Nacht war dunkel, die Straße glänzte nass.

Plötzlich ein misstönender Schlag vor die Kühlerhaube. Etwas war ihnen vors Auto gelaufen.

Ihre Mutter schlug die Hände vors Gesicht. »Oh mein Gott, war das ein Hirsch?«

Ihr Vater streckte die Hand zum Beifahrersitz aus, um seine Frau zu beruhigen. »Bist du okay?«

»Ja. Und du?«

Er nickte und öffnete die Fahrertür.

»War's ein Hirsch?«, fragte sie noch einmal.

»Nein … ich glaube, es war ein großer Hund.«

Wieder schlug sie die Hand vor den Mund. »Oh nein!«

Er stieg aus und ließ die Tür zufallen. Sie sah, wie er hinter den Wagen ging und sich dem Klumpen näherte, der reglos auf der Straße lag. Dann sah sie, dass der Gegenstand sich bewegte.

»Oh Gott, es lebt noch«, flüsterte sie.

Ihr Vater kniete sich neben das Tier, dann stand er auf und zog den Mantel aus. Wieder ging er auf die Knie.

Sie nahm ein Licht hinter den Bäumen wahr, als er das Tier aufhob. Scheinwerfer. Schnell stieg sie aus dem Wagen und rief: »Da kommt jemand!«

Er nickte und steuerte auf den Straßenrand zu. Seine Schultern waren vorgebeugt, und er hielt das verletzte Tier in seinen Armen.

Sie beschirmte ihre Augen und beobachtete ihn.

Die Scheinwerfer bewegten sich schnell durch die Kurve.

»Hey«, rief er. »Sieh mal nach, ob wir ein Handtuch oder so etwas im …«

Der Wagen erfasste ihn an der Schulter.

»Lauf, Daddy! Lauf!!!«, schrie Haley in ihrem Traum. »Geh aus dem Weg!« Aber natürlich konnte er sie nicht hören.

Der Pick-up kam aus der Kurve geschossen, dann ertönte das scheußliche Kreischen von Bremsen. Es war zu spät. Der Wagen überfuhr ihren Vater und knallte dann gegen einen Baum hinter ihm.

Ihre Mutter schrie, sie stand nur wenige Meter entfernt. Sie rannte zu ihrem Mann, der gegen einen Ahornbaum geschmettert worden war. Er war tot.

Tyler, den die Landrys gekannt hatten, solange er lebte, und für den Haley früher einmal geschwärmt hatte, öffnete die Tür und taumelte aus dem Wagen. Er torkelte auf den Baum zu, krümmte sich und erbrach sich.

»Alles okay, Hale?«, flüsterte jemand. Mac.

Haley schlug die Augen auf. Schweiß bedeckte ihre Haut und hatte sich zwischen ihren Brüsten gesammelt. Es war mitten in der Nacht, und sie lag mit Mac in ihrem Bett. »Ja, alles okay«, flüsterte sie, obwohl das nicht stimmte. »Schlaf weiter.«

Sie rutschte näher an ihn heran, drückte sich an ihn, bis ihr Herzschlag sich beruhigte. Seine Haut war warm und weich, er war zuverlässig und sicher wie immer – und wie immer roch er kräftig nach Seife und Bier. Diese Kombination hatte sie immer sexy und irgendwie tröstlich gefunden. Doch obwohl sie behauptet hatte, sie habe ihm seine Lüge verziehen, fühlte sie sich in dieser Nacht nicht sehr getröstet.

Oder in Sicherheit.

Es war, als besäße die Lüge für sie eine größere Bedeutung, als sie eigentlich hätte haben dürfen. Sie veränderte die Dynamik ihrer Beziehung.

Sie starrte auf seinen nackten Rücken, bis er zu schnarchen anfing. Wenige Minuten später stand sie auf. Sie würde ihre Mutter wecken.

Sie mussten reden.

* * *

Ihre Mutter schlief nicht. Als Haley ihr Zimmer betrat, war Mrs Landry hellwach – und sie rauchte eine Zigarette, ausgerechnet das.

Das alte Nachthemd hatte sie abgelegt und trug nun Jeans und ein zerknittertes T-Shirt. Sie saß im Schneidersitz auf dem Bett, mit einem Aschenbecher vor sich und Fotos, die überall um sie herum verstreut waren. Unter dem Zigarettenrauch nahm Haley den Duft von Parfüm wahr. Sie trug sogar Augen-Make-up und Lippenstift.

Haley fragte sich, ob sie immer noch träumte. »Mom?«, sagte sie ungläubig.

Ihre Mutter löste den Blick von den Fotos und sah Haley an. »Hi, Baby.« Die Muskeln in ihrem Gesicht zuckten. Dann klopfte sie leicht auf das Bett. »Komm her, setz dich zu mir. Deine Mom muss dir etwas sagen.«

Kapitel 33

HALEY SASS AUF DER BETTKANTE UND BEOBACHTETE, WIE IHRE Mutter tiefe Züge von der Zigarette nahm. Einen Augenblick später legte sie sie in den Aschenbecher und blies den Rauch aus.

»Ich habe dich noch nie rauchen sehen.«

Ihre Mutter lächelte, und Haley konnte sehen, dass sie sich endlich die Zähne geputzt hatte. »C'est la vie, Baby«, sagte sie. So ist das Leben. »Weißt du, Hale, niemand lebt ewig.«

Wrigley sprang vom Bett auf und tappte zu ihrem Wassernapf. Sie schlabberte ein wenig Wasser, dann legte sie sich neben der Tür auf den Boden und blickte Haley an.

Haley richtete ihre Aufmerksamkeit wieder auf ihre Mutter. »Du bist angezogen.«

»Ja, Liebes. Sehe ich gut aus?«

Haley nickte und lächelte. »Geht's dir gut?«

»Ja, mein Schatz. Besser ist es deiner Mom schon lange nicht mehr gegangen, ich muss dir nämlich etwas sagen, mein Schatz. Etwas Schönes.«

Haley wartete und fühlte sich, als hätte ihr jemand ein enormes Gewicht von den Schultern genommen. Sie lächelte, sowohl innerlich als auch äußerlich. Zum ersten Mal seit dem Unfall fühlte sie sich wirklich ruhig.

»Weißt du noch, wie es war, als Nana starb? Wie friedlich ihr Gesicht aussah, als wir sie auf dem Fußboden in der Küche gefunden haben? Als wäre sie bereit gewesen zu gehen?«, fragte ihre Mutter. »Erinnerst du dich noch daran, Haley? Du hast Nanas Gesicht doch gesehen, stimmt's?«

Haley nickte. Der Tod hatte ihre Großmutter ungeduldig erwartet, aber es stimmte. Als sie gestorben war, hatte sie friedlich ausgesehen.

»Aber dein Daddy, Liebes, Gott sei seiner Seele gnädig. Nein, er hat überhaupt nicht friedvoll ausgesehen. Er ist gequält worden, Liebes, an den großen Baum geschleudert …« Sie verstummte und nahm Haleys Hand. »Ist es in Ordnung, wenn ich mit dir darüber spreche? Ich möchte auf keinen Fall, dass du dich aufregst.«

»Ja, es ist okay«, murmelte Haley. Das Lächeln war aus ihrem Gesicht verschwunden. Worauf will sie eigentlich hinaus mit dieser Geschichte?

»Hale, Liebes, ich schaffe es einfach nicht, sein Gesicht aus meinen Gedanken zu verbannen, so, wie es an dem Abend seines Todes aussah. In jeder wachen Stunde sehe ich das Gesicht deines Vaters vor mir. Und die entsetzlichen Schmerzen, die er hatte.«

Als sie sich erneut vorstellte, wie ihr Vater in jenem Augenblick ausgesehen hatte, begann Haleys Herz so heftig zu schlagen, dass sie glaubte, es könnte jeden Augenblick stehen bleiben.

Die Augen ihrer Mutter fingen an zu leuchten. »Aber es geht ihm gut, Hale. Er ist jetzt hier bei uns, und es geht ihm gut. Ich habe deinen Daddy gesehen, Liebes. Er hat genau hier gesessen«, sagte sie und klopfte neben Haley auf die Bettdecke. »Genau da, wo du jetzt sitzt. Er ist zurückgekommen, um uns zu sagen, dass es ihm gut geht. Er leidet nicht mehr.«

Kapitel 34

AM MITTWOCHABEND LEGTE ER EINE SCHACHTEL TRISCUITS UND einen Laib Brot in den Schrank über dem Ofen. Dann öffnete er den Kühlschrank und füllte ihn mit Fleischgerichten aus der Feinkostabteilung, mit Obst und Ketchup und Barbecuesauce. Als er die restlichen Lebensmittel auspackte, versuchte er, sich an Tiffanys schmales Gesicht zu erinnern … aber sein benebeltes Gedächtnis war dabei nicht sehr hilfreich.

Er hatte etwas von Tiffany behalten, um sie sich in Erinnerung rufen zu können und sich wohler zu fühlen, wenn er auf Allie und den Rest der Welt wütend war. Er hatte es neben der Butterbrottüte voller Haare versteckt, die er aus Kelsey Andersons Zimmer mitgenommen hatte in der Nacht, als er nur knapp entkommen war, in der Nacht, als die schöne Rachel viel zu schnell die Tür geöffnet hatte.

Ihm war gerade noch genug Zeit geblieben, unter das Bett zu kriechen, und allein, dass ihm das gelungen war, war großes Glück gewesen.

Eine gefühlte Ewigkeit lang hatte sie in der Tür gestanden, bevor sie endlich in das Bett des Mädchens stieg. Sie weinte eine Weile, leise Schluchzer, die ihm das Herz zerrissen. Dann erklang das Geräusch friedlicher Atemzüge. Sie war eingeschlafen, während sie auf ihre Tochter wartete.

Er dachte an die Streitereien zurück, die er mit angehört hatte, als Kelsey am nächsten Morgen wieder zum Fenster hereingeklettert war, all die verletzenden Worte, die das Mädchen über seinen Kopf hinweg gebrüllt hatte. Die Drohungen, die ihre schöne Mutter ausgestoßen hatte.

Stundenlang hatte er unter dem Bett gelegen, bis die letzte Tür zugeschlagen war und alle schlafen gegangen waren. Selbst da hatte er noch befürchtet, bei seiner Flucht aus dem Haus gesehen zu werden.

Er legte ein Päckchen für Allie auf den Tresen. Das Nikotinkaugummi war ein kleines Friedensangebot, weil er sie am Wochenende zuvor angeschrien hatte. Er hasste es, sie anzuschreien. Sie konnte ebenso wenig etwas dafür, was aus ihr geworden war, wie er daran schuld war, was aus ihm geworden war.

Er riss eine Tüte Katzenfutter auf, schüttete etwas in eine Schale und ging dann hinaus auf die Vorderveranda, wo er das Gefäß auf den verrottenden Holzboden stellte.

»Komm, Miezi«, gurrte er. »Miez, Miez, na komm.« Gleich darauf glühten zwei gelbe Augen am Rand der Veranda. Das widerwärtige Tier bewegte sich langsam auf die Stufen zu und blieb dann stehen, weil es nicht wusste, ob es ihm nun trauen konnte oder nicht.

Er blickte dem räudigen Vieh in die Augen und wusste, dass es ebenfalls Waise war. Als er einen Anflug von Mitgefühl verspürte, ging er ins Haus zurück und beobachtete durch das Fenster, wie der Kater zu der Schale huschte.

In jener Nacht schlief er geradezu friedlich. Die Wolldecke hatte er am Fußende aufgerollt, und eines der weichen Laken der kleinen Anderson, das er gestohlen hatte, bedeckte seinen Körper. Tiffanys goldene Halskette hielt er schützend in einer Hand.

Kapitel 35

DR. BROUSSARD, DER HAUSARZT DER LANDRYS, SASS IM FERNsehsessel im Wohnzimmer und hielt einen ausgeblichenen Anglerhut in den altersfleckigen Händen.

»Sie schwört Stein und Bein, dass es dein Daddy war, Cher. Und ich habe deine Mutter schon lange nicht mehr in so guter Verfassung gesehen.« Er fuhr sich mit einer Hand über die grauen Stoppeln auf Wangen und Kinn. »Ich glaube, ihr Mädchen müsst euch keine Sorgen um sie machen.«

»Aber vielleicht führen die Schlafmittel bei ihr zu Halluzinationen«, beharrte Haley. »Sie glaubt doch überhaupt nicht an Geister.«

»Vielleicht hat sie vor dem Tod deines Vaters keine gesehen, Liebes. Aber hierzulande ist es nicht ungewöhnlich, dass die Leute Tote sehen, das weißt du doch.«

Haley dachte an Nana und ihre Geschichten über die frühen Cajuns, Farmer und Fallensteller, die von dem lebten, was das Land in Nova Scotia hergab. Sie hatte oft über die ethnische Säuberung gesprochen, die die Briten ihnen angetan hatten, wie man ihnen ihr Land weggenommen und sie von ihren Familien getrennt hatte.

Nana glaubte, dass die Cajuns Geister sahen, seitdem sie im Grand Dérangement gelebt hatten und gestorben waren, und dass diese Geister ihnen auf dem Weg nach Louisiana gefolgt waren. Nana hatte sogar behauptet, Tote zu sehen, wenn sie in ihrem Schaukelstuhl auf der hinteren Veranda saß und auf den dunklen Bayou hinausblickte. Haleys Mutter aber hatte das nie getan. Sie meinte immer, dass Nana diese alten Geschichten nur erzählte, weil sie eben allmählich alt wurde.

»Halten Sie es für möglich, dass meine Mom selbstmordgefährdet ist?«

»Cher, deine Mutter macht gerade eine schwere Zeit durch. Ob ich glaube, dass sie verschwinden und ihre Kinder sich selbst überlassen könnte?« Er schüttelte den Kopf. »Nein. Nein, das glaube ich nicht. Tatsächlich glaube ich, dass es ihr bald sehr viel besser gehen wird.«

»Würde ihr ein Antidepressivum helfen?« Haley fragte sich, ob eine Tablette es wirklich fertigbringen würde, den Geist ihrer Mutter in gelassene Verleugnung zu hüllen und ihr so womöglich zu helfen.

Der Arzt schüttelte den Kopf. »Eure Mom will sich nicht von irgendeinem verdammten Antidepressivum durcheinanderbringen lassen. Sie wird ihren Verlust betrauern und ihn schließlich verschmerzen, so, wie es sein soll. Es ist für den Geist nicht immer schlecht, auch einmal Schmerzen zu haben. Und im Fall deiner Mutter ist das vollkommen normal. Schließlich hat sie die Liebe ihres Lebens verloren.«

Broussard erhob sich und setzte sich den Anglerhut auf. »Ich werde morgen nach Feierabend wieder nach ihr sehen. Weißt du, der Tod ist ein trauriger Teil des Lebens, aber er hat eben seinen Platz darin. Lasst eure Mutter aus eigenem Antrieb gesund werden. Ihre Trauer wird enden, wenn sie dazu bereit ist.«

Kapitel 36

EINE LÜGE ZIEHT NICHT ZWANGSLÄUFIG DIE NÄCHSTE NACH SICH. Oder doch? Das war es, was Haley sich fragte, als sie in Macs Wagen gestiegen war.

Diese Frage stellte sie sich nun schon seit Tagen. Aber es war doch Mac, in Gottes Namen. Mac. Er würde niemals absichtlich etwas tun, das sie verletzte. Niemand ist perfekt. Verdammt, sie selbst war alles andere als vollkommen.

Mac hatte sich ihr gegenüber immer großartig verhalten, und ihre Beziehung war anders als die meisten anderen. Sie war uneigennützig und gesund – gewiss nicht so leidenschaftlich, wie die Ehe ihrer Eltern gewesen war, aber die war auch eine Seltenheit gewesen, eine fast märchenhafte Beziehung. Als kleines Mädchen hatte sie davon geträumt, selbst einmal eine solche Ehe zu führen, aber inzwischen wusste sie, dass das ziemlich unrealistisch war.

Ihre Eltern waren fast zwanzig Jahre verheiratet gewesen, aber sie hörten nicht auf, sich wie Frischverliebte zu benehmen. Das Ausmaß ihrer Liebe konnte sie daran erkennen, wie sie sich anschauten, miteinander sprachen, sich berührten. Sie hatten die Art von Verbindung, die man spürte, wenn man mit ihnen in einem Raum war.

Mac blickte sie nicht auf die Art an, wie ihr Vater ihre Mutter angesehen hatte, aber er war gut zu ihr, und sie fühlten sich wohl miteinander. Zwar verlor sie sich häufig in Tagträumen über Austin, aber das war nur ein harmloses kleines

Vergnügen, auch wenn sie deswegen ein schlechtes Gewissen hatte.

Mac war ihr Mann.

Er war es, der sie liebte und begehrte.

Als Mac den Rückwärtsgang einlegte, brachte sie ein schwaches Lächeln zustande.

»Du lächelst ja«, stellte Mac fest, und es klang überrascht.

»Was ist falsch daran zu lächeln?«

Er musterte sie. »Ich weiß nicht«, antwortete er und sprach jedes einzelne Wort sehr langsam aus. Er wirkte misstrauisch. »Ist 'ne Weile her, würde ich sagen, dass ich dich lächeln gesehen habe. Aber es ist schön. Es ist wirklich schön.«

Er legte den Gang ein, und sie steuerten auf die Main Street und den Snow-Cone-Stand zu. Mac hatte sich einen Tag freigenommen, um Zeit mit ihr zu verbringen, etwas, was er in der Woche nur selten tat.

»Und wohin willst du nach dem Eis? Wir können nach Lafayette fahren und uns einen Film ansehen. Oder angeln gehen? Wozu auch immer du Lust hast. Nach oben sind heute keine Grenzen gesetzt.«

»Hmm. Lass uns einen Film gucken. Das haben wir schon ewig nicht mehr getan.«

»Dann also ins Kino«, sagte Mac und richtete den Blick auf die Straße vor ihnen.

Haley griff nach ihrer Handtasche. Sie zog den Reißverschluss auf und suchte nach ihrem Führerschein. Den würde sie brauchen, falls sie sich einen nicht jugendfreien Film aussuchten. Als sie versehentlich an eine Ecke der Tasche stieß, fiel etwas loses Wechselgeld heraus und in den engen Zwischenraum zwischen dem Beifahrersitz und dem Schaltknüppel. »Verdammt!«, murmelte sie.

Am Eisstand stellte Mac den Motor aus und sprang aus dem Wagen.

Haley zwängte ihre Hand in den Zwischenraum, um die heruntergefallenen Münzen aufzuheben. Ihre Finger streiften etwas Glattes. Sie bekam es in dem Augenblick zu fassen, als Mac ihr die Beifahrertür öffnete.

Es war eine Bonbondose. Ihr stockte der Atem.

»Darf ich bitten, Miss Landry?«, sagte Mac und reichte ihr die Hand.

Haley erkannte die pinkfarbene kleine Dose, in der Tiffany ihre Minzpastillen für frischen Atem und ihr Marihuana aufbewahrte. Sie drehte sie um und sah das vertraute eingeritzte Monogramm. TP.

Sie versuchte sich zu erinnern, ob sie Tiffany jemals in Macs Auto gesehen hatte. Es gelang ihr nicht.

»Was hast du da?«, fragte Mac.

Sie blickte zu ihm auf. »Das gehört Tiffany. Ich habe es zwischen den Sitzen gefunden.«

Für den Bruchteil einer Sekunde wirkte Mac so verwirrt, wie sie sich fühlte. »Oh! Das muss sie verloren haben.«

»Wann war sie in deinem Wagen?«

Mac rieb sich die Barthaare am Kinn. »Vor ein paar Wochen. Ich habe sie aufgelesen. Sie ist die Main Street entlanggelaufen. Hat irgendwas erzählt, von wegen, Charles hätte sie am Diner abgesetzt, und sie hätte ihr Auto nicht, um nach Hause zu fahren.«

In ihrem Kopf überschlugen sich die Gedanken. Manche stellten Verbindungen her, die einen Sinn ergaben. Andere nicht.

Mac blinzelte. »Alles okay, Babe?«

»Ja«, log sie.

Er lächelte. »Dann komm. Holen wir uns unsere Snow Cones.«

Kapitel 37

ES WAR ELF UHR AM FREITAGABEND, UND TOM WAR NOCH IMMER nicht nach Hause gekommen. Die Kinder waren bereits im Bett – oder zumindest glaubte Rachel das.

Sie legte das Buch zur Seite, das sie zu lesen versuchte, zog ihren Morgenmantel über und ging über den Flur zu Kelseys Zimmer. Sie öffnete die Tür und wartete ab, bis ihre Augen sich an die Dunkelheit gewöhnt hatten. Ihre Tochter war nicht da.

Zorn wallte in ihr auf, und sie erinnerte sich an den Abend, als Waschbären hinten im Garten den Mülleimer umgestoßen und diesen schrecklichen Lärm verursacht hatten. Voller Panik war sie aufgewacht und in Kelseys Zimmer gestürmt. Es lastete eine Schwere auf ihrem Inneren, die ihr sagte, dass irgendetwas furchtbar falsch lief.

Als sie das Zimmer ihrer Tochter betreten hatte, hatte sie entdeckt, dass Kelsey aus dem Fenster gestiegen und davongeschlichen war.

Das war das erste Mal gewesen, dass sie abends Kelseys Zimmer betreten und dort nicht ihre Tochter, sondern nur ein leeres Bett vorgefunden hatte. Am nächsten Morgen hatte es eine heftige Auseinandersetzung gegeben, bei der sie sich aus Leibeskräften angeschrien hatten. Kelsey hatte gebrüllt, sie hasse sie.

Hassen.

Und dass sie eine schreckliche Mutter sei.

Schrecklich.

Die Worte ihrer Tochter quälten sie seitdem in jedem wachen Moment.

Wie schon in jener Nacht legte Rachel sich in das Bett ihrer Tochter und wartete auf ihre Rückkehr. Sie lag auf den weichen Laken und dachte an die Zeit zurück, als sie und Kelsey beste Freundinnen gewesen waren.

War, abgesehen von der Pubertät, irgendetwas zwischen ihnen vorgefallen? Sie wollte, dass Kelsey ihr vertraute, sie liebte, sie mochte, aber sie wusste auch, dass sie teilweise selbst an Kelseys veränderter Haltung schuld war. Sie sollte in erster Linie Mutter und dann erst Ehefrau sein, doch monatelang hatte sie ihre Prioritäten umgekehrt gesetzt.

Im Zimmer wurde es dunkel.

Rachel richtete sich im Bett auf, als sie sah, dass etwas vor dem Fenster stand und das Mondlicht abhielt. Es war Kelsey. Sie war wieder zu Hause.

Ihre Gedanken überschlugen sich, während sie fieberhaft überlegte, wie sie mit dieser Situation am besten umgehen sollte. Sollte sie wieder wütend werden? Oder würde sie es schaffen, ihrer Tochter ruhig entgegenzutreten und ihr einfach noch einmal zu erklären, wie gefährlich es sei, nachts zu verschwinden?

Rachel saß auf dem Bettrand und strich ihr Seidennachthemd glatt. Ein paarmal atmete sie tief ein und wieder aus. War jetzt der richtige Zeitpunkt, um ihr zu sagen, dass es ihr leidtat, gefühlsmäßig nicht erreichbar gewesen zu sein?

Ja, das würde sie tun. Kelsey würde das zu schätzen wissen, und sie konnten anfangen, ihre Beziehung wieder aufleben zu lassen.

Im Zimmer wurde es wieder heller.

Wohin will Kelsey denn jetzt?

Verwirrt eilte Rachel zum Fenster und kam gerade noch

rechtzeitig, um die Gestalt zu sehen, die in den Wald huschte und verschwand.

Eine Gestalt, die viel zu groß und breit war, um ihre Tochter zu sein.

Kapitel 38

IM FENSTER DES WOHNZIMMERS SUMMTE DER VENTILATOR, ABER er brachte kaum Kühlung in das kleine Haus der Landrys. Im Wohnzimmer war die Temperatur bei Weitem am angenehmsten, und darum hielten sich meistens alle dort auf, egal, ob sie sich nun mochten oder nicht. Und soweit Erica es beurteilen konnte, mochten sie sich nicht.

Es war acht Uhr abends, und immer noch stand das Thermometer bei fast achtundzwanzig Grad, obwohl es sich anfühlte, als seien es vierzig. Haley bereitete in der Küche ein Étouffée vor. Das schulterlange braune Haar hatte sie zu einem Pferdeschwanz gebunden, und über ihrem Strandkleid trug sie eine Schürze. Sasha war gerade aus einem späten Nickerchen erwacht, saß am Tresen und malte etwas. An einem seiner Nasenlöcher klebte Rotz.

Becky und Seacrest waren im Wohnzimmer. Seacrest lag ausgestreckt auf der großen Couch, und Becky saß auf der kleineren. Sie sahen sich den Video-Countdown an, die wöchentliche Chartshow für Musikvideos auf VH1.

Erica saß steif in einem Fernsehsessel und schrieb. Es war das dritte Mal, dass Haley sie zu sich eingeladen hatte, aber erst das zweite Mal, dass sie die Einladung angenommen hatte. Vor einer Stunde war sie angekommen und hatte sich bisher größtenteils abseits gehalten, aber irgendwie fühlte es sich ziemlich gut an, hier zu sein. Die Landrys waren zwar ein gestörter Haufen, aber trotzdem bekam sie bei ihnen ein Gefühl dafür, was es hieß, Teil einer Familie zu sein. Einer richtigen Familie.

Sie schrieb eilig ein paar Notizen nieder, während sie die beiden jüngeren Mädchen aus dem Augenwinkel beobachtete. Vor allem beobachtete sie Seacrest. Das Mädchen zwirbelte ihr langes dunkles Haar um einen Finger und schürzte die vollen Lippen, als wollte sie etwas sagen. Hin und wieder veränderte sie ihre Position auf der Couch, schob eine Schulter vor oder zurück und seufzte.

Auf der anderen Couch lümmelte Becky, mit gerecktem Kinn und zusammengepressten Lippen starrte sie auf den Fernseher.

Bei ihrer Ankunft hatte Erica die beiden zufällig auf der Veranda reden hören. Seacrest hatte Becky von einem Jungen erzählt, mit dem sie herumgeknutscht hatte, und es war offensichtlich gewesen, dass Becky ihre Freundin bewunderte.

Haley feuchtete eine Serviette in der Küchenspüle an und wischte Sasha damit die dreckige Nase ab. Der kleine Junge jammerte und drehte widerstrebend den Kopf von einer Seite zur anderen. Der Stift, den Sasha benutzte, fiel ihm aus der Hand, und er brach in Tränen aus.

Erica trank einen großen Schluck Jack Daniel's mit Cola, den Haley ihr zubereitet hatte, dann konzentrierte sie sich wieder auf ihre Notizen. Sie war froh, ihrem Zuhause entkommen zu sein, fort von Pamela und ihrem sinnlosen Geschwätz. Die Frau gehörte inzwischen zum Inventar wie ein ungeliebtes Möbelstück, und sie löcherte Erica ständig, um an Informationen zu kommen. Und sie versuchte auf eine erbärmliche Art, sich mit ihr anzufreunden.

Draußen schrien Eulen über dem Bayou und warteten, bis es Zeit für die nächtliche Jagd war. Ihr Vater hatte Erica einmal erzählt, dass viele ältere Cajuns Eulen für alte Seelen hielten. Die Abergläubischen unter ihnen glaubten auch, dass man, wenn man nachts den Schrei einer Eule hörte, aus dem Bett aufstehen und seinen linken Schuh umdrehen sollte, sodass die Sohle nach oben zeigte, um eine Katastrophe abzuwenden. Ihr Vater war ein rückständiger Mann aus Louisiana. Natürlich zweifelte er nicht an diesem ungebildeten Volksglauben. Wie ihre Mutter hatte auch Erica kein einziges Mal in ihrem Leben einen Schuh umgedreht – und sie würde das auch niemals tun.

Die Tür von Mrs Landrys Schlafzimmer öffnete sich, und Haleys Mutter kam herausgeschlurft, eine Hundefutterschüssel aus Chrom in der Hand. Ihre Kleider passten nicht zueinander, und sie trug nur eine Sandale. Mit verschlafenem Blick musterte die Frau einen nach dem anderen. Vom Tresen her starrte Sasha sie an, staunend und mit offenem Mund, als hätte gerade eine Tote das Zimmer betreten.

»Hallo, kleiner Feger«, sagte sie.

Reglos saß Sasha da, und der Stift, wegen dem er geweint hatte, war vergessen. Mrs Landry durchquerte das Wohnzimmer, ging in die Küche und tätschelte dem kleinen Jungen im Vorbeigehen den Kopf. Sie füllte Wasser in den Napf, dann steuerte sie wieder auf das Wohnzimmer zu.

Ein gebrechlich wirkender alter Hund kam aus Mrs Landrys Schlafzimmer spaziert, seine Pfoten tappten laut auf den Parkettboden. Er streckte seinen langen Leib, und man hörte die Gelenke knacken. Das Tier betrachtete Erica aus beinahe toten Augen.

»Hallo, Missis Lindry. Sin Sie noch krank?«, fragte Sasha, der endlich die Sprache wiedergefunden hatte. Seine Augen hinter den dicken Brillengläsern sahen aus wie kleine Knöpfe.

Mrs Landry lächelte den Jungen an, sagte jedoch nichts.

»Mom, das ist Erica«, stellte Haley sie vor. Sie kam aus der Küche in das Wohnzimmer und deutete auf ihre Freundin.

»Hallo«, sagte Mrs Landry, ohne Erica in die Augen zu

sehen. Sie ging auf die Fliegengittertür zu und stellte den Wassernapf auf die Veranda.

»Möchtest du was essen, Mom? Ich mache gerade Étouffée«, fuhr Haley fort. »Ich wollte dir etwas davon bringen, wenn es fertig ist.«

Die Frau schüttelte den Kopf. »Nein, danke, Liebes.«

Mrs Landry zog die Tür auf und ging hinaus. Der alte Hund folgte ihr. Dann fiel die Gittertür zu, und Mrs Landry war fort.

Erica sah, dass Haley das Gesicht verzog und Tränen in den Augen hatte. Sie stand auf und trat zu Haley an den Küchentresen. »Alles okay?«, fragte sie.

»Ich … ehrlich gesagt, ich weiß es nicht.«

* * *

Später an diesem Abend, als die Mädchen mit dem Abendessen fertig waren, erhielt Haley einen Schweigeanruf.

Erica saß neben ihr am Küchentresen und goss ihnen etwas zu trinken ein. Es war für jede von ihnen der dritte Drink an diesem Abend.

»Hallo?«, fragte Haley. »Wer ist da?«

»Noch ein Schweigeanruf?«, rief Becky von der Couch aus, als Haley gerade auflegte. »Das ist ungefähr der dritte heute.«

»Wenn ich du wäre, würde ich mir vor Angst in die Hose machen«, meinte Seacrest.

»Da hat nur jemand geatmet«, sagte sie leise. Ihre Augen wirkten ausdruckslos. Erica war sehr bald aufgefallen, dass dieses Mädchen nicht einmal ein ganzes Glas brauchte, um betrunken zu sein. Dennoch trank sie weiter. Erica wusste, dass sie diejenige war, die den Alkohol in Haleys Leben gebracht hatte. Nun fragte sie sich, ob das wirklich eine gute Idee gewesen war.

Becky reckte sich auf der Couch. »Das macht mir Angst. Ich meine, das könnte der Typ sein, der Tiffany entführt hat. Und er ruft uns immer wieder an.«

»Ja, es könnte ein Mörder sein«, fügte Seacrest hinzu. »Vielleicht verfolgt er dich. Verdammt, vielleicht beobachtet er sogar grade das Haus.«

»Ein Mööder?« Aufgeregt riss Sasha den Mund auf, und ein blauer Buntstift fiel ihm aus der Hand und auf den Fußboden.

»Sie macht nur Witze, Kleiner«, murmelte Haley und warf Seacrest einen bösen Blick zu.

Sasha kletterte von dem Barhocker herunter, trottete ins Wohnzimmer, baute sich vor Becky auf und verzog das runde Gesicht.

»Was willst du?«, fragte Becky streng.

»Rat mal!«, quiekte er.

»Nein, Sasha. Ich rate nicht.«

Langsam bewegte Sasha sich ein kleines Stück auf sie zu.

»Geh mir aus den Augen, verdammt noch mal«, schnauzte Becky ihn an. »Warum starrst du mich so an?«

»Warum is' dein Gesicht so bunt?«, wollte Sasha wissen.

Erica blickte durch den Raum zu Becky. Als sie blinzelte, erkannte sie orangefarbene Streifen auf Wangen und Hals und sogar auf den Armen des Mädchens, das sich auf dem kleinen Sofa rekelte.

»Geh und mal dein blödes Buch bunt an«, blaffte Becky.

Seacrest saß kichernd auf der Couch. »Das ist Selbstbräuner, der außer Kontrolle geraten ist. Sie hat ihn vor einer Weile aufgetragen. Warum musstest du dich auch mit so viel billigem Selbstbräuner eincremen, Dummchen? Ich hab dir doch gesagt, du sollst das lassen.«

Becky schnappte sich eine Tüte Doritos vom Wohnzimmertisch. Sie steckte sich ein paar in den Mund.

»Du hast schöne Haut, Becky«, sagte Haley und geriet

fast ins Stottern. »Du solltest … nicht so einen Unsinn damit anstellen.«

»Ich mag dein Gesicht in annere Farbe«, meinte Sasha mit ernster Miene. Er trat einen Schritt auf Becky zu und deutete mit dem Zeigefinger auf sie. »Is' das aua?«

Becky schenkte ihm keine Beachtung. »Wie kannst du meine Haut nur schön finden? Sie ist so blass«, jammerte sie.

»Blass kann sehr schön sein«, erwiderte Erica. »Meine Mutter hat auch helle Haut, und sie ist der schönste Mensch, den ich je gesehen habe.«

Becky blickte sie an und wusste nicht, was sie sagen sollte.

»Also, ich glaube, sie braucht mehr Farbe«, meldete Seacrest sich zu Wort. »Nicht dieses Orange. Irgendetwas anderes. Vielleicht ziemlich viel Make-up, diesen Puder-Make-up-Scheiß zum Beispiel. Würde ihre Sommersprossen abdecken.«

»Es ist nichts falsch daran … dass Becky blass ist«, sagte Haley verächtlich. Ihre Sprache klang leicht schleppend. »Und ich will nie wieder hören, dass du meine Schwester Dummchen nennst. Hast du das verstanden?«

Seacrest zuckte mit den Schultern. »Es sieht einfach nicht gesund aus. Und ich habe nur einen Scherz gemacht, als ich sie Dummchen genannt habe. Das weißt du doch, Becky, oder?«

Becky nickte, aber sie wirkte nicht überzeugt.

Erica musterte Seacrest. In den Augen des Mädchens lag etwas, das sie beunruhigte. Es war nicht nur ihre schroffe Unfreundlichkeit oder die Tatsache, dass sie eine Tyrannin war, ihr arrogantes Benehmen oder der Zorn, von dem sie spürte, dass das Mädchen ihn mit sich herumtrug. Da war noch etwas.

»Ich meine es ernst, Seacrest«, wiederholte Haley. »Ob du Witze machst oder nicht, beschimpf sie nie wieder.«

»Schimpf sie nich!«, quäkte Sasha, den Finger jetzt auf Seacrest gerichtet. Er kicherte, denn er fand Haleys Worte offenbar urkomisch.

Seacrest hob eine Augenbraue. »Wie du willst.« Sie griff in ihre Handtasche, zog ein Päckchen Zigaretten und ein Feuerzeug heraus und stand auf, um sich zu recken. Ihre Shorts saßen tief auf ihren Hüften und entblößten einen langen gebräunten Oberkörper und ein silbernes Nabelpiercing. Sie öffnete die Fliegengittertür und trat hinaus in die schwüle Abendluft.

»Du hasst sie, stimmt's?«, fragte Becky ihre Schwester, als Seacrest außer Sichtweite war.

»Ja«, gab Haley zu. »Und ich weiß nicht, warum du dich …« Ein lauter Schluckauf unterbrach sie. »… warum du dich mit ihr abgibst. Sie ist gemein.«

»Ja, das stimmt«, sagte Becky leise. »Manchmal mag ich sie auch nicht. Zuerst fand ich sie echt cool, aber ich glaube, sie lügt ziemlich viel.«

»Warum verschwendest du dann deine Zeit mit ihr?«, fragte Haley.

Becky zuckte mit den Schultern. »Weil ich keine anderen Freunde habe.«

* * *

Erica ging hinaus und fand Seacrest mit übergeschlagenen Beinen in einem der beiden Schaukelstühle auf der kleinen Veranda vor. Sie zog an einer Zigarette, und die Glut leuchtete in der Dunkelheit.

Erica setzte sich in den Stuhl neben ihr und steckte sich schweigend ebenfalls eine Zigarette an, während ein warmer Wind um ihre nackten Schultern strich. Sie dachte daran, wie ihre Mutter früher auf ihrer eigenen Veranda gesessen und geschaukelt und dabei auf das Wasser geblickt hatte.

An manchen Abenden hatte sie mitbekommen, dass ihre Mutter hemmungslos weinte.

Erica blickte auf den Bayou hinaus und wunderte sich über

Seacrest. Was ist eigentlich los mit diesem Mädchen? Wäre ich eine richtige Schriftstellerin, dann würde ich es herausfinden. Schüchternheit und Unbehagen hatten keinen Platz, wenn das Glück eines Menschen vollkommen von seinem Erfolg als Romanautor abhing. Sie würde sich durchbeißen und mit den Leuten reden müssen, sogar wenn es sich um ziemlich übles Pack handelte.

Sie legte ihre Zigarette auf einer leeren Coladose ab und hielt das Glas Jack Daniel's in beiden Händen. »Also, wo wohnst du?«, fragte Erica.

Das Mädchen schwieg lange. »Weston«, antwortete sie schließlich.

Erica nickte. »Seacrest ist ein ungewöhnlicher Name. Irgendwie merkwürdig.«

»Ach, wirklich? Wenn du mich kennen würdest, dann würdest du vermutlich finden, dass er zu mir passt.«

Erica schaukelte in ihrem Stuhl und fragte sich, wie sie weitermachen sollte. Drinnen brüllte Sasha irgendetwas, weil ihm nicht erlaubt wurde, hinauszugehen. Becky schrie ihn an, er solle leise sein.

»Hat deine Mutter dich gebracht?«

Seacrest schüttelte den Kopf. »Meistens nehme ich mein Fahrrad. Manchmal trampe ich auch.«

»Deine Mutter hat nichts dagegen, dass du per Anhalter fährst?«

»Sie weiß nichts davon. Sie arbeitet immer.«

»Und warum nimmst du den langen Weg hierher auf dich?«

»In Weston ist niemand«, sagte Seacrest und tippte Asche in die Dose. »Das ist eine Geisterstadt.«

Erica war viele Male durch Weston gefahren, weil es über weite Strecken an das Stadtgebiet von Grand Trespass grenzte, aber sie hatte dort nie angehalten. Es hatte nie einen Grund dafür gegeben. Die Stadt unterschied sich kaum von Grand Trespass. Einmal zu oft geblinzelt, und schon lag sie hinter einem.

»Was macht deine Mutter?«, fragte Erica.

»Avon-Beraterin.«

Also war sie eine von diesen lauten, aufdringlichen Frauen, die einem Dinge verkauften, die man nicht brauchte.

»Und dein Vater?«

»Verkäufer.«

»Brüder oder Schwestern?«

Seacrest schüttelte den Kopf.

»Glücklich miteinander?«

»Wer?«, fragte Seacrest und drückte ihre Zigarette aus.

»Deine Eltern.«

Seacrests Augen leuchteten in der Dunkelheit. »Warum stellst du mir so viele Fragen? Siehst du nicht, dass ich mich zu entspannen versuche?«

Es traf Erica, dass Seacrest in gewisser Weise wie sie selbst war. Der Zorn. Der Sarkasmus. Der Wille, anders zu sein als alle anderen.

»Es fällt dir schwer, nett zu anderen zu sein, stimmt's?«, hakte Erica nach.

»Nein.«

»Glaubst du, es war nett von dir, dafür zu sorgen, dass Becky sich schlecht fühlt? Sie in Verlegenheit zu bringen? Oder ihr und Haley zu erzählen, dass ihr Haus vielleicht beobachtet wird?«

Seacrest blickte Erica aus schmalen Augen an. »Ich habe Becky die Wahrheit gesagt. Ich sage nicht einfach das, was die Leute hören wollen. Und zufällig finde ich, dass Becky zu blass ist und zu viele Sommersprossen hat. Na und?« Sie kickte sich die Sandalen von den Füßen und stand auf. »Und irgendein kranker Typ ruft dauernd hier an und legt gleich wieder auf.

Ich glaube, es könnte ein Mörder sein. Becky glaubt das auch. Sie hat nur zu viel Angst, es zu sagen. Das Mädchen hat eine Scheißangst vor allem und jedem, sogar vor ihrer Schwester da.«

Lässig stieg sie die Betonstufen bis zum Anlegesteg hinunter.

Erica stand auf, um Seacrest über das hohe Gebüsch hinweg sehen zu können. Als das Mädchen das verrottende Holz des Anlegers erreicht hatte, blieb sie stehen und zog ihr T-Shirt und ihre Shorts aus. Und dann stürzte sie sich ins Wasser, ohne Angst vor den Alligatoren und Schlangen, von denen es in dem dunklen Bayou nur so wimmelte.

Kapitel 39

ES WAR MITTERNACHT, UND MAC WAR GERADE AUFGETAUCHT. »Mein Gott, du tappst also auch in die Falle, Hale«, sagte er, als er merkte, dass sie betrunken war. »Die gleiche verdammte Falle, in die fast jeder in dieser Stadt hier geht. Eigentlich bist du doch zu clever dafür. Du wirst abhängig von dem Scheißzeug, und es ist verdammt hart, davon wieder runterzukommen.«

»Runterkommen wohin?«, fragte sie und warf theatralisch die Arme in die Luft. »Ach, du meinst das hier? Meine ach so glückliche Realität? Mein Vater ist tot, meine beste Freundin ist … äh … wahrscheinlich auch tot. Meine Mutter verliert den Verstand, und ich finde gerade heraus, dass mein verlässlicher Freund, mein Fels, von dem ich glaubte, mich immer auf ihn verlassen zu können, der mich niemals anlügen würde …« Sie hielt inne und rang nach Luft. Als sie weiterredete, war ihre Stimme nur noch ein Flüstern. »Ehrlich gesagt, weiß ich nicht, ob ich im Augenblick besonders gerne in der Wirklichkeit leben möchte.«

Haley hörte die Worte, die sie gesagt hatte, obwohl sie sie nicht hatte aussprechen wollen. Für seine Lüge hatte Mac sich bereits entschuldigt. Aber in ihr hatte sich ein ungewohnt starker Zorn angestaut, so intensiv, dass er die Kränkung und Traurigkeit vertrieb und den Wunsch in ihr weckte, jemanden zu schlagen.

Mac starrte sie an.

»Ein oder zwei Drinks schenken mir ein bisschen Frieden«, sagte Haley leise. »Manchmal kann ich einfach keinen Schmerz mehr ertragen.«

»Den spürst du doch trotzdem, egal, was du tust. Verdammt, du sollst ihn sogar fühlen, damit du ihn überwinden kannst. Außerdem bist das nicht du, Haley. Ich weiß nicht, wer diese Frau ist, die hier vor mir sitzt.«

Früher am Abend hatte sie an ihr Gespräch mit Tiffany im *Provost's* kurz vor deren Verschwinden gedacht. Ihre Freundin hatte gesagt, dass sie in jemanden verknallt sei.

Sie wusste, auf welchen Typ Mann Tiffany stand. Unerreichbar.

Und sie wusste, wie ihre Freundin flirtete. Tiffany genoss es besonders, wenn jemand nicht leicht zu haben war.

Hatte sie sich möglicherweise irgendwann an Mac herangemacht? Konnte mehr hinter ihrer Beziehung stecken, als sie bisher wusste? Woran lag es, dass er sich seit ihrem Verschwinden so unbehaglich zu fühlen schien, wenn er über Tiffany reden sollte?

Was sie im *Provost's* gesagt hatte, war vielleicht ihre Art gewesen, über Mac zu reden, ohne wirklich etwas über ihn zu sagen. Tiffany war nicht fähig, ein Geheimnis zu wahren. Sie hatte Haley immer schon alles erzählt, sogar Dinge, von denen sie wünschte, sie hätte sie nie gehört. Vielleicht verspürte sie einfach den Drang, sich mitzuteilen, und bezog dabei die Tatsache, dass es sich um Mac handelte, nicht in ihre Überlegungen mit ein.

Natürlich klang das in ihren Ohren alles weit hergeholt und lächerlich, aber Macs anfängliche Lüge hatte die Büchse der Pandora geöffnet. Außerdem war sie betrunken, und das wusste sie.

»Hast du je mit ihr geflirtet?«

»Mit wem?«

»Tiffany.«

Mac zuckte zusammen. »Um Himmels willen, warum fragst du mich so was?«

»Ist der Gedanke denn so abwegig? Sie sieht toll aus. Alle Kerle fühlen sich zu ihr hingezogen. Sie ist meine beste Freundin, aber ich weiß, wer sie ist und wozu sie fähig ist.«

Wütend starrte Mac sie an. »Ich habe nicht mit ihr geflirtet, denn mein Mädchen bist du. Außerdem macht sie nichts als Ärger. Das kann man aus einem Kilometer Entfernung sehen. Hör mal, ich hab dir gesagt, dass ich sie im Auto mitgenommen habe. Was du hier andeutest, gefällt mir nicht. Es klingt, als hättest du kein Vertrauen zu mir.«

Das Cover des Pornomagazins kam ihr wieder in den Sinn, und sie lachte. Es klang hämischer als beabsichtigt.

An Macs Hals pulsierte eine Ader.

»Ach, du willst mir also sagen, dass ich dir vertrauen sollte?«, fragte sie. Nur schleppend kamen die Worte aus ihrem Mund.

Sein Gesichtsausdruck war merkwürdig, so hatte sie ihn noch nie gesehen. »Soll ich gehen, Haley? Wenn es das ist, was du willst, dann musst du es nur sagen.«

Ihr Kopf schmerzte. Sie rieb sich die Schläfen. »Ich … ich weiß nicht, was ich will. In letzter Zeit weiß ich gar nichts mehr.«

»Was soll das heißen? Weißt du nicht mehr, ob du mit mir zusammen sein willst?«

»Nein, ich weiß es nicht.«

»Mein Gott, du weißt es nicht?«

In dem Raum wurde es still. Sie wusste, Mac wartete darauf, dass sie seine Frage verneinte und alles zurücknahm. Aber sie tat es nicht. Ein Teil von ihr wollte es, weil sie wusste, dass sie in schlechter seelischer Verfassung war, aber ein anderer Teil – der, der schließlich die Oberhand behielt – konnte es nicht.

Als er das Schweigen brach, lag Zorn in seinem Blick. »Na schön. Ich werde nicht darum betteln, dass du mein Mädchen bist, wenn du es nicht sein willst. Sag mir einfach Bescheid, wenn du es dir wieder anders überlegst.«

Bevor sie vollständig begriffen hatte, was gerade passiert war, war er verschwunden.

Kapitel 40

RACHEL WAR GUITREAUX' ÜBERRASCHENDE BESUCHE UND SEINE endlosen Fragen leid. Seit Tiffanys Verschwinden waren drei Wochen ins Land gegangen, und noch immer interessierte der Detective sich für Rachel.

Warum war das so?

Was erzählten die Leute in der Stadt ihm?

Als er Rachels Anruf am späten Freitagabend entgegennahm, erklärte sie ihm, was sie vor Kelseys Fenster gesehen hatte. Doch sein Verhalten, als er sie kurz darauf zu Hause aufsuchte, gefiel ihr nicht. Er musterte sie so durchdringend, als würde er sich fragen, ob er ihr glauben könne.

Er war in den Garten hinausgegangen und hatte mit seiner Taschenlampe knapp zwei Minuten lang den Waldrand angeleuchtet, dann war er wieder verschwunden.

Ein wenig kriminalistische Arbeit.

Bevor er fortging, sagte er zu ihr: »Ich finde es verstörend, dass Sie Ihre Tochter nachts durch die Straßen laufen lassen. Haben Sie schon vergessen, dass ein Mädchen verschwunden ist?«

Laufen lassen? Sie hatte Kelsey überhaupt nichts tun lassen. Was erwartete er eigentlich von ihr? Sollte sie ihre Tochter vielleicht ans Bett ketten? Wusste er denn nicht, dass Teenager ihren eigenen Willen haben und dass sie, Rachel, wirklich alles tat, was in ihrer Macht stand?

Oder tat sie das etwa nicht?

Von Tom konnte sie das nicht behaupten. Es schien ihn nicht zu beunruhigen, dass Kelsey sich aus dem Haus schlich. Er hatte Rachel lediglich aufgefordert, sich darum zu kümmern.

Sie wusste, dass er sich aus ihr nichts mehr machte, aber interessierte ihn denn nicht einmal mehr das Wohlergehen seiner Kinder?

Die zahllosen Besuche des Detective schienen Tom nicht zu beunruhigen. Er pflegte Guitreaux einfach ein Bier in die Hand zu drücken, ihn in sein Büro zu bitten und die Tür hinter ihnen zuzumachen.

Geheimnisse. Was für Geheimnisse, die sie nicht hören sollte, erzählte er dem Detective?

Grimmig dachte Rachel, dass die Dinge sich ständig änderten. Niemals hätte sie geglaubt, dass auch Tom sich ändern würde, jedenfalls nicht so sehr.

Nach dem Unterricht arbeitete sie am Montagnachmittag im Haus. Sie war entschlossen, es dem Detective bei jedem seiner unangekündigten Besuche makellos zu präsentieren, damit er eine ordentliche Hausfrau, Ehefrau und Mutter in ihr sah und nicht die verschmähte Ehefrau, als die Tom sie sich fühlen ließ.

Rachel hob seine Kakishorts, die Unterwäsche und ein Polohemd, das er am Tag zuvor getragen hatte, vom Fußboden auf. Sie kontrollierte die Taschen der Shorts, ging dann in das Badezimmer und fuhr mit einem Lappen über einen Klecks angetrockneter Zahnpasta, den er im Waschbecken hinterlassen hatte.

Nach dem Ehebett und dem Badezimmer beschloss sie, die Kinderzimmer zu überprüfen. Kelseys Zimmer war das reinste Chaos. Rachel stand in der Mitte des Raumes und schaute sich um. Die Ballerina aus Keramik lag umgestürzt auf ihrem Schminktisch. Eine Dose Haarspray lag auf dem Bett, und überall auf dem Teppichboden war Kleidung verteilt. Im Zimmer roch es muffig. Rachel fragte sich, ob in Kelseys Schrank vielleicht ein feuchtes Handtuch lag. Sie durchquerte das Zimmer und öffnete eine Schranktür.

»Was machst du hier drin?«, ertönte eine strenge Stimme.

Rachel fuhr hoch. Sie hatte niemanden das Haus betreten hören. »Verdammt noch mal, Kelsey, hast du mich erschreckt!«

»Du schnüffelst hier rum!«, schnauzte das Mädchen, das in der Tür stand, seine Mutter an. Ihre blauen Augen glänzten unter dickem schwarzem Eyeliner. Trotz der Julihitze war sie ganz in Schwarz gekleidet: ein schwarzes T-Shirt und schwarze Cargobermudas. Ihre nackten Beine hoben sich ungewöhnlich blass gegen den dunklen Stoff ab.

»Ich habe nicht herumgeschnüffelt!«, protestierte Rachel und merkte plötzlich, dass es klang, als wollte sie sich rechtfertigen. Beruhige dich, sagte sie zu sich selbst.

»Ich habe dich gesehen!«

»Kelsey, schrei mich nicht so an«, sagte Rachel so ruhig, wie sie konnte.

»Dann schnüffel du nicht in meinem Zimmer rum!«

»Du weißt, dass du Hausarrest hast und bis zum Schulbeginn höchstens zur Bibliothek gehen darfst, Fräulein. Also, wo warst du?«

Ihre Tochter presste die Lippen zusammen. »In der Bibliothek.«

Na klar, dachte Rachel. Kelsey rebellierte. Rachel erinnerte sich, dass sie selbst in diesem Alter auch rebellisch gewesen war. Verdammt, wie gern wäre sie es auch jetzt gewesen.

Aber vielleicht war sie das in mancher Hinsicht ja auch.

»Kelsey, wir haben über deine Strafe dafür gesprochen, dass du nachts aus dem Haus geschlichen bist. Ich habe es ernst gemeint, als …«

Doch bevor Rachel den Satz beenden konnte, wirbelte Kelsey auf dem Absatz herum und stürmte den langen Flur hinunter. Sekunden später knallte die Haustür zu.

Rachel eilte zum Vorderfenster und sah ihre Tochter über den Rasen rennen. Sie beobachtete sie, bis sie hinter dem Haus des nächsten Nachbarn verschwunden war.

Sie seufzte. Sie hatte sich immer ein ganz anderes Leben vorgestellt. Heutzutage war ihr Leben nichts anderes als ein Gefängnis – für sie und ihre Kinder.

In einem Wandspiegel erhaschte sie einen Blick auf sich selbst. Ihr blondes Haar sah aus wie ein vernachlässigtes Weizenfeld. Auf ihrer Stirn zeichneten sich kleine Fältchen ab, unter ihren Augen lagen dunkle Ringe. Sie schlurfte über den langen Flur zur Küche und nahm die letzte Flasche Wein aus dem Regal. Während sie den Korken herauszog, blickte sie aus dem Fenster über der Spüle.

Mac, der junge Mann, der seit Jahren den Rasen für sie mähte, steuerte auf den Schuppen zu. Nicht zum ersten Mal bemerkte sie, dass inzwischen ein recht attraktiver Mann aus ihm geworden war. Außerdem war er sehr höflich. Sie hoffte, dass der kleine Tommy im Beisein anderer Leute ebenso höflich war wie Mac.

Mac hatte immer ein gewisses Charisma besessen, sogar als Teenager schon. Sie dachte an das süße Mädchen, mit dem er zusammen war, Haley Landry, die vom Diner. Sie hätte gewettet, dass Mac seine Haley sehr glücklich machte. Er schien nicht der Typ zu sein, der fremdging.

Nein, nicht alle Männer waren wie Tom.

Sie trank ein Glas Wein auf ex und sah Mac nach, bis er außer Sichtweite war. Sie goss sich noch ein Glas ein, ging dann zurück zum Küchentisch und setzte sich. Nachdenklich, trinkend und sich immer wieder nachschenkend, saß sie dort ziemlich lange.

***

Rachels Augen waren feucht, als es einige Minute später an der Hintertür klopfte. Kelsey war immer noch nicht zurückgekommen. Sie dachte gerade darüber nach, ob sie ihrer Tochter folgen sollte, dann bemerkte sie, dass sie zu viel Wein getrunken hatte.

Sie war eine schreckliche Mutter.

Erneut klopfte es.

»Herein!«, rief sie und trocknete sich die Augen.

Die Tür schwang auf, doch niemand trat ein. Sie stand auf und sah, dass Mac draußen stand. Er hielt seine Basecap in den Händen, und sein T-Shirt war schweißnass.

»Wollte Ihnen nur sagen, dass ich fast fertig bin. Sind nur noch ein paar Kanten übrig, und dann …«

Rachel merkte plötzlich, dass sie Gesellschaft brauchte. Wenn sie noch eine Minute länger allein bleiben musste, würde sie wahrscheinlich durchdrehen. »Du siehst erschöpft aus. Möchtest du eine Pause machen und ein bisschen Eistee trinken?«, fragte sie.

»Nein, Ma'am, aber vielen Dank für das Angebot.« Seine kurzen Ponyfransen waren schweißnass. Sie standen ihm auf ulkige, aber sehr süße Art vom Kopf ab.

Er musste unbedingt bei ihr bleiben, nur ein paar Minuten. Mehr brauchte sie nicht, um ihre Selbstbeherrschung wiederzuerlangen. »Mach eine Pause. Komm, trink ein Glas Tee mit mir.«

Mac fuhr sich mit der Hand durch das feuchte Haar. »Nein, danke, Ma'am«, gab er zurück. »Ich muss jetzt wirklich …«

»Aber ich bestehe darauf.«

»Hm, also … okay. Klar.«

Rachel war leicht schwindelig, als sie zum Kühlschrank ging. Sie nahm einen Krug heraus und füllte sorgfältig Tee in ein Glas. »Jetzt steh doch nicht so in der Tür herum. Komm rein«, forderte sie ihn auf und versuchte gleichmütig zu klingen. Und nüchtern.

Er trat einen Schritt zur Seite.

»Magst du Luzianne-Eistee?«, fragte sie und achtete sorgfältig darauf, deutlich zu sprechen. Vor wenigen Jahren noch konnte sie perfekt die Nüchterne spielen, aber inzwischen war sie ein bisschen eingerostet.

»Ja, Ma'am.«

Rachel ging zum Tisch zurück und gab acht, dass kein Tee aus dem Glas schwappte. »Setz dich doch.«

»Ich bin ziemlich verschwitzt, Mrs Anderson.«

Sie schob den Eistee über den Tisch auf einen der Stühle zu. Ein bisschen Flüssigkeit spritzte auf den Tisch. »Rachel. Bitte, sag Rachel zu mir. Und mach dir keine Gedanken. Setz dich hin, und mach's dir bequem.«

Rachel nahm Platz und lächelte. Nun, worüber würden sie reden? Was hatten sie gemeinsam, wenn es denn überhaupt etwas gab? »Wie lange mähst du den Rasen schon für uns, Mac? Vier, fünf Jahre?«

»Ja, fünf Jahre, glaube ich. Es war mein erster Job. Ich habe mich sehr über die Gelegenheit gefreut damals.«

»Fünf Jahre? Wo ist die Zeit nur geblieben?«, fragte sich Rachel. Sie goss sich noch ein Glas Wein ein. »Ist dir aufgefallen, dass wir uns in diesen fünf langen Jahren noch nie wirklich miteinander unterhalten haben, so wie Erwachsene es tun? Oder uns Zeit genommen haben, einen Tee zusammen zu trinken?«

Mac stellte sein Glas auf den Tisch und blickte sie höflich an. »Nein, Ma'am. Ich glaube nicht.«

»Dann wird's aber Zeit, stimmt's? Wie geht's deiner Freundin? Haley, heißt sie, nicht wahr? Habt ihr vor, bald zu heiraten, ihr zwei?«

Mac betrachtete eingehend sein Glas. »Nein, eigentlich nicht.«

»Oh, verstehe. Ähm … ich hoffe, es ist alles in Ordnung.«

Mac schwieg einen Augenblick, dann sagte er: »Um ehrlich zu sein, wir haben gerade ein paar Probleme. In letzter Zeit verstehen wir uns irgendwie nicht besonders gut.«

Kapitel 41

AM SPÄTEN DIENSTAGNACHMITTAG SASS ERICA UNTER DEM CARport im Schatten und war vollkommen ins Schreiben vertieft. Hin und wieder blickte sie auf. In Gedanken versunken und ohne wirklich etwas zu sehen, starrte sie auf das teilweise wild wuchernde Gras und die vielen von der Sonne verbrannten Stellen im Garten, auf das alte grüne Fischerboot, das kieloben und ohne Motor dalag, und die erdverkrusteten Blumentöpfe, die leer geblieben waren, seitdem ihre Mutter fort war.

Sie achtete auf nichts davon. Stattdessen konzentrierte sie sich auf ihr geistiges Auge. Inzwischen war sie nicht mehr so sehr darauf angewiesen, die Rituale ihrer Mutter zu imitieren. Über Nacht schien das Schreiben für sie zu etwas Natürlichem geworden zu sein. Aber sie schrieb schnell, aus Furcht, dass die lähmende Schreibblockade wiederkommen könnte.

Beim Schreiben war sie ein großes Stück vorangekommen. Ihr Notizbuch enthielt zahlreiche interessante Notizen, und sie hatte inzwischen vierzig Seiten geschrieben, weil die Worte ihr schneller einfielen, als sie sie niederschreiben konnte. Eilig und manchmal verstohlen machte sie sich während ihrer Dienste bei *Luke's* Notizen, wenn sie auf dem Anleger saß, in der Klasse, auf dem Friedhof – überall.

Sie freute sich auf den neuerlichen Besuch des Detective. Bisher war er zweimal bei ihr gewesen, um ihr Fragen zu stellen. Beide Male hatte er sie irritiert, aber diesmal würde es anders sein. Jetzt gab es so viel, was sie in Erfahrung bringen musste. Sie dachte sogar darüber nach, den Detective zu fragen, ob sie ihm bei den Ermittlungen ein bisschen helfen könne. Auf diese Art wäre es leichter für sie, an Informationen zu kommen.

Hinter sich hörte sie Schritte. »Oh, hallo, Cher.«

Erica verkrampfte sich. Es war Pamela.

Sie stand neben dem verrosteten Angelkasten ihres Vaters und hielt ein ausgeblichenes Strandtuch in der Hand. Sie trug lediglich einen schwarz-weiß gepunkteten Bikini. Ihre knochigen Schultern waren sonnenverbrannt, ihre Sonnenbrille zu groß für ihr kleines Gesicht.

»Warum sitzt du denn da im Schatten? Du solltest rausgehen und ein bisschen Sonne tanken, Liebes.«

Erica umklammerte ihren Stift fester. »Die Sonne ist nicht gesund.«

»Zigaretten und Voodoo auch nicht. Und die Sonne lässt dich wenigstens hübscher aussehen«, erwiderte Pamela und zwinkerte ihr zu.

Erica wandte den Blick ab und spähte hinaus auf den Bayou. Zwei Jungen im Teenageralter waren am anderen Ufer erschienen. Sie trugen Badehosen und hatten ein aufblasbares Floß dabei.

Pamela ließ sich neben ihr auf dem Boden nieder und machte es sich bequem. »Das mit dem Schreiben scheint jetzt besser zu laufen. Du machst das immer öfter.«

»Woher willst du das wissen? Spionierst du mir etwa hinterher?«

Pamela stieß ein kurzes Lachen aus. »Nein, absolut nicht. Mir fallen manche Sachen eben auf. Meine Mom hat immer gesagt, ich sei das aufmerksamste Kind in der Familie. Allerdings habe ich nicht gelernt, diese Fähigkeit sinnvoll einzusetzen.« Sie seufzte. »Na ja, zumindest bisher noch nicht.«

Erica bohrte ihren nackten Zeh in den Erdboden.

»Das freut mich für dich. Du wirkst viel zufriedener, seit

du mit dem Schreiben gut vorankommst.« Pamela zog ein Päckchen Zigaretten hervor und hielt es ihr hin. »Willst du eine?«

Erica zögerte. Sie atmete tief ein, und der Geruch von Motoröl und Pfefferminz stieg ihr in die Nase. Die Zigaretten waren verlockend. Das Trinkgeld im Diner war dürftiger ausgefallen als üblich, und sie war gezwungen gewesen, sich ihre eigenen Zigaretten einzuteilen. Meistens hatte sie irgendwelche Stummel geraucht, wenn sie welche finden konnte. Jeder gesparte Cent wanderte in ihre Spardose für New York.

Widerstrebend nahm sie eine Zigarette, und die beiden saßen schweigend nebeneinander und rauchten.

»Dein Daddy hat mir erzählt, dass du mit dem vermissten Mädchen befreundet bist.«

Erica schüttelte den Kopf.

»Kanntest du sie nicht?«

»Ich kannte sie, aber wir waren nicht befreundet.«

»Kanntest du sie gut?«

»Nein, wir haben nur beide bei *Luke's* gearbeitet.«

»Luke's?«

»Das Diner in der Main Street.«

»Ach ja, dein Vater hat mir erzählt, wo du arbeitest. Na ja, wenn du mit ihr gearbeitet hast, dann solltest du sie ziemlich gut kennen. Wie war sie so?«

»Zickig. Reich. Total bescheuert.«

»Hm, das klingt nicht, als sei sie besonders nett, oder?«, sagte Pamela. Sie zog an ihrer Zigarette. Dann legte sie sie auf einer alten Coladose ab und schaute auf einmal nachdenklich drein. »Ich kannte mal ein Mädchen, das vermisst wurde. Hat sich dann rausgestellt, dass sie nur abgehauen war.«

»Tiffany ist nicht abgehauen.«

»Woher weißt du das, Cher?«

»Das ergibt keinen Sinn. Wäre sie abgehauen, dann hätte sie sich anders verhalten.«

»Dein Vater glaubt offenbar nicht, dass ihr Freund, dieser Charles, etwas damit zu tun hat.«

Erica hatte gar nicht bemerkt, dass ihr Vater überhaupt mitbekommen hatte, was passiert war. Aber natürlich hatte er das, nicht wahr? Die ganze Stadt wusste Bescheid. Erica fand es immer noch merkwürdig, dass er ihr gegenüber keine Bemerkung darüber gemacht hatte.

»In Kleinstädten wie dieser sprechen sich solche Sachen schnell herum«, sagte Pamela, als hätte sie Ericas Gedanken gelesen.

Wahrscheinlich hielt Pamela sich für ein Großstadtmädchen, weil sie mal in Dallas gewohnt hatte. Einige Abende zuvor hatte Erica zufällig gehört, wie Pamela und ihr Vater sich unterhielten. Sie hatte mit ihrem Jahr in Dallas geprahlt, als sei die Stadt ein so exotischer Ort wie Europa.

»Ich mache fantastische Pediküren, falls es dich interessiert.« Pamela deutete auf Ericas schwielige Füße und die schmutzigen Fußnägel.

Verstohlen musterte Erica Pamelas Füße. French Pedicure.

»Und ich will nicht mal was dafür haben«, fügte sie hinzu, drückte ihre Zigarette aus und stand auf. »Ich würde es tun, weil ich wirklich gerne deine Freundin wäre.« Sie stand auf und wischte über ihre Bikinihose. »Ich gehe jetzt rein und dusche und mache Jambalaya für deinen Dad. Willst du auch was?«

Erica schüttelte den Kopf.

»Okay. Ich stelle eine Portion ins Gefrierfach, falls du deine Meinung noch änderst«, erklärte sie und blinzelte ihr schon wieder auf diese nervige Art zu.

Nachdem Pamela verschwunden war, starrte Erica auf den Bayou hinaus. Freundinnen? Wer würde mit einer Frau wie Pamela schon befreundet sein wollen? Niemals, dachte sie.

Nicht um alle Zigaretten oder Pediküren der Welt würde sie diese Frau ertragen.

Sie bohrte ihre Zehen wieder in den Dreck und beobachtete, wie die Jungen auf der anderen Seite des Sumpfes ihr Floß auszubalancieren versuchten. Sie sah ihnen bis zum Sonnenuntergang zu, sogar noch, als die Jungen von ihrer Mutter wieder ins Haus gerufen wurden.

Sie sah zu, bis die Scheinwerfer des neuen Ford F-350 ihres Vaters in der Einfahrt auftauchten. Dann sammelte sie ihre Sachen zusammen und steuerte auf den Friedhof zu.

Kapitel 42

ER SPRITZTE FENSTERREINIGER AUF DAS FÖRDERBAND UND RIEB es mit ein paar Papiertüchern sauber. Ein Kind hatte gerade einen Wutanfall bekommen und eine geöffnete Saftflasche auf das Band geknallt. Der Saft war auf die Boulevardblätter und die TV-Guide-Hefte und auf die Broschüren gespritzt, in denen nie zuvor veröffentlichte Tipps zum schnellen Gewichtsverlust abgedruckt waren.

Die Mutter des Kindes hatte sich entschuldigt, aber dennoch pulsierte ihm das Blut in den Adern, und er hatte es vermieden, sie anzusehen. Dabei war sie gar nicht das Problem. Und auch ihr Kind nicht. Er fühlte sich in letzter Zeit einfach nicht richtig wohl. Er sehnte sich nach der inneren Ruhe, die er nach Tiffany empfunden hatte.

Er war wieder ängstlich, geplagt von der Erkenntnis, dass es nur eine Sache gab, die ihn noch beruhigen konnte – und diese Sache durfte er nie wieder tun. Er dachte an Crack und daran, was es zwischen den Injektionen bei den Usern bewirkte. Töten machte genauso süchtig.

»Einmal Wischen in Gang zehn«, ertönte eine Stimme über den Lautsprecher. Er blickte auf und sah Henry, den Filialleiter und übelsten rotgesichtigen Alkoholiker, dem er je begegnet war. Er musterte ihn durch das verschmierte Fenster des Büros, während er ins Mikrofon sprach.

Er dachte an seinen Vater, den er nicht mehr gesehen hatte, seit er ein kleiner Junge war. Aus irgendeinem Grund dachte er in letzter Zeit ziemlich oft an ihn. Seine Erinnerungen an seinen Vater waren bestenfalls verschwommen, aber er wusste noch, dass er immer nett zu ihm gewesen war. Nachdem er verschwunden war, hatte seine Mutter den Nachnamen seines Vaters verflucht. Obwohl er sowohl auf seiner als auch auf Allies Geburtsurkunde stand, würde sie ihn niemals anerkennen.

Sie benutzte ihren Mädchennamen und bestand darauf, dass auch Allie das tat.

Sie verlangte nicht, dass er diesen Namen benutzte. Solange er denken konnte, hatte seine Mutter alles an ihm gehasst. Es war ihr egal, ob er lebte oder starb und auch, ob er einen anständigen oder einen verachtenswerten Namen trug.

In letzter Zeit schien ihm alles mehr auszumachen als bisher. Das Fernsehen, all diese Bilder von Frauen. Schreckliche, wertlose Frauen. Frauen, die er verabscheute. Er wollte niemandem wehtun. Er wollte es wirklich nicht. Aber er tat es. Oh ja … das tat er.

Sein Geist war ein Wirrwarr an aufgestauter Energie – verwirrte, gefährliche Gedanken, unaussprechliche Triebe. An diesem Morgen hatte er die letzten Seiten aus den schmutzigen Magazinen gerissen. Er riss das meiste in Fetzen – die Seiten, die Bindung, alles. Vielleicht sollte er nach dieser Schicht einfach alles verbrennen. Ja, dann würde er sich bestimmt besser fühlen. Und wenn nicht, würde er vielleicht noch einmal zu den Andersons gehen.

Jemand warf Ware auf das Band. Er betrachtete die Artikel: eine Schachtel Kondome, eine Dose Spaghetti in Tomatensauce, ein Päckchen Zigaretten und eine Boulevardzeitung. Er blickte auf und hätte beinahe aufgeschrien.

»Oh, hallo, Süßer!«

Allie.

»Das Nikotinkaugummi, das du auf den Küchentresen

gelegt hast, ist nicht besonders wirksam«, meinte sie, als sie nun vor dem Kartenlesegerät stand. Sie griff in ihre Tasche und steckte sich ein weißes Kaugummiquadrat in den Mund. »Aber die Idee war nett. Mein großer Bruder kauft mir Geschenke. Mein Retter ist wiederauferstanden in der Gestalt eines durchgeknallten Versagers.«

Sie bedachte ihn mit einem Lächeln, bei dem sie sämtliche Zähne entblößte. Er verspürte den heftigen Drang, sie über das Förderband zu ziehen und zu würgen. Es war einfach der falsche Zeitpunkt, um ihn lächerlich zu machen, hier, vor so vielen Leuten. Jetzt ging sie wirklich zu weit. Sie sollten getrennt voneinander leben, konnten nur getrennt voneinander leben.

Was machte sie überhaupt hier?

Ein Kind in einem Einkaufswagen, der aussah wie ein rotgelber Buggy aus Plastik, fing an zu heulen. Wütend starrte er das Kind an und richtete die Aufmerksamkeit dann wieder auf seine Schwester. Sie trug zu viel Make-up. Ihre blaurot geschminkten Lippen schrien ihn im Neonlicht des Ladens regelrecht an.

Eine ältere Frau tauchte hinter Allie auf und stellte eine Tüte Katzenstreu aufs Band, dann nahm sie eines der mit Saft bespritzten Boulevardblätter in die Hand.

»Du versuchst doch wohl nicht, mir an die Wäsche zu gehen, oder, großer Bruder? Indem du mir Geschenke machst, damit du mich belästigen kannst?«, sagte Allie so laut, dass die Frau es hören konnte.

»Halt die Klappe!«, zischte er.

Der Frau blieb der Mund offen stehen. Sie nahm die Katzenstreu und ging zur nächsten geöffneten Kasse.

Ihm kochte das Blut, als er die Artikel seiner Schwester eintippte und alles in eine Plastiktüte schob. Das Piepen der Scanner in dem Laden machte ihn wahnsinnig. Er wollte mit der

Faust das schmierige Rechteck aus Glas einschlagen. »Elf sechsundsechzig«, sagte er.

»Ich glaube, ich habe mein Portemonnaie vergessen«, erwiderte Allie und grinste. »Kannst du, du weißt schon, dich drum kümmern?«

Er musterte sie finster. Dann schob er ihr die Tüte hin und zischte: »Verpiss dich!«

* * *

Nach seiner Schicht stieg er in den Pick-up und fuhr nach Hause. Der Abend war ruhig; er war es nicht.

Auf der Coontz Road fuhr er an einem Mädchen ungefähr in Allies Alter vorbei. Sie trampte. Sie trug fast nichts am Leib und hielt den Daumen in die Luft. Leichte Beute für ein Raubtier wie ihn.

Ohne nachzudenken, trat er auf die Bremse. Schlingernd kam der Wagen zum Stehen und wirbelte eine Staubwolke hinter sich auf. Als das Mädchen die Bremslichter sah, trabte es zur Beifahrertür, wobei ihr die Brüste fast aus dem Bustier hüpften. Er kurbelte das Fenster bis zur Hälfte herunter.

»Wo willst du hin?«, fragte er.

»Grand Trespass.«

In Gedanken schuf er ein Szenario, das dem mit Tiffany nicht unähnlich war: wie er das Leben in diesem halbtoten Mädchen endgültig auslöschen würde. Die Gelegenheit, ein weiteres Übel von der Erdoberfläche zu tilgen und seinen Zorn zu besänftigen.

Er wandte den Blick vom Gesicht des Mädchens ab und richtete ihn auf einen plattgefahrenen, ausgetrockneten Ochsenfrosch auf der Straße vor sich. Wie konnte seine Schwester es wagen, im Supermarkt aufzukreuzen? Wie konnte sie es wagen, ihn zu demütigen, obwohl sie nicht zu Hause waren?

Sie kannte die Regeln. Ihr etwas zu schenken war kein kluger Schachzug gewesen, und er wusste gar nicht mehr, warum er es überhaupt getan hatte.

Ja, er fühlte sich für sie verantwortlich. Und ja, auf irgendeine verdrehte Art liebte er sie vielleicht sogar. Aber das hieß nicht, dass er nett zu ihr sein musste. Das würde sie nur als Schwäche betrachten und gegen ihn verwenden. Das hatte sie immer schon getan.

Er hatte seine Lektion gelernt.

Die Tramperin zog am Türgriff. Als sie entdeckte, dass die Tür abgeschlossen war, musterte sie ihn finster. »Nimmst du mich nun mit oder nicht?«

Kapitel 43

ER SCHLUG DIE AUGEN AUF UND SPÜRTE, DASS SEIN NACKTER Oberkörper schweißnass war.

Er setzte sich in dem kleinen Bett auf und rang nach Luft. Es war fünf Uhr morgens. Der Stress hatte dazu geführt, dass er wieder den Albtraum der letzten Momente mit seiner Mutter gehabt hatte. Schweiß kühlte seine Wangen, und ein trockenes Schluchzen entrang sich seiner Kehle, dann ließ er sich wieder auf das Kissen sinken.

Er blickte aus dem kleinen Fenster und lauschte Bob Dylans leisem Summen. Am Abend zuvor hatte er die CD auf »Wiederholen« gestellt, und nun erklang leise Dylans *Lay, Lady, Lay* vom Fußboden neben seinem Bett. Der Himmel draußen war in Grau- und Rosatönen gesprenkelt, der Sonnenaufgang kündigte sich an.

Ian streifte vor dem Fenster auf und ab und miaute laut. Boshaft.

In dem Albtraum hatte ihr Gesicht so lebendig gewirkt. Ihre Züge hatten ausgesehen wie an jenem Abend, sogar das verschmierte Augen-Make-up und das Muttermal über ihren Lippen. Ihre Worte hallten in seinem Kopf wider, so scharf, wie sie in Wirklichkeit gewesen waren.

Ihr Blick hatte ihm verraten, dass sie wusste, er würde genauso verrückt werden wie sie. Sie trug eine ihrer vielen Perücken und sprach mit einer Stimme, die er nie zuvor gehört hatte.

Er wusste, dass die Nacht schlimm werden würde, schlimmer noch als die anderen.

Die Tür zur Kellertreppe hatte offen gestanden, und auf ihren schwieligen nackten Fersen hatte sie schwankend in der Tür gestanden, um sich eine Flasche Schnaps zu holen. Ihr rotes Nachthemd war zu dünn, zu kurz. »Wir werden uns heute Abend ein paar schöne Stunden zusammen machen, Junge«, sagte sie.

Er war in die Enge getrieben, stand neben dem Fernsehsessel und versuchte, irgendwie in sein Zimmer zu gelangen. Er starrte auf den Teppich. Allie war gerade dabei, Blätter auf rosafarbenes Bastelpapier zu kleben. Eine Flasche Klebstoff lag neben seinen Füßen.

Seine Mutter stolzierte in die Küche, griff in den Wandschrank, holte zwei kleine Gläser heraus und füllte sie mit Whisky. Die Flasche klemmte sie sich unter die Achsel und ging mit den Gläsern in der Hand zurück ins Wohnzimmer.

Während der nächsten halben Stunde tranken sie schweigend. Er war zu klug, um den Alkohol abzulehnen. Er betete lediglich, dass er länger durchhalten würde als sie, dass sie auf der Couch ohnmächtig werden würde, bevor sie allzu viel Unheil anrichten konnte.

Während sie tranken, blickte sie an ihm vorbei. »Ich habe nie einen Jungen gewollt. Männer manipulieren. Sie sind nutzlos.« Sie grinste. »Sieh dich an«, sagte sie mit boshafter Stimme. »Du bist erbärmlich. Und das wirst du auch immer sein. Von Frauen beherrscht.«

Sein stolpernder Herzschlag, der Wind draußen, der Raucherhusten seiner Mutter, der Schnaps, der in seinen Magen lief, alles dröhnte in seinem Kopf. Er ballte die Fäuste.

Allie erschien im Wohnzimmer und rieb sich die Augen mit den Fingerknöcheln.

»Geh wieder ins Bett, Mädchen!«, befahl die Frau.

Ohne Fragen zu stellen, huschte Allie zurück in ihr Zimmer.

Als sie fort war, beugte seine Mutter sich über ihn und fuhr ihm mit ihrer rauen Hand über die Wange. »Findest du deine Mom hübsch in diesem kleinen Nachthemd?«

Er blickte auf den Fußboden, denn er wusste, wenn er direkt auf das Nachthemd sah, würde er das Böse darunter entdecken.

»Das dachte ich mir.« Sie trank einen großen Schluck und stellte das Glas energisch ab. »Du wirst dich hüten, mich zu enttäuschen, stimmt's, Junge?«

Ja, das stimmte. Aber in demselben Augenblick spürte er, wie in seinem Kopf etwas »klick« machte. Endlich hatte er gelernt, das Entsetzen in Wut zu verwandeln.

Keine zwei Minuten später stieß er seine Mutter die Kellertreppe hinunter. Er stürmte ihr hinterher, das aufgewickelte Seil, das er hinter seinem Bett versteckt hatte, in der Hand. Er vergewisserte sich, dass sie nicht wieder aufstehen würde.

Kapitel 44

ALS ER SPÄTER AN JENEM ABEND DURCH DEN WALD ZUM HAUS der Andersons lief, dachte er an die Anhalterin, die er einige Tage zuvor beinahe mitgenommen hätte. Fast wäre es zur Katastrophe gekommen. Er war so nahe daran gewesen, sie zu sich in den Wagen steigen zu lassen und ihr möglicherweise das Gleiche anzutun, was er Tiffany angetan hatte.

Als sie gerade die Tür öffnen wollte, hatte er das Gaspedal durchgetreten. Es war amüsant gewesen, sie im Rückspiegel durch den Staub hindurch zu beobachten, den der Pick-up aufgewirbelt hatte. Sie zeigte ihm den Mittelfinger, ohne Zweifel taten ihr vom plötzlichen Anfahren des Wagens die Finger weh.

Nun hatte er den Waldrand erreicht. Aber bei Andersons waren alle Fenster dunkel, und es stand auch kein Auto in der Einfahrt. Mit kalten Fingern umklammerte die Enttäuschung sein Herz, und er spürte die wohlvertraute Verzweiflung.

Dann kam ihm eine Idee. Eine, die ihn zugleich erregte und ängstigte.

Minuten später fühlte er sich wunderbar lebendig, als er auf Zehenspitzen durch die Dunkelheit in Kelseys Zimmer schlich, den Lichtkegel seiner Taschenlampe auf den Teppichboden gerichtet. Überall waren Klamotten verstreut – Tops, Jeans, Schuhe, außerdem ein schmutziger Teller vom Abendessen und ein Fantasyroman im Taschenbuchformat.

Er betrat den Flur und hielt die Taschenlampe weiterhin auf den Boden gerichtet, als er ein anderes Zimmer betrat. Das ihres Sohnes. Poster von Rockbands bedeckten die Wände. Schulbücher, ein Laptop, ein CD-Regal, zerknüllte Bettlaken.

Er fragte sich, ob der Junge ihm irgendwie ähnele, aber er bezweifelte das. Der Junge machte Ausflüge. Er fragte sich, ob er selbst es jemals auch nur bis nach Nevada schaffen würde.

Als er in das Zimmer seines Engels ging, atmete er den beruhigenden Duft von Lavendel ein und ließ den Strahl der Taschenlampe über ihr Doppelbett wandern. Seine Gedanken überschlugen sich, als er das große Badezimmer betrat. Ordentlich aufgereiht standen auf einem Regal über der Toilette Kosmetika und Cremes. Er nahm einen Tiegel in die Hand und stellte sich vor, wie sie ihn hielt. Er sprühte sich etwas Parfüm auf den Unterarm und sog den Duft ein, so leise er konnte.

Er ging zu ihrem Schreibtisch und entdeckte etwas, das ihn interessierte: einen goldenen Armreif. Er stopfte ihn in seine Jeans. In ihrem Zimmer zu sein erregte ihn und beruhigte zugleich seine Nerven auf eine Art, wie es sonst nur eine einzige Sache auf dieser Welt vermochte. Er sog Luft in die Lunge und erlaubte sich einige Momente vollkommener Ekstase.

Dann verließ er das Badezimmer und bewegte sich auf die Seite des Hauses zu, wo sich das Wohnzimmer und die Küche befanden. Überall tanzten Schatten an den Wänden, aber alles war still, vollkommen ruhig. Er betrat das Wohnzimmer und blieb vor dem riesigen Fenster stehen. Als er hinausblickte, dachte er erstaunt, wie oft er auf der anderen Seite gestanden und hereingespäht hatte.

Dann reflektierte eine Wand das Licht eines Scheinwerfers, und er hörte einen Wagen näher kommen. Jemand fuhr in die Einfahrt. Er eilte durch den Raum zur Hintertür. In weniger als fünfzehn Sekunden war er wieder im Wald.

Erschöpft blieb er einen Moment lang stehen und versuchte, wieder zu Atem zu kommen. Das war knapp gewesen. Zu knapp. Er spähte wieder zur Auffahrt hinüber und sah die Vorderseite von Rachels Wagen. Eine Tür fiel ins Schloss. Dann noch eine. Er hörte die Stimme des Jungen.

Hinter ihm raschelten Blätter. Er wirbelte herum, und da sah er sie – erst ihre Umrisse, dann einige Einzelheiten. Er wusste genau, wer sie war.

Rachels Tochter Kelsey. Vermutlich versuchte sie, vor ihrer Mutter nach Hause zu kommen.

Wie gelähmt hockte sie da und starrte ihn an.

Das Herz hämmerte ihm in der Brust, als er überlegte, was er tun sollte. Bevor er zu einem Ergebnis gekommen war, stürmte das Mädchen aus dem Gebüsch und in die Sicherheit ihres Zuhauses.

Kapitel 45

ALS DER NACHMITTAGSUNTERRICHT VORÜBER WAR, WICH Rachel Myrna und den anderen Lehrern aus, die routinemäßig noch zum gemeinsamen Kaffeetrinken im College blieben. Sie wollte sofort nach Hause und die Zeit, die ihr allein blieb, nutzen, um sich ein Manuskript anzusehen. Sie musste sich unbedingt auf etwas anderes als auf ihren Mann konzentrieren, und sie brauchte einen Drink.

Vielleicht auch zwei. Etwas Starkes.

Tom hatte sich ein paar Tage freigenommen und würde mit den Kindern zu seiner Schwester fahren. In letzter Zeit legte er Wert darauf, mehr Zeit mit ihnen zu verbringen. Obwohl sie erleichtert war, dass er sich endlich mehr Mühe gab, entging ihr nicht, dass er spezielle Ausflüge plante, ohne ihren Terminkalender zu berücksichtigen.

Wahrscheinlich ist es am besten so, dachte sie. Sie brauchten Zeit ohne einander, Zeit, um sich zu beruhigen und darüber nachzudenken, was aus ihrer Beziehung werden sollte. Dass die Kinder dann bei ihm waren, schenkte ihr wenigstens ein bisschen inneren Frieden.

Als sie in die Zufahrt bog, sah sie Mac, der die Motorsense aus dem Schuppen holte. Überrascht von dem Ziehen in ihrer Brust, stieg Rachel aus dem Wagen und ging über den kleinen Pfad, der um das Haus herum verlief, auf ihn zu. Sie lächelte den jungen Mann an. »Ich trinke jetzt ein Glas Wein. Möchtest du mir Gesellschaft leisten?«

Mac schirmte seine Augen gegen die Sonne ab. »Ma'am?«

»Lass uns ein Glas Wein trinken.«

»Mrs Anderson … die Kanten und das Unkraut. Ich sollte wirklich …«

»Rachel. Nenn mich Rachel. Und mach dir keine Gedanken über das Unkraut. Das ist nachher auch noch da.«

Mac zögerte.

»Musst du irgendwo hin?«

Mac schüttelte den Kopf. »Nein, ich muss nirgendwo mehr hin.«

»Na, dann komm.«

Kapitel 46

AUS EINEM GLAS WEIN WURDEN ZWEI, DANN DREI. NACH DEM ersten Glas zogen Rachel und Mac vom Küchentisch auf die Couch um. Sie stellte ihm Fragen über seine Beziehung zu Haley, und er erzählte ihr, wie seltsam sie sich verhielt, seitdem Tiffany verschwunden war, und wie sie ihn von sich gestoßen hatte.

»Das ist schrecklich«, sagte Rachel, und ihre Finger wanderten zu ihrem Handgelenk. Dann fiel ihr wieder ein, dass es nackt war. »Wo kann mein Armreif nur sein?«, fragte sie sich. »Auch ohne den ganzen Stress, den sie gerade durchmacht, sind Beziehungen schon kompliziert genug. Vielleicht fühlt sie sich wieder besser, wenn Tiffany gefunden wird.«

Mac zuckte mit den Schultern. »Wenn es jemals dazu kommt.«

Rachel verspürte den Drang, ihm von Tom zu erzählen, ihn zu fragen, ob er von der Affäre gehört hatte oder ob ihre Namen im Zusammenhang mit Tiffanys Verschwinden genannt worden waren. Aber sie fragte nicht. Es wäre unangemessen. Vielleicht sogar noch unangemessener, als allein mit ihm ein paar Gläser Wein zu trinken.

Einige Augenblicke später hob Mac das halb leere Glas vor sein Gesicht. »Ich glaube, ich habe noch nie so viel Wein getrunken.« Er grinste, und seine Sprache klang ein wenig verwaschen. »Ich bin mehr der Typ für Bier.«

»Steigt er dir zu Kopf?«

Er nickte.

Sie war erleichtert, weil er sich im Umgang mit ihr endlich entspannte. Anfangs war er in ihrer Gegenwart zurückhaltend, nahezu vorsichtig gewesen, und sie hatte es dem Altersunterschied zwischen ihnen zugeschrieben. Jetzt fühlte er sich offenbar wohl. Er schien sich sogar zu amüsieren.

Sie unterhielten sich bis zwei Uhr nachts und tranken dabei eine Kanne Kaffee, bis Mac glaubte, nüchtern genug zu sein, um nach Hause zu fahren.

Sie hatten schöne Stunden miteinander verbracht. Tatsächlich war es die beste Unterhaltung, die sie seit fast einem Jahr geführt hatte. Sie hatte beinahe schon vergessen, wie das ist – ein anständiges Gespräch unter Erwachsenen.

Kapitel 47

AM SAMSTAGABEND SASSEN RACHEL UND MAC AUF DER COUCH und leerten eine Flasche Merlot. Tom und die Kinder würden vor Sonntagnachmittag nicht zurückkommen, und als Mac vorbeikam, um den Rasen zu Ende zu mähen, schien er sich zu freuen, dass sie ihn erneut ins Haus bat.

Diesmal zögerte er nicht im Geringsten, und zwischen vier und sechs Uhr gingen ihnen die Gesprächsthemen nicht aus.

Nachdem sie den letzten Tropfen Wein eingeschenkt hatte, konnte Rachel sich an ihre Probleme oder Ängste überhaupt nicht mehr erinnern – oder an das nagende Gefühl, das ihr sagte, dass ihre neue Freundschaft mit Mac unangemessen war. Schließlich war Mac alt genug, um zu tun, was er wollte, und er war keiner ihrer Studenten.

Sie konzentrierte sich einfach darauf, wie Mac sie anblickte und wie gut er aussah. Sie hatte ihn immer besonders attraktiv gefunden, aber erst vor Kurzem war ihr aufgefallen, wie männlich er geworden war.

Sie fand es interessant, dass Beziehungsprobleme eine Frau so etwas überhaupt erst wahrnehmen ließen.

Außerdem verstand Mac, was sie mit Tom durchmachte. Aufmerksam hatte er jedem Wort von ihr gelauscht. Hatte wirklich zugehört. Schweigend saß er da und nahm alles in sich auf. Was sie durchmachte, interessierte ihn, und er schien sogar wütend zu sein, weil Tom sie so schlecht behandelt hatte.

Endlich fühlte sie sich verstanden, und das erleichterte sie. Sie brauchte dringend jemanden, der sie verstand.

Rachel stellte die leere Weinflasche auf den Tisch. »Soll ich noch eine aufmachen?«

»Hm … ich sollte … also, ich sollte das eigentlich nicht tun, Mrs … äh … Rachel.«

»Warum? Wir tun doch nichts Falsches. Wir machen nur …«

»Nein«, unterbrach er sie. »Das meine ich nicht. Es ist nur … ich habe Haley einen Vortrag gehalten, sie soll nicht so viel Alkohol trinken. Sie macht gerade eine schwere Zeit durch, und sie trinkt zu viel. Wir sind zwar nicht mehr zusammen, aber trotzdem mache ich mir echt Sorgen um sie, und irgendwie komme ich mir wie ein Heuchler vor, verstehen Sie?«

Rachel wusste nicht, was sie darauf antworten sollte.

»Außerdem sollte ich jetzt wirklich mal duschen«, sagte er. »Ich kann noch mal wiederkommen, nachdem …«

»Sei nicht albern!«, rief Rachel aus und wedelte mit der Hand in der Luft herum. »In diesem Zustand kannst du nicht fahren. Dusch doch einfach hier. Du kannst etwas von Tom anziehen.«

Rachel drängte ihn noch ein wenig, und schließlich stieg Mac unter die Dusche. Dann, hinterher, als die zweite Weinflasche ungefähr halb leer war, fingen sie an, sich zu küssen. In ihrem betrunkenen Zustand wusste Rachel nicht mehr, wer wen zuerst geküsst hatte. Sie wusste nur, dass es sich besser anfühlte als alles, was sie seit Langem erlebt hatte.

Die ersten Küsse waren unbeholfen und feucht, aber auch warm und erregend. Rachel schmeckte Wein und einen Hauch Pfefferminzkaugummi auf Macs Zunge. Dann ertappte sie sich dabei, dass sie ihn auf die Rückseite des Hauses zu ihrem Schlafzimmer führte.

Sie schlug die lilafarbene Bettdecke zurück, knöpfte die

Shorts auf, die Mac sich von Tom geliehen hatte, und zog den Reißverschluss auf. Sie fing an, ihre Bluse aufzuknöpfen, und beobachtete, wie Mac sie anstarrte. Er wirkte ein bisschen nervös. Sie fand das süß, drückte ihn sanft auf das Bett und schmiegte sich eng an ihn.

Lange küssten sie sich, ihre Münder waren heiß und weich. Hitze stieg ihr in die Brust und breitete sich zwischen ihren Schenkeln aus, als sie ihn auf den Hals küsste und mit den Fingern in sein dichtes, kurzes Haar fuhr.

Sie streichelte ihn.

Sein Atem wurde lauter.

Als sie ihm Toms T-Shirt auszog, betrachtete sie seine breiten gebräunten Schultern und den muskulösen Bauch. Sie fuhr mit dem Finger über eine Brustwarze und sah, wie sie hart wurde.

Tom war in letzter Zeit zu schnell, zu distanziert. Er benahm sich, als sei Sex eine Routinearbeit, als gehörte die Erfahrung nur ihm allein, als sei sie gar nicht da – oder müsste zumindest nicht da sein.

Sie dachte an Haley und fragte sich, ob auch Mac an sie dachte. Wie sehr unterschied sich ihr Körper von dem der neunzehnjährigen Haley? Sah sie nackt so viel älter aus?

Mac war das ganze Paket, männlich, aber trotzdem warm und sanft – etwas, was Tom nie wieder sein würde und im Grunde von Anfang an nicht gewesen war.

Er richtete sich über ihr auf und schob seine Finger in ihr Haar. »Willst du das wirklich tun?«, flüsterte er.

»Ja«, flüsterte Rachel zurück. Sie wollte es. Und warum auch nicht? Tom hatte es getan. Warum also nicht auch sie? Rache würde ihr helfen, ihr gebrochenes Herz zu heilen.

Plötzlich waren Macs Hände überall. Sie war angenehm überrascht davon, wie hart er war. Sie liebkoste ihn heftiger, schneller. Sie fragte sich, ob seine Freundin für seine Bedürfnisse empfänglich gewesen war, und glitt an ihm herunter, ihr Gesicht streifte sanft seine Brust, seinen Bauch, die Hüften. Und dann, endlich am Ziel, sorgte sie dafür, dass er noch lauter stöhnte.

***

Das zweite Mal war anders, weniger zärtlich. Rachel merkte, dass Mac nicht mehr nervös war. Er war besser, als Tom je gewesen war. Er ließ sich mehr Zeit und bewegte sich viel präziser.

Mac hielt ihr die Hände über dem Kopf fest. Er küsste sie auf den Hals und das Schlüsselbein und arbeitete sich dann zu ihrer Brust vor. Dort blieb er eine Weile, reizte mit der Zunge den Ansatz ihrer Brüste, dann die Nippel. Das Verlangen war stark, genauso stark wie beim ersten Mal oder sogar noch stärker.

Er richtete sich auf, um sie noch einmal zu küssen, und sie umschlang seinen Rücken. Seine Haut war weicher als Toms, nicht einmal in Macs Alter hatte er so weiche Haut gehabt. Fest, geschmeidig. Sie spürte seinen Atem an ihrem Ohr, schwer und warm. Er fing an, sich nach unten zu bewegen, und Rachel lachte.

Wieder war sein Mund an ihrem Ohr. »Alles okay?«, flüsterte er.

»Ja«, erwiderte sie und hatte nicht die geringste Ahnung, warum sie gelacht hatte. Es war nicht absichtlich passiert. Es hatte etwas mit der Wolke zu tun, die der Wein in ihrem Kopf hatte entstehen lassen und die ihre Gedanken einhüllte, ihre rasiermesserscharfen Klauen stumpf machte.

Vorsichtig ließ Mac sich auf ihr nieder, küsste ihren Bauch und bahnte sich langsam seinen Weg nach unten. Mit langsamen, festen Liebkosungen seiner Zunge erkundete er sie gründlich. Als sie anfing, sich zu winden, es nicht mehr aushalten konnte, senkte er seine Hüften und drang in sie ein.

Hinterher schliefen sie, auf der Seite liegend, die Beine ineinander verschlungen, Macs Arm über ihr. Sie schliefen lange und tief. Wenigstens dieses eine Mal konnte Rachel friedlich und ohne Unterbrechung schlafen.

Sie erwachte, als ein Sonnenstrahl über ihre Lider tanzte. Mac schnarchte leise, er hatte ihr den geschmeidigen Rücken zugewandt. Sie setzte sich auf und reckte sich.

Sie erschrak.

Jemand stand in der Tür.

Es war Tom.

Kapitel 48

WÄHREND RACHEL IHREN MORGENMANTEL ANZOG UND AUS DEM Schlafzimmer kam, ging Tom in die Küche und öffnete einen Wandschrank. Wie beiläufig nahm er ein Glas heraus und füllte es in aller Ruhe mit Wasser.

»Ich schätze, jetzt sind wir quitt«, sagte er leise.

Rachels Augen wurden schmal. »Ich habe das Gefühl, wir sind noch lange nicht quitt, Tom.«

Schweigend standen sie in der Küche. Sie wartete, dass das Schuldgefühl kommen würde, die Gewissensbisse. Aber sie hatte keine. Wenn überhaupt, fühlte sie sich besser, als sie sich seit langer Zeit gefühlt hatte. Mit Mac zu schlafen hatte ihr auf merkwürdige Weise die Augen geöffnet. Er war nett zu ihr gewesen, sanft, fürsorglich. Sie fühlte sich wieder begehrenswert und weiblich, und ihr wurde klar, dass der Mangel an Begierde in dieser Ehe nicht ihre Schuld gewesen war.

Ihre Schuld war es hingegen gewesen, dass sie sich ganz auf Tom konzentriert hatte. Irgendwo auf dem Weg hatte sie vergessen, sich selbst zu lieben.

»Du fragst dich doch sicher, warum ich früher und ohne die Kinder zurückgekommen bin«, fuhr Tom fort.

Ja, das fragte sie sich. »Warum?«

»Weil ich mit dir reden wollte.«

»Worüber?«, fragte Rachel, schob den Morgenmantel über den Schenkel zur Seite und setzte sich an den Tisch.

»Na ja, in Anbetracht der Tatsache, dass ich nach Hause

komme und dich mit einem Sechzehnjährigen im Bett vorfinde …«

»Einundzwanzig«, unterbrach sie ihn. »Zwei Jahre älter als die kleine Nutte, die du gefickt hast.«

Tom grinste. »Also gut. Jedenfalls bin ich nach Hause gekommen, um mit dir zu reden. Das ist schon lange überfällig. Aber jetzt«, sagte er und schenkte sich Wasser nach, »werde ich das Reden einfach meinem Anwalt überlassen. In Ordnung?«

Rachel reagierte nicht. Ohne jede Gefühlsregung erwiderte sie: »Tu das, Tom. Und bitte ihn, die Dinge zu beschleunigen. Wie es aussieht, habe ich hier schon viel zu viel Zeit verloren.«

* * *

Sieben Stunden später ließ Rachel sich auf allen vieren auf den Keramikfliesen in der Küche nieder. Sie hatte ein Glas fallen lassen, das nun in gezackten Scherben vor der Spüle lag. Eilig sammelte sie die Stücke auf und warf sie in den Mülleimer. Die Kinder waren gerade nach Hause gekommen, und sie sollten nicht sehen, dass sie getrunken hatte.

Sie wusste, der Trick beim Trinken war, zu wissen, wann man aufhören muss, aber diesen Trick hatte sie noch nie beherrscht. Sie konnte nur dann nicht zu viel trinken, wenn sie überhaupt nicht trank – Punkt. Sie wusste nicht einmal, warum sie heute trank. Nach dem Gespräch mit Tom hatte sie sich so stark gefühlt.

Das Trinken war ein Problem, mit dem sie sich bald befassen würde. Eins nach dem anderen.

Sie schüttelte gerade den blauen Teppich mit dem Hahnentrittmuster aus, als Kelsey hereinkam und sie musterte.

»Was ist?«, fragte Rachel, als müsste sie sich verteidigen.

Kelsey hatte sich seltsam verhalten, noch seltsamer als

sonst. Sie hing mit ihrem Bruder im Wohnzimmer herum, obwohl sie normalerweise sofort in ihr Zimmer flüchtete, wenn sie nicht gezwungen war, Zeit mit dem Rest der Familie zu verbringen.

Hatte Tom ihr erzählt, was er gesehen hatte? Er war ein Schwein, aber so etwas würde er doch bestimmt nicht tun.

Kelsey kam näher. Sie spähte in den offenen Mülleimer und sah die Glasscherben obenauf liegen.

Schnell ließ Rachel sich eine Retourkutsche einfallen, für den Fall, dass Kelsey mal wieder eine Bemerkung über ihren Alkoholkonsum machen würde.

»Ich habe einen Mann im Garten gesehen, Mom«, sagte Kelsey schließlich.

Rachel ließ den Teppich fallen. »Was? Wann?«

»Neulich nachts.«

»Was? Wo bist du gewesen?«

Ihre Tochter zögerte. »Im Wald. Er kam aus unserem Garten.«

»Aber warum warst du im …« Rachel hielt inne. Zum ersten Mal seit Wochen redete Kelsey mit ihr. Sie wollte sie nicht in die Defensive bringen. Und sie musste wissen, was es mit diesem Mann auf sich hatte. »Hast du ihn erkannt?«

»Nein, es war dunkel. Ich konnte nur erkennen, dass er groß war«, fügte ihre Tochter hinzu und rieb sich die Rückseite ihres Oberarms. »Mom, dieser Typ war echt unheimlich.«

Rachel griff nach dem Telefon, das an der Wand hing. Sie war wütend. Sie würde jetzt noch einmal den Sheriff anrufen. Und dann würde sie das Police Department verklagen, weil sie nichts getan hatten, als sie das letzte Mal angerufen hatte.

»Mom?«

»Was denn, Liebes?«

»Ich … äh«, setzte Kelsey an und verstummte. Sie sah ihrer Mutter in die Augen, ihr Blick war beinahe sanft. Beinahe.

»Da ist noch etwas.«

Rachel bemerkte, dass der übliche Zorn aus Kelseys Augen verschwunden war. Stattdessen lag etwas darin, das wie Verwirrung aussah.

Rachel hängte den Hörer wieder ein. Ging es um Mac? Hatte Tom es ihr also doch erzählt? Plötzlich schämte sie sich.

»Was ist denn, Kind? Komm, du kannst mir alles sagen.« Innerlich wappnete sie sich.

Kelseys Stimme klang freundlicher als im ganzen letzten Jahr. »Warum bleibst du bei Dad?«

Rachel blinzelte. »Wie bitte?«

»Ich weiß, was er getan hat. Jeder hier weiß das, Mom. Und er behandelt dich wie ein Stück Scheiße. Er kommt nicht nach Hause. Er redet nicht mal anständig mit dir. Also, warum bleibst du bei ihm?«

Rachel hatte es die Sprache verschlagen.

Kelsey schob die Hände in die Vordertaschen ihrer Jeans und sah zu Boden, um dem Blick ihrer Mutter auszuweichen. »Du warst immer so stark, Mom. Was ist mit dir passiert?«

***

Rachel sah, wie das Blut in einem Strudel im Abfluss verschwand. Es war viel. Zu viel.

Sie hatte sich die Handfläche aufgeschnitten, als sie einen Splitter des zerbrochenen Weinglases aufhob, den sie übersehen hatte. Nun ließ sie kühles Wasser über die Wunde laufen. Der Sheriff war zu ihr unterwegs, um ihre und Kelseys Aussagen zu Protokoll zu nehmen. Alle Fenster im Haus waren überprüft worden, und sie hatte den Kindern befohlen, die Türen abzuschließen. Aber immer noch hatte sie das Gefühl, dass sie im Haus nicht sicher waren.

Sie schämte sich. Nicht einmal Tom hatte sie jemals so verletzt, wie Kelsey es mit ihren Worten getan hatte.

Kein Wunder, dass die Familie sich so auseinandergelebt hatte.

Und jetzt war da dieser merkwürdige Mann. Er war kein Produkt ihrer Fantasie. Sie musste ihre Kinder beschützen. Es gab so vieles, was sie anders machen musste.

Schnell verband sie sich die Hand, dann hob sie den Telefonhörer ab. Ihre Hand zitterte, als sie eine Nummer wählte, die sie schon sehr lange nicht mehr gewählt hatte. Wenige Augenblicke später meldete sich jemand am anderen Ende.

»Mom? Ich bin's, Rachel«, sagte sie und schniefte, um die Tränen zurückzuhalten. »Die Kinder und ich … wir werden eine Weile nach Phoenix kommen, wenn das okay ist.«

Kapitel 49

AM NACHMITTAG DARAUF SASS ERICA AUF DEM GEHWEG VOR *Luke's*, ein gegrilltes Käsesandwich und eine kalte Coke in der Hand. Sie drückte sich die kühle Dose an Stirn und Hals.

In den Ritzen des Weges und im Schotter wimmelte es von roten Ameisen, die sich an den Krümeln eines Sandwiches zu schaffen machten. Eine Weile beobachtete sie die Tiere, bis das weiße Licht, das der Gehweg reflektierte, so intensiv wurde, dass ihr die Augen hinter der billigen Sonnenbrille brannten. Sie streckte die schlanken Beine vor sich aus und kniff die Lider zusammen.

Noch immer war Erica verwirrt von dem, was sie zwei Abende zuvor gesehen hatte. Als sie in der Hoffnung, ihr eine Frage stellen zu können, bei Mrs Anderson vorbeigefahren war, hatte Macs Pick-up vor dem Haus gestanden. Zuerst war sie nur ein bisschen neugierig gewesen, doch je später es wurde, desto seltsamer kam es ihr vor, dass Mac dort war, vor allem, weil Tom Anderson nicht zu Hause zu sein schien.

Während sie wartete, entdeckte sie im Garten eine Schaukel. Sie lag im Dunkeln, und Erica war überzeugt, dass niemand sie dort sehen würde. Sie setzte sich auf die Schaukel und beobachtete das Haus noch lange, nachdem die Lichter erloschen waren.

Haben die beiden eine Affäre?

Nein, das kann nicht sein.

Es ergab einfach keinen Sinn. Sie dachte an Haley.

Das Rumpeln eines Sattelzugs kam näher, und Erica öffnete die Augen. Der Lkw fuhr auf den Kiesparkplatz, der Motor knatterte noch einen Augenblick und verstummte dann. Der Fahrer stieg aus und wurde von der Staubwolke eingehüllt, die der Sattelschlepper aufgewirbelt hatte. Er lächelte sie an.

Durch ihre Sonnenbrille starrte sie verärgert zurück.

Warum sind Männer eigentlich so kindisch? Vor allem Lkw-Fahrer, die mit allem flirten, was sich bewegt. War das immer schon so gewesen? Was war bei denen eigentlich zuerst da, fragte sie sich, der Drang zu flirten oder der, diese riesigen Lkws zu fahren?

»Hi, wie geht's?«, fragte der Mann, der jetzt auf das Diner zuging. Er tippte sich an das Basecap und lächelte.

Sie betrachtete ihn aus schmalen Augen, bis er an ihr vorbeigegangen war, und ihre Lunge füllte sich mit Dieselabgasen und Staub. Sie schloss die Augen und wünschte sich, in der Stadt zu sein, in der ihre Mutter lebte. Dort war die Luft erfüllt vom Duft exotischer Lebensmittel, die den Abgasgestank des Stop-and-go-Verkehrs überlagerten. Keine Spur vom Staub ländlicher Nebenstraßen.

Dort war jeder anders, einfach er selbst. Und wurde sogar dafür gefeiert.

Erica wusste, am Ende würde auch sie irgendwo ihren Platz finden.

Kapitel 50

HALEY SCHNAPPTE SICH DIE ANGELROUTE AUS DER VON WESPEN befallenen verwilderten Traubenlilie und betrat vorsichtig den kleinen, länglichen Steg hinter Ericas Haus.

Die meisten Familien in Grand Trespass lebten auf Grundstücken, die an den Bayou grenzten. Die meisten hatten kleine Anlegestellen, deren Holz splitterte und sich in Jahrzehnten unter der Sonne von Louisiana verzogen hatte. Oftmals ragte das verrottete Holz an seltsamen Stellen heraus. Auf dem Grundstück von Ericas Vater war das nicht anders.

Der Garten wirkte vernachlässigt. Eine Reihe vertrockneter Sträucher, von der Sommersonne verbrannt, stand vor dem Haus. Überall in dem hohen Gras lagen schimmelige Pekannussschalen, und in den wenigen Minuten, die sie jetzt hier war, hatte Haley sage und schreibe vier Wespennester gezählt.

»Mäht dein Vater eigentlich jemals den Rasen?«, fragte sie und wischte sich den Schweiß von der Stirn. Es war nach sechs Uhr abends, und noch immer war die Luft schwer vor feuchter Hitze. Als sie sich setzte, brannte das heiße, trockene Holz an ihren nackten Beinen.

Über ihr Notizbuch gebeugt, saß Erica auf einem Gartenstuhl. Sie trug ein ausgeblichenes gelbes Bikinioberteil und eine abgeschnittene Jogginghose als Shorts. Schweißperlen glänzten auf ihren schmalen kupferbraunen Schultern. »Manchmal. Kommt drauf an, ob es ein Flittchen in seinem Leben gibt oder nicht. Wenn er eins hat, wird das Gras immer ziemlich hoch.«

Haley musterte Erica. Es gefiel ihr, wie sie über ihre Arbeit gebeugt dasaß, manchmal die Stirn runzelte, tief in Gedanken war und lautlos die Lippen bewegte, wenn sie über das nachdachte, was sie geschrieben hatte. Haley fand es fantastisch, wie konzentriert und selbstverständlich Erica arbeitete.

Tiffany war sehr hübsch, aber oftmals auch ziemlich aufgedonnert. Ihr Haar war immer sorgfältig frisiert, und stets war sie raffiniert geschminkt. Haley fand das ungeschminkte Mädchen neben sich, ihren rasiermesserscharfen Verstand, das konzentrierte Stirnrunzeln und den glänzenden Schweiß mindestens genauso schön. Vielleicht war es das Schönste an Erica, dass sie wusste, wer sie war – dass sie es wirklich wusste. Haley beneidete sie darum.

»Ich weiß gar nicht, warum wir uns nicht schon früher kennengelernt haben. Wir haben schon immer nahe beieinander gewohnt«, sagte sie.

»Tiffany«, erwiderte Erica gleichmütig. »Sie war der Grund.«

Haley sagte nichts, denn sie wusste, dass Erica recht hatte. Sie griff in eine Plastiktasse, um eine fette Grille in die Enge zu treiben und sie als Köder zu benutzen. Sie drehte sie auf den Rücken, stieß einen Haken in den harten Panzer an ihrer Brust und sah zu, wie klebriges weißes Zeug auf ihren ungepflegten Daumennagel tropfte. Als sie den sich windenden Körper sah, dessen Fühler einen Tanz aufführten, der nur Ausdruck von Panik sein konnte, verspürte sie Schuldgefühle. Schnell holte sie aus, warf die Angelschnur ins Wasser, und die Grille sank unter die dunkle Oberfläche.

Aus den Augen, aus dem Sinn.

Sie wischte sich den Daumen am Rand des Steges ab und schaute zu, wie der rot-weiße Schwimmer sanft auf dem Wasser schaukelte. Nach einer Weile zog sie ihre Angelschnur näher zum Ufer. »Mac und ich haben uns getrennt«, murmelte sie.

Erica blickte von ihrem Notizbuch auf und neigte leicht den Kopf, als wäre sie neugierig, aber sie schien nicht besonders überrascht zu sein.

Haley legte ihre Angelrute auf den Steg und verlagerte das Gewicht, um Erica anzublicken. »Vor einer Woche habe ich ihn zum ersten Mal beim Lügen erwischt. Es war eigentlich eine ziemlich alberne Sache, aber trotzdem eine Lüge. Und weil ich nun wusste, dass er einmal gelogen hatte, habe ich mich gefragt, ob er das vielleicht öfter tut, verstehst du?« Sie seufzte. »Ein paar Tage später habe ich etwas von Tiffany in seinem Wagen gefunden, und da bin ich ausgerastet. Er hat gesagt, er habe sie mitgenommen, eine Woche, bevor sie verschwunden ist, und da habe sie es wohl verloren. Eigentlich hätte ich mit dieser Erklärung zufrieden sein sollen, aber das war ich nicht.«

Erneut dachte Haley daran, dass Mac und Tiffany zusammen gewesen waren. Allein. Sie wand sich innerlich und schüttelte den Kopf. »Ich weiß nicht, ob ich ihm noch vertrauen kann.«

Schweigend hörte Erica zu, ließ sie einfach reden.

»Er hat immer gesagt, dass er sich nichts aus ihr macht. Ich bin so verwirrt. Das alles ist so verrückt. Erst die Sache mit meinem Dad. Dann meine Mom und Becky. Dann Tiffany. Die Schweigeanrufe. Jetzt Mac. Ich habe das Gefühl, ich werde bald verrückt. Schnappe einfach über und drehe völlig durch.«

Erica streckte ihre Beine aus und legte die Füße auf den Steg. Sie stützte sich auf. »Warum hat er dich denn angelogen?«

»Pornohefte.«

»Igitt! Mein Vater hat auch welche«, sagte Erica.

»Aber Mac hat mir immer erzählt, dass er anständige Frauen mag und Pornos hasst. Und trotzdem habe ich einen in seinem Wagen gefunden. Einen richtig üblen. Und seitdem stelle ich mir eben alle möglichen Fragen. Vielleicht bin ich ja nur paranoid, aber ich frage mich, ob zwischen ihm und

Tiffany nicht doch etwas passiert ist, hinter meinem Rücken. Ich meine, ich hatte nie einen Grund, ihm nicht zu vertrauen oder zu glauben, dass er mich betrügt, aber jetzt… Ich weiß es nicht. Der Gedanke geht mir einfach nicht mehr aus dem Kopf.«

Eine Entenfamilie glitt auf dem Wasser vorbei. Argwöhnisch wegen der Mädchen auf dem Steg, quakte die Entenmutter laut, als wollte sie ihre Küken auffordern, bei ihr zu bleiben.

Haley blickte Erica an und bemerkte einen seltsamen Ausdruck in ihrem Gesicht. »Was ist?«, fragte sie.

Eine Weile betrachtete Erica schweigend die Enten. »Ich glaube, ich muss dir etwas sagen. Etwas, was dir nicht gefallen wird«, sagte sie. »Es geht um Mac.«

* * *

Es war halb drei Uhr morgens, und Haley konnte wie üblich nicht schlafen. Mit einer dampfenden Tasse Tee in der Hand schaltete sie das Küchenlicht aus und trat auf die Veranda hinaus.

Blasses Mondlicht fiel auf die Mitte des Bayou. Sie machte es sich in einem der Schaukelstühle bequem und versuchte, Ordnung in ihre Gedanken zu bringen. Die Unruhe, mit der sie aufgewacht war, hielt immer noch an. Erica hatte behauptet, sie habe Mac bei Rachel Anderson gesehen, als es schon spät am Abend und ihr Mann nicht zu Hause war.

Hatten die beiden eine Affäre?

Und wenn, seit wann? Seit Wochen? Monaten?

Bei dem Gedanken wurde ihr flau im Magen – und sie hatte allmählich das Gefühl, dass sie Mac im Grunde gar nicht richtig kannte.

Eine Schleiereule schrie, und Haley spähte in die Richtung, aus der das Geräusch gekommen war. Sie erstarrte, als sie sah, dass sich in dem dunklen Carport etwas bewegte. Jemand kam auf sie zu.

Unfähig, sich zu bewegen, hielt sie den Atem an, als der Schatten näher kam und nur noch wenige Meter von der Stelle entfernt war, an der sie saß. Ungebeten tauchte Tiffanys Bild vor ihrem geistigen Auge auf.

Dann durchschnitt eine vertraute Stimme die dunkle Stille. »Hey, ich bin's nur.«

***

Kurze Zeit später saß Haley Charles gegenüber und starrte ihn an. Er saß auf der Verandaschaukel, mit hängenden Schultern und gefalteten Händen. Anstatt übertrieben besorgt wie bei ihrer letzten Begegnung sah er jetzt lediglich erschöpft aus.

Resigniert.

Dunkle Ringe lagen um seine Augen, und er schien wesentlich dünner zu sein als bei seinem letzten Besuch.

»Und, wie kommst du klar?«, fragte er, während in der Insektenfalle hinter ihm gerade ein Moskito verbrannte.

Haley lachte und war selbst überrascht.

»So gut?«

Sie wusste nicht, was sie antworten sollte.

»Besonders gut siehst du aber nicht aus«, stellte er fest.

»Na, dann sind wir ja schon zu zweit.«

Ein langes Schweigen folgte Haleys Worten.

»Weißt du, ich suche immer noch nach ihr«, sagte er. »Und solange ich es nicht weiß, kann ich nicht schlafen.«

Haley betrachtete ihn gründlicher. Der Schmerz in seinem Gesicht wirkte echt. »Sie war mein Leben, Haley. Mein ganzes Leben. Ich schätze, ich bin ziemlich angeschmiert, stimmt's?«

Haley war müde. Sie wollte nur noch ins Bett und schlafen. Doch sie wusste, dass ihr das nicht gelingen würde.

»Diese ganze Sache belastet meine Mom wirklich schwer«, fuhr Charles fort. »Einerseits kommt sie um vor Sorge um Tiffany, andererseits behandeln die Leute am College sie wirklich beschissen. Die blöden Sprüche hinter ihrem Rücken, die Blicke …« Charles' Mutter gehörte zum Reinigungspersonal des Community College. »Die Leute bleiben vor unserem Haus stehen und rufen uns böse Sachen zu. Verdammt, gestern Abend hat sogar jemand einen Backstein in unser Wohnzimmerfenster geworfen. Mein kleiner Bruder ist getroffen worden und hat sich an den Glassplittern verletzt. Das geht allmählich zu weit. Viel zu weit.«

Er lehnte sich zurück und seufzte. »Sie ist eine wunderbare Frau, Haley. Weißt du, sie hat alles in New Orleans zurückgelassen, um mit uns hierherzuziehen. Ihre Freunde aus der Kindheit, ihre Schwester, einen guten Job. Nur, damit es meinem Bruder und mir gut geht. Und dann passiert das.« Seine linke Augenbraue begann zu zucken. »Manchmal glaube ich, dass ihr Leben ohne mich viel besser wäre.«

Wie lautlose Schreie zerrissen drei Blitze den Himmel. Ringsum wurde alles still, sogar die Grillen schwiegen.

»Ich weiß nicht, wie viel Tiffany dir erzählt hat, aber ich habe mich in New Orleans in einen Arsch voll Schwierigkeiten gebracht. Bin auf die schiefe Bahn geraten, war mit den falschen Leuten zusammen. Hab ein ziemliches Durcheinander in meiner Mom angerichtet. Sie hat mich immer geliebt. Du weißt schon, wirklich geliebt. Und ich war eine einzige große Enttäuschung für sie. Das Komische ist, dass ich seit über einem Jahr clean bin, und jetzt werde ich verdächtigt, etwas getan zu haben, was viel schlimmer ist als alles, was ich mir überhaupt nur vorstellen kann. Das ergibt einfach keinen Sinn.«

»Es tut mir leid, das zu hören«, sagte Haley und merkte

sofort, dass ihre Worte hoffnungslos leer klangen, aber sie wusste nicht, was sie sonst sagen sollte. Im Haus spuckte der Eisbereiter Eiswürfel aus. Haley hörte, wie sie in die Plastikschale fielen. Ihre Lider wurden schwer.

Charles beugte sich vor, und die Ketten der Schaukel protestierten quietschend. »Willst du wissen, warum ich heute Abend zu dir gekommen bin?«, fragte er.

Haley drehte sich zu ihm.

»Auch wenn niemand sonst auf der Welt mir glaubt – du musst mir einfach glauben. Du musst mir glauben, dass ich Tiffany nie im Leben wehtun würde. Du warst ihre beste Freundin, Haley. Du musst mir einfach glauben.«

Kapitel 51

SPÄTER AN DIESEM ABEND BEKAM ER WIEDER EINMAL KOPFschmerzen. Zu viele Gedanken spukten ihm durch den Kopf, und allesamt konkurrierten sie um seine Aufmerksamkeit.

Sie schlugen an die dünnen, zerbrechlichen Wände seines Geistes, so kraftvoll, dass es sich anfühlte, als verformte sich sein Schädel. Seine Mutter schrie ihn immer noch an, jeden Tag wurde es schlimmer. Nicht mehr lange, und er würde psychisch völlig zusammenbrechen.

Er hatte neue Hefte gekauft und konnte die Seiten gar nicht schnell genug herausreißen. Er packte so viele Seiten wie möglich und riss sie aus der Bindung: Fotos, Anzeigen, Cartoons, Reklame für Rasierwasser. Er riss die Seiten heraus, bis zwischen Cover und Rückseite nichts mehr übrig war.

Nun griff er nach einem weiteren Magazin, und er begann, es zu zerreißen. Bilder von rotlippigen, rehäugigen, obszönen Frauen bedeckten den Boden, ihre Gesichter und Körper waren zerfetzt. Stumpfsinnig starrten sie zu ihm herauf; ihre Augen waren die Augen von Toten. Als seine Hände sich zu verkrampfen begannen, hielt er inne und lehnte sich an die Wand gegenüber von seinem Bett. Er versuchte, sich zu erinnern, wie schön es gewesen war, sich im Haus der Andersons aufzuhalten, aber es gelang ihm nicht. Seine Mutter schrie zu laut.

Über seinem Kopf war ein Kratzen zu hören.

Das Fenster.

Ian.

Er kniff die Augen zu. Der Drang ließ sich nicht mehr unterdrücken. Nach Tiffany war er so ruhig gewesen, so ruhig auch nach seiner Mutter. Nachdem sie gestorben waren, hatten seine Kopfschmerzen und die Albträume Ruhe gegeben – eine Zeit lang. Er war sich beinahe normal vorgekommen.

Aber er war nicht normal. Und er würde es auch niemals sein.

Allmählich bröckelte seine Fassade, langsam entglitt ihm die Maske. Die Tochter der Frau hatte ihn im Wald gesehen. Es war dunkel, darum hoffte er, dass sie ihn nicht erkannt hatte. Aber möglich war es doch.

Auch Tiffany hatte angefangen zu schreien. Jede Nacht drangen ihre Schreie so laut aus dem Teich herüber, dass er sie in seinem Schlafzimmer hören konnte. Sie versuchten, ihn in Schwierigkeiten zu bringen – und das würde ihnen auch gelingen. Schließlich würde es nicht mehr allzu lange dauern, bis die Polizei herausfand, wer er wirklich war. Vermutlich ahnten sie es jetzt schon.

Der kleine Raum war eng, und der modrige Geruch schnürte ihm die Luft ab. Ohne Ian weiter zu beachten, ging er in die Küche und holte sich ein Bier aus dem Kühlschrank. Dann ging er weiter ins Wohnzimmer. In der Hoffnung, dass das Bier ihn beruhigen würde, trank er es hastig aus.

In der Wand klirrten die Leitungsrohre. Allie war zu Hause. Er würde verschwinden müssen. Er streckte die Hand aus, um seine Wagenschlüssel einzustecken, aber es war zu spät. Hinter ihm erklangen Allies Schritte, und ein aufdringlicher Geruch lag in der Luft. Sie hatte Parfüm aufgesprüht. Er versuchte, ein Niesen zu unterdrücken, doch es gelang ihm nicht.

»Gesundheit«, flötete sie, kam um die Couch herum und baute sich vor ihm auf. Sie hatte sich in ein blaues Handtuch mit Flecken von Motoröl gehüllt. Ihr Haar war tropfnass, und sie trug grellroten Lippenstift.

Allie schürzte die Lippen. »Und?«, fragte sie provozierend. »Hat deine kleine Freundin eine bessere Figur als ich?«

Er würdigte sie keines Blickes.

Ian war ihm auf die Vorderseite des Hauses gefolgt und hockte nun draußen vor dem Wohnzimmerfenster. Mit einer von Flöhen geplagten Pfote kratzte er an dem verschmierten Glas.

Ihre Stimme klang plötzlich eisig. »Ich habe dich was gefragt.«

»Hör auf!«

»Und wenn nicht?«

Er schwieg.

»Weißt du, ich will dir nur einen Gefallen tun. Weil du mir leidtust. Mom hatte recht. Du bist erbärmlich.«

Er warf ihr einen flüchtigen Blick zu und sah, dass sie wieder grinste. Für den Bruchteil einer Sekunde erinnerte er sich an sie als kleines Mädchen. Mit schmutzigem Gesicht, geflochtenen Zöpfen, in einem winzigen gestreiften Bikini, aber wild wie ein Junge hatte sie im Bach im Vorgarten geschnorchelt und Bachkrebse und Kaulquappen gefangen.

Immer wieder war sie ihm nach hinten zum Teich und in den Wald gefolgt. Sie war seine kleine Bewunderin gewesen, aber das war sehr lange her.

Diese Allie war tot und für immer verschwunden.

»Sieh mal, das ist für dich. Alles.« Das Handtuch fiel zu Boden, bevor er sich abwenden konnte, und er nahm den Anblick ihres Körpers in sich auf: die nackten Brüste, voll und prall, die schmale Taille und den flachen, glatten Bauch. »Du kannst all das haben, weißt du«, sagte sie. »Etwas Besseres wirst du nie bekommen.«

Von dem Bier musste er aufstoßen. »Verdammt!«, brüllte er und schmiss die Flasche quer durch das Zimmer. Sie knallte gegen das Wohnzimmerfenster, und es ging zu Bruch.

Allie verzog das Gesicht. »Ich weiß, dass du scharf auf mich bist!«, rief sie. »Jeder ist das! Alle sagen, dass ich schön bin! Weißt du das etwa nicht?«

Er kämpfte den Drang nieder, sie zu schütteln, bis sie keine Luft mehr bekam, und rannte zur Haustür hinaus. Er musste weg von hier … weit weg von allem.

* * *

Äste knackten, als er sich durch den nasskalten Wald schlug. Über ihm schrien Eulen. Er verfluchte sie, und er verfluchte auch die Stimmen aus dem Teich.

»Wie kann es sein, dass ich euch hier draußen noch höre?«, schrie er in die Nacht hinaus. »Lasst mich endlich in Ruhe!«

Seine Mutter war wütender als je zuvor. Sie wollte gefunden werden. Sie wollte Vergeltung. Tiffany hatte Angst. Sie schrie immer weiter, wollte wissen, wo sie war. Sie brüllte, sie müsse endlich nach Hause gehen.

Manchmal, nur selten, konnte er über ihre Schmerzen lachen. Schmerz war etwas, das sie bislang nicht gekannt hatten. Aber jetzt lächelte er nicht. Er hob einen Pinienzapfen auf und warf ihn in die Luft in dem vergeblichen Versuch, die Eulen zum Verstummen zu bringen.

Hinter ihm raschelte etwas. Er drehte sich um und ging in die Hocke, bereit, Ian den Hals umzudrehen, falls der Kater ihm gefolgt war. Er war ohne Taschenlampe losgegangen, und das Gebüsch war so dicht, die Nacht so dunkel, dass er kaum die Hand vor Augen sehen konnte.

Eine Weile wartete er, und als er nichts hörte, setzte er sich mit zusammengebissenen Zähnen wieder in Bewegung. Wenn Allie gewusst hätte, wozu er fähig war, wie nahe er daran war, etwas Unaussprechliches mit ihr zu tun …

Eine Viertelstunde später hatte er den Waldrand erreicht. Sein Herz schlug heftig unter all dem Lärm in seinem Kopf. Das Haus der Andersons war erleuchtet, jemand war im Wohnzimmer, genau, wie er gehofft hatte. Es war frustrierend, wenn sie früh zu Bett gingen oder gar nicht zu Hause waren. Er brauchte sie. Wussten sie das denn nicht?

Er ging in die Hocke und schob sich an der Schaukel vorbei. Der Vater war im Wohnzimmer und redete mit jemandem. Eine Frau, die nicht viel älter aussah als Allie. Sie standen einander gegenüber.

Er legte sich flach auf den Boden, die kühle Erde drückte gegen sein T-Shirt. Er sah zu, wie sie sich umarmten und dann anfingen, sich zu küssen.

Sein Körper spannte sich an.

Wut erfüllte seinen Schädel. Tom betrog Rachel … und tat ihr erneut weh.

Er sprang auf. »Nein!«, brüllte er, und sein Schrei hallte zwischen den Bäumen wider. Er stand in der Dunkelheit und versuchte krampfhaft, Luft in seine Lunge zu saugen.

Zwei Gesichter spähten jetzt aus dem großen rechteckigen Fenster: Tom und der Teenager.

Plötzlich überflutete Licht den Garten, und Tom kam zur Hintertür heraus.

»Hallo?«, rief er. »Ist jemand hier draußen?« Zögernd machte er einen Schritt aus dem Haus. Dann noch einen. »Ich weiß, dass Sie da sind«, sagte er, die Hände in die Hüften gestützt. »Kenne ich Sie?«

Er versuchte zu atmen. Luft drang in seine Lunge wie durch einen Strohhalm. Er wusste, dass er wegrennen sollte, bevor Anderson ihn genauer sehen konnte, aber seine Muskeln wollten einfach nicht gehorchen.

»Ich gehe jetzt wieder rein und rufe den Sheriff an. Sie wissen, dass Sie so etwas nicht tun dürfen. Im Garten fremder

Leute stehen. Zum Fenster hineinschauen. Das ist es doch, was Sie tun, stimmt's?«

»Wissen Sie überhaupt, was Sie selbst da tun?«, schrie er.

»Wie bitte?«, fragte Tom.

»Wie können Sie ihr das nur antun?«, brüllte er.

Tom verstummte. Als er wieder sprach, hatte seine Stimme ihren anklagenden Ton verloren. »Wer sind Sie?«, fragte er ruhig und sachlich. »Kennen wir Sie? Kennen Sie meine Frau?«

Kapitel 52

ALS HALEY AM DONNERSTAGABEND ERICAS HAUS BETRAT, WAR sie überrascht, im Wohnzimmer auf eine blonde Frau zu treffen.

Der Raum war nur spärlich möbliert. Abgesehen von einer cremeweißen Ledercouch und einem Couchtisch, bestand das restliche Inventar lediglich aus einem ausgestopften Hirschkopf mit Geweih an einer Wand und einem leeren Aquarium auf einem Ständer vor der anderen Wand.

»Ach, hallo!«, rief die Frau aus und blickte von ihrem Taschenbuch auf. Ein warmes Lächeln breitete sich in ihrem Gesicht aus. »Du hast eine Freundin mitgebracht!«

Erica schenkte ihr keine Beachtung und führte Haley über einen Flur. Haley warf der Frau ein unbehagliches Lächeln zu und folgte Erica.

»Wer war das?«, fragte sie, als sie in Ericas Zimmer angekommen waren.

»Unwichtig«, murmelte Erica und stellte ihren Rucksack auf den Boden. Sie zog den Reißverschluss auf, nahm zwei Weinflaschen und eine Styroporbox heraus, in der sich ein Po'Boy-Sandwich mit gebratenen Austern und ein Haufen geriffelter Pommes frites befanden, die sie sich von ihrem Dienst bei *Luke's* mitgebracht hatten.

Haley schaute sich in dem kleinen Zimmer um. Es war ungefähr so groß wie das von Becky, und es gab ein kleines Fenster, vor dem ein beigefarbenes Rouleau hing. Ein zotteliger brauner Teppich lag auf dem Fußboden, und auf einem Schreibtisch aus Walnussholz stand ein alter Computer.

»Du hast ’ne Menge Bücher«, stellte Haley fest und musterte das Regal, das die gesamte Länge der Wand einnahm.

»Ja«, sagte Erica. »Ich lese alles, was ich in die Finger kriege. Meine Mom war genauso. Die meisten Bücher hier gehören eigentlich ihr.«

Die andere Wand war mit Zeitungsausschnitten bedeckt. »Und was ist das?«

»Die Bestsellerlisten der *New York Times*«, antwortete Erica.

»Wow, das muss ja ein ganzer Jahrgang sein.«

»Fünf. Fünf Jahrgänge.«

Haley schnupperte und verzog das Gesicht. »Hier im Haus riecht es nach …«

»Farbe?«

Haley nickte. »Ja, das ist Farbdunst.«

»Die Tussi kann nicht aufhören zu streichen. Ich glaube, allmählich langweilt mein Vater sie.«

Eine Stunde später stolperte Haley auf der Suche nach dem Bad über den Flur. Sie hatte laut über etwas gelacht, was Erica gesagt hatte, etwas, woran sie sich schon jetzt nicht mehr erinnern konnte. Vielleicht war es nicht einmal lustig gewesen.

Im Bad lag ein Buch, mit dem man lernen konnte, mediterran zu kochen. Es war zugeklappt, und in der Mitte zwischen den Seiten steckte ein Stift. Zwei vollgestopfte Kosmetiktaschen lehnten an der Toilette.

Sie und Erica hatten anderthalb Flaschen Wein geleert und gemeinsam zahllose Zigaretten geraucht, während sie sich unterhielten. Nun musste sie den Preis dafür bezahlen. Um sie herum begann sich alles zu drehen.

Als sie aus dem Badezimmer stolperte, sah sie die blonde Frau im Flur an der Wand stehen.

»Sie hasst mich, stimmt's?«, fragte sie mit freundlicher Miene.

Haley streckte die Hand aus, um sich an der Wand festzuhalten. »Äh … ich … ich weiß es nicht«, erwiderte sie so deutlich wie möglich.

Die Frau lächelte traurig. »Ich versuche, ihre Freundin zu sein, aber ich glaube, ich kann nichts mehr tun, damit sie mich mag. Und dass ich mit ihrem Vater ausgehe, macht die Sache wahrscheinlich auch nicht besser. Vor allem, weil ihre Mutter aus der Stadt verschwunden ist, als sie noch so klein war und so. Und vermutlich ist es auch deshalb so schwierig, weil sie ihre Mutter mehr liebt als alles andere auf der Welt.«

»Vermutlich«, stimmte Haley zu und lehnte sich fester an die Wand. »Ich bin übrigens … Haley«, sagte sie und gab sich große Mühe, nüchtern zu klingen.

»Pamela«, entgegnete die andere und reichte ihr eine weiche Hand. »Habt ihr Mädels vielleicht Hunger? Ich habe einen Braten und etwas Dirty Rice zum Aufwärmen im Kühlschrank.«

»Nein, danke. Wir … haben grade gegessen.«

»Oh, okay.« Sie lächelte. »Aber wenn ihr eure Meinung ändern solltet …«

»Danke.«

Schweigend standen die beiden da und lächelten sich an.

»Also, ich geh dann lieber mal wieder.«

»Ja, tu das. Hat mich gefreut, dich kennenzulernen, Süße. Wirklich.«

Haley torkelte in Ericas Schlafzimmer, das dunkel war bis auf das Licht von drei Kerzen und ein kleines Leselicht, das an dem Buch klemmte, das Erica gerade las. Sie drehte sich zu Haley um, und auch das Leselicht bewegte sich und warf einen langen Schatten durch das Zimmer. Ein Bodenventilator vibrierte am Fußende des Bettes.

Haley hechtete auf die kühlen Laken.

»Hast du mit ihr geredet?«, fragte Erica.

»Ja. Ich glaube, sie ist nett.«

»Red lieber nicht zu lange mit ihr. Sonst steckst du dich noch mit Dummheit an.«

Haley lachte und wickelte sich in die Bettdecke ein. Sie griff über das Bett hinweg und schnappte sich ein paar kalte Pommes aus der Styroporbox, dann drehte sie sich um und blickte Erica ins Gesicht. »Fragst du dich auch manchmal, ob im Grunde nicht jeder in unserem Leben ein Fremder für uns ist?« Sie setzte sich auf. »Ich meine, in dem Sinne, dass du die Leute eigentlich gar nicht kennst, obwohl du sie zu kennen glaubst?«

Erica zündete sich die nächste Zigarette an, und Haley fuhr fort: »Ich weiß, das klingt wahrscheinlich dumm. Ich meine, ich frage mich nur, ob es jemals sicher ist, jemanden zu lieben … oder ihm sogar nahezukommen.« Sie hickste, dann redete sie weiter: »Nehmen wir zum Beispiel meine Mom. Ich hätte nie geglaubt, dass sie in der Lage wäre, uns zu verlassen. Und Mac. Ich hätte nicht gedacht, dass er mich anlügen würde. Oder betrügen.«

Erica leckte sich die Lippen. »Meine Mom hat immer gesagt, Liebe ist eine Verstrickung. Wenn du dich zu tief darin verstrickst, verlierst du dich selbst. Es ist nur eine Ablenkung. Eine Art, sich in einen anderen Menschen zu flüchten, weil du glaubst, dass es dich letzten Endes glücklich machen wird. Wie eine Droge.« Sie betrachtete ihre Zigarette. »Außerdem sind wir gar nicht auf der Welt, um glücklich zu sein. Eigentlich nicht. Das hat sich nur jemand ausgedacht, damit wir uns elend fühlen.«

Haley dachte über die Worte ihrer Freundin nach.

»Um deine Frage zu beantworten: Ich glaube, du kannst niemanden wirklich kennenlernen, wenn derjenige es nicht will. Und sogar dann will keiner, dass du alles über ihn weißt. Jeder hat seine Geheimnisse.«

Haley fühlte sich benebelt.

»Also, was ist los mit dir und Mac?«, fragte Erica. »Ich hoffe, es war okay, dass ich dir das gesagt habe. Ich dachte, du solltest es wissen.«

Haley fühlte sich noch benebelter.

»Wir haben nicht mehr miteinander gesprochen, seitdem du es mir erzählt hast. Er ist nicht vorbeigekommen. Aber ich bin froh, dass du es mir gesagt hast. Das ist etwas, was ich unbedingt erfahren musste.«

Wortlos saßen sie da und lauschten den Grillen draußen. Nach einer Weile brach Erica das Schweigen. »Hier, ich glaube, du solltest das hier lesen«, sagte sie und reichte Haley ihr Notizbuch.

Haley nahm es und versuchte zu entziffern, was auf der aufgeschlagenen Seite stand. Es fiel ihr schwer. Die Worte verschwammen und trieben ein boshaftes Spiel mit ihren Augen. Nach einigen Minuten gelang es ihr, die Buchstaben einzufangen. Es war eine Figurenbeschreibung oder so etwas Ähnliches, und die beschriebene Figur kam ihr vor wie jemand, der sie selbst gern gewesen wäre.

»Wer ist das?«

»Du.«

»Ich? Im Ernst?«

Erica zuckte mit den Schultern, und ihre Wangen röteten sich leicht. »Ich weiß nicht. Mir war einfach danach, das zu schreiben.«

Haley runzelte die Stirn, dann betrachtete sie erneut die Seite. »Aber das klingt überhaupt nicht nach mir.«

»Doch, das bist du. Glaub mir.«

»Aber wie kannst du glauben, dass ich verantwortungsbewusst bin?«

»Weil es stimmt. Du machst nur gerade ziemlich viel Scheiße durch. Aber so wird es nicht mehr lange bleiben.«

»Woher willst du das wissen? Vor dem Sommer haben wir nicht mal miteinander geredet.«

»Du musst nicht mit jemandem reden, um zu wissen, wer er ist. Du musst nur hinsehen.«

Erica redete weiter, und Haley versuchte angestrengt, sich zu konzentrieren. Sie wusste, dass ihre Freundin etwas Tiefgründiges sagte, und sie versuchte, so viel davon aufzunehmen wie nur möglich, aber sie hatte zu viel Alkohol getrunken. Eine Wolke hatte sich auf sie herabgesenkt, und plötzlich kam ihr alles furchtbar weit entfernt vor.

Nach einer Weile verstummte Erica. »Du siehst schlecht aus, Haley. Du bist ganz grün im Gesicht.«

»Hä?«

»Du siehst schlecht aus«, wiederholte Erica, langsamer jetzt, und ihre Stimme klang noch weiter entfernt als zuvor, als sei sie unter Wasser. Sie beugte sich vor und wirkte besorgt.

Haley wollte Erica fragen, was sie gerade gesagt hatte, aber sie versank in einem dunklen, lauwarmen Teich. Sie merkte noch, dass Erica sie anstarrte. Sie wollte sie fragen, warum sie das tat, aber ihr Mund gehorchte ihr nicht. Und auch ihre Augen nicht. Immer, wenn sie es schaffte, sie zu öffnen, fielen sie sofort wieder zu. Und nach mehreren vergeblichen Versuchen blieben sie schließlich geschlossen.

Kapitel 53

HALEY KLAMMERTE SICH AN DIE DUNKELHEIT HINTER IHREN Lidern, an die Überreste eines beruhigenden Traumes, der noch schwer auf ihrem Verstand ruhte. Sie träumte von Austin. Sie standen auf ihrer Veranda, und er beugte sich über sie, um sie zu küssen.

Gefühle, die sie schon lange nicht mehr empfunden hatte, überfluteten sie. Weiche Knie, prickelnde, elektrisierende Gefühle, die sie stellvertretend in Liebesszenen von Filmen erlebt hatte oder durch Tiffany und die lange Reihe von Jungen, mit denen sie sich eingelassen hatte. Ähnliches hatte sie für Mac empfunden – lediglich nicht ganz so stark –, und das war wundervoll gewesen, aber es war schon lange her. Und jetzt war Mac fort.

»Haley?«

Jemand rief nach ihr. Ohne die Augen zu öffnen, tastete sie um sich herum. Ihre Hand schloss sich um ihr Kissen. Ja, sie war zu Hause. Tiffany… nein, die Freundin von Ericas Vater hatte sie heimgefahren.

Sie wusste, wenn sie jetzt die Augen aufschlug, war der schöne Traum unwiederbringlich vorbei, also zwang sie sich, wieder darin zu versinken. Ihr Körper begann erneut, sich zu entspannen, und Austins Gesicht tauchte wieder auf. Er fand sie hübsch, nicht unscheinbar.

Er mochte sie wirklich.

Sie sank tiefer und immer tiefer.

Nun war sie in *Luke's Diner.* Ihre Mutter lief in einer Uniform herum, lächelte und servierte Kaffee. Ihre Haare waren hochgesteckt, und sie wirkte glücklich. Austin und Mac redeten an der Theke mit ihrem Vater.

Der warf den Kopf zurück und lachte.

Dieses Lachen.

Sie hatte es fast ein ganzes Jahr lang nicht mehr gehört. Es gehörte zu den wundervollen, tröstlichen Seiten von ihm, die sie vergessen hatte.

Erica gesellte sich zu den beiden. »Meine Mutter hat sich mitten in der Nacht davongeschlichen«, erklärte sie. »Sie war nicht dazu bestimmt, an der Seite eines Gebrauchtwagenhändlers alt zu werden.«

Nun stand Tiffany neben ihr. »Ich kann nicht für immer mit demselben Jungen zusammen sein. Ich will dieses hinterwäldlerische Kaff verlassen. Ich will … ich will … Haley, vermisst du mich? Haley?«

Diesmal war die Stimme lauter. »Haley! Wach auf! Erica ist da!«

Becky.

Ein letztes Mal versuchte Haley, den Traum festzuhalten, aber Becky rief immer wieder nach ihr, und schnell löste das Kaleidoskop aus Bildern sich auf. Haley öffnete die Augen.

Becky und Erica standen an ihrem Bett und starrten sie an.

»Alles okay?«, fragte Erica nach. »Wir haben es wohl ein bisschen übertrieben, was?«

»Ich dachte, du hättest heute Dienst?«, flüsterte Haley. Sie zuckte zusammen. Es fühlte sich an, als würde ihr Kopf zusammengequetscht.

»Äh, ja, hatte ich auch«, antwortete Erica. »Es ist schon fünf.«

* * *

Zwei Stunden später war der Himmel dunkelblau, die Farbe der Abenddämmerung. Mit einer Tasse Kaffee in der Hand spähte Haley hinaus auf den Bayou. Sie griff in ihre Tasche und legte sich dann eine Aspirin auf die Zunge. Sie konnte die Zigaretten der Nacht zuvor noch schmecken.

Auf dem Grundstück nebenan waren die Smiths dabei, ihren Grill anzuschmeißen, etwas, was ihr Vater immer geliebt hatte. Mrs Smith erblickte sie auf der Veranda und winkte. Haley winkte zurück, dann schloss sie die Augen.

Das Herz hämmerte ihr in der Brust. Ich werde nie wieder trinken, redete sie sich ein. Jedenfalls nicht so viel. Sie bekam Filmrisse, wenn sie trank, konnte sich nicht mehr erinnern, was passiert war. Erica hatte recht. Sie verlor sich selbst. Sie war immer verantwortungsbewusst gewesen, und darauf war sie stolz. Auch Mac hatte recht gehabt. Den Schmerz zu betäuben ließ ihn nicht verschwinden. Es verlängerte das Leiden nur. Und sie hatte jetzt lange genug gelitten.

Sie stellte die Kaffeetasse auf dem Tisch neben sich ab und setzte den Schaukelstuhl in Bewegung, in dem sie lag. Sie musste etwas an ihrem Leben ändern, egal, ob es ihrer Mutter besser ging oder nicht.

Etwas Wichtiges verändern.

Sie konnte nicht einfach warten, bis andere das für sie taten.

Es war an der Zeit, dass sie die Kontrolle über ihr Leben zurückeroberte.

Als sie Rufe hörte, schlug Haley die Augen wieder auf. Becky und Seacrest rannten durch den Garten der Smiths. Mr Smith, der am Grill stand, sah den beiden Mädchen zornig nach, als sie an ihm vorbeistürzten.

»Haley!«, schrie Becky.

Sofort spürte Haley, dass etwas nicht stimmte. Es war so untypisch, dass die beiden rannten, während sie sonst nur herumsaßen und versuchten, sich gegenseitig mit ihrer Coolness zu beeindrucken.

Becky wollte etwas sagen, aber sie brachte es offenbar nicht über die Lippen. Seacrest rannte genauso schnell, gleich hinter Becky, und das dunkle Haar schlug ihr auf die Schultern.

Die Mädchen erreichten den Carport. »Hast du es schon gehört?«, fragte Becky außer Atem, als sie vor Haley zum Stehen gekommen war.

»Was gehört?«, fragte Haley.

»Oh, Grundgütiger, du weißt es noch nicht«, keuchte Becky außer Atem.

Auch Seacrest blieb stehen und atmete heftig. Ihre Wangen waren dunkelrot.

Als sie die Worte hörte, die ihre Schwester endlich hervorstieß, füllten Haleys Augen sich mit Tränen.

»Charles …«, sagte Becky so leise, als würden ihre eigenen Worte sie erstaunen. »Er hat sich umgebracht.«

Kapitel 54

AM MORGEN VON CHARLES' BEERDIGUNG WAR DER HIMMEL grau, und es nieselte. Als Haley und Erica auf den staubigen grünen Baldachin über dem Sarg zu trotteten, folgten Becky und Seacrest ihnen schweigend.

Schweiß rann Haley über die Stirn, und in ihrem Kopf überschlugen sich die Gedanken. Sie dachte an Charles' letzten Besuch. Er hatte sich solche Sorgen um seine Mutter gemacht.

Er hatte auch gesagt, dass Haley an ihn glauben sollte, dass er das brauchte.

Als ihr bewusst wurde, dass Charles im nächsten Augenblick in das Grab gesenkt werden würde, wurde ihr schlecht. Sie stellte sich vor, wie seine arme Mutter ihn im Garten gefunden haben mochte, erhängt, leblos, an einem Pekannussbaum.

Sie berührte den Anhänger an ihrem Hals. Vielleicht war sie nicht ganz unschuldig daran. Wenn sie sich doch nur mehr Mühe gegeben hätte, zu verstehen, was er ihr zu sagen versucht hatte, ihm einfach geglaubt hätte, dass er mit Tiffanys Verschwinden nichts zu tun hatte.

Denn das hatte er doch nicht, oder?

Haley seufzte, noch immer war sie sich nicht ganz sicher.

Schweigend sahen Erica und Haley zu, wie vier große schwarze Männer den Sarg vom Leichenwagen hoben und Charles zu seiner letzten Ruhestätte trugen.

In der Ferne bellte ein Hund.

Charles' Mutter und sein kleiner Bruder Joshua gingen

Hand in Hand auf das Grab zu. Es war nur eine kleine Gruppe von Menschen, aber Haley fragte sich bei den meisten von ihnen dennoch, warum sie überhaupt gekommen waren. Drei schwarze Frauen und die vier Sargträger, zweifellos Familienmitglieder, standen neben Mrs Johnson und Joshua. Eine von ihnen, eine ältere Frau, flüsterte ihnen etwas zu.

Ein Prediger stand einen knappen Meter hinter ihnen. Außerdem waren Sheriff Hebert dort, Kim Theriot und eine Handvoll Einwohner der Stadt – einige von ihnen kannte sie aus dem Diner, andere hatte sie nie zuvor gesehen.

Opportunisten, dachte sie und starrte die Leute wütend an. Die meisten Bewohner der Stadt waren gekommen, weil sie neugierig waren und wissen wollten, was mit Tiffany passiert war. Keineswegs waren sie wegen ihrer Gefühle für Charles hier. Sie war sicher, dass auch Mrs Johnson das wusste.

Haley wollte sie anschreien, ihnen befehlen, die Familie in Ruhe zu lassen.

Jemand tauchte an der Einmündung zum Wald auf. Detective Guitreaux. Er trug einen schwarzen Anzug und eine Sonnenbrille mit verspiegelten Gläsern.

Haley ging ein Stück auf die Familie zu. Sie wollte Charles' Mutter begrüßen. In der Kirche hatte sie es nicht fertiggebracht. Aber als Joshua zu reden anfing, blieb sie wie angewurzelt stehen.

»Wo geht Charlie hin, Mama?«, fragte er mit hoher Stimme.

Die Frau hob den Kopf. »In die Erde, Joshua.«

Vor Erstaunen stand ihm der Mund offen. »Aber warum?«

»Das habe ich dir doch erklärt, mein Kleiner.«

Joshua verzog sein schmales Gesicht. »Wann kommt er denn wieder zu uns zurück?«

Mrs Johnson nahm seine kleine Hand, und die beiden machten einen Schritt auf den Sarg zu. »Gar nicht, mein Schatz.«

»Aber fürchtet er sich da unten denn nicht?«

Als sie nicht antwortete, rieb er sich die Augen und schluchzte auf.

Haley trat zurück, um die beiden nicht zu stören, und erinnerte sich an eine Szene auf der Beerdigung ihres Vaters. Ihre Mutter hatte sich auf den Sarg gestürzt.

»Nein, David!«, hatte sie geschrien. »Nein! Bitte, lass uns nicht allein, David!« Sie hatte sich zu ihren entsetzten Töchtern umgedreht. »Das hier passiert nicht wirklich, Mädchen«, hatte sie schluchzend herausgebracht. »Eurem Dad geht es gut. Jemand hat einen Fehler gemacht.« Sie hatte noch geweint, als sie weggeführt wurde. »Ich hätte ihm sagen müssen, dass er im Auto bleiben soll. Ich hätte ihn früher warnen müssen.«

Haley spürte Tränen auf ihren Wangen.

Hinter ihr erklang eine vertraute Stimme. »Haley.«

Sie drehte sich um, verwirrt, weil Mac vor ihr stand.

»Es hat einen Unfall mit vier Wagen auf der I-10 gegeben, zu dem ich gerufen wurde. Es tut mir leid, dass ich den Gottesdienst verpasst habe.«

Mac nickte Erica zu. Haley hatte ganz vergessen, dass sie neben ihr stand.

Wäre Haley ihrem Instinkt gefolgt, dann hätte sie Mac einfach in den Arm genommen. Mein Gott, es war Mac, der Mann, mit dem sie über ein Jahr lang ins Bett gegangen war. Aber sie brachte es nicht über sich, ihn zu berühren. Es war seltsam, wie sehr eine Beziehung sich in so kurzer Zeit verändern konnte … wie sehr zwei Menschen sich auseinanderleben konnten.

»Hey, Mac«, sagte eine leise Stimme hinter ihnen. Becky.

Mac umarmte sie. »Alles in Ordnung mit dir, Kleines?«

Becky nickte. »Wo warst du?«

Mac blickte Haley an.

Schweiß hatte sich in ihrem Nacken und in ihren Kniekehlen gesammelt. »Charles ist neulich abends vorbeigekommen«, sagte sie. »Er war sehr aufgeregt.«

Macs Miene verfinsterte sich, und er nickte. »Es ist eine verdammte Schande«, meinte er. »Sich einfach so umzubringen. Es muss ihm wirklich beschissen gegangen sein.« Er räusperte sich. »Trotzdem … geht's dir gut?«

Haley nickte.

»Okay, dann geh ich mal los und spreche mein Beileid aus. Pass auf dich auf! Und grüß deine Mom von mir.«

* * *

Am nächsten Morgen fuhr Haley nach Trespass Gardens und brachte Mrs Johnson einen Korb mit Orchideen und selbst gemachten Florentinern mit Pekannüssen vorbei. Sie erkannte die alte Frau auf der anderen Seite der Fliegengittertür wieder; es war diejenige, die die Verwandten bei der Beerdigung getröstet hatte.

»Hi, ich bin Haley. Ich war eine Freundin Ihres Enkels«, sagte Haley kleinlaut, denn sie wusste nicht, ob Charles sie seiner Familie gegenüber jemals erwähnt hatte. »Ich wollte nur kurz das hier vorbeibringen.«

»Oh, das war doch nicht nötig«, erwiderte die Frau, entriegelte die Tür und hielt sie mit der Hüfte auf. »Ich fürchte, wir haben heute mehr schöne Blumen bekommen, als wir unterbringen können.«

Haley reichte ihr die Schale und den Blumenstrauß und griff dann in ihre Gesäßtasche. »Ich habe meinen Namen und meine Telefonnummer aufgeschrieben. Können Sie sie Mrs Johnson geben und ihr sagen, dass sie mich anrufen kann, wenn sie irgendetwas braucht, egal was?«

»Sicher, Liebes, das mache ich«, versprach die Frau. »Möchtest du auf einen Kaffee hereinkommen? Louise hat sich kurz hingelegt, aber du kannst reinkommen und auf sie warten, wenn du willst.«

Die Sonne des späten Vormittags schien heiß auf Haleys Schultern und auf ihren Scheitel. Sie wischte sich den Schweiß von der Schläfe und schüttelte den Kopf. »Nein, danke.«

»Charlie war kein Mörder«, sagte die Frau leise. »Er war ein guter Junge. Das weißt du doch, oder?«

Bevor sie antworten konnte, winkte die Frau ab und lächelte. »Ach, natürlich weißt du das. Du und Charlie, ihr wart doch Freunde.«

Kapitel 55

WENIGE AUGENBLICKE, NACHDEM DAS MÄDCHEN IN DEN WAGEN gestiegen war, verwandelte sich das Nieseln in dicke Tropfen sauberen, kühlen Regens. »Du wärst ganz schön nass geworden«, sagte er, als sei die Natur sein Komplize gewesen. Er bedachte sie mit dem treuherzigsten Lächeln, das er zustande brachte. Bei dieser hier würde er sehr vorsichtig sein müssen.

Sie lächelte ihn an, und in ihrer linken Wange bildete sich ein Grübchen. Ihre Zähne waren die weißesten, die er je gesehen hatte. »Ich heiße Sarah«, sagte sie, streckte die Beine aus und ließ zu, dass der Saum ihrer Shorts in die Innenseiten ihrer Oberschenkel schnitt.

Sarah. Sarah Greene. Oh ja, das wusste er. Der Teenager, der eine Bedrohung für seine Rachel darstellte. Der ehemalige Babysitter der Andersons und offensichtlich die derzeitige Geliebte von Rachels Ehemann Tom.

Es hatte vier Tage gedauert, bis sich endlich eine Gelegenheit geboten hatte. Er war nicht sicher gewesen, ob sie dumm genug sein würde, zu einem Fremden in den Wagen zu steigen. Er hatte geglaubt, er würde gezwungen sein, sie sich auf andere Art vorzunehmen.

Aber jetzt saß sie hier in seinem Wagen.

Es war beinahe zu einfach.

Er musste seine ganze Selbstbeherrschung aufbringen, um nicht hinüberzugreifen und sie am Hals zu packen. Die Andersons. Wie konnte sie nur? Weiß sie, was sie getan hat? Interessiert es sie überhaupt?

Sie war nicht hübsch, und das lag nicht an den Klamotten, die so eng waren, dass sie aussahen, als seien sie nur aufgemalt. Sie hatte noch andere Makel. Ihre Augen waren strahlend blau, aber ihre Zähne standen schief, und ihre Unterlippe war dünn und rissig. Sogar die Haut an den Nagelbetten war eingerissen.

Sie streckte die Arme über dem Kopf aus, und er konnte die Umrisse ihrer üppigen Brüste sehen. Sie flirtete, stellte ihren Körper vor einem völlig Fremden zur Schau. Spielte Mädchenspiele. Hätte er nicht schon Pläne für sie gehabt, dann wäre er wütend geworden. Aber vorerst musste er ruhig bleiben.

Er blickte sie an und sah, dass sie ihn musterte.

»Ich bin Charles«, sagte er und rollte den Stein in seiner Handfläche. Er dachte an den echten Charles und daran, was aus ihm geworden war.

Sie lächelte ihn an. »Freut mich, dich kennenzulernen, Charles.«

»Wo soll ich dich denn hinbringen?«

»Nur ein halber Kilometer. Ich wohne in der Piney Branch.«

Ja … Ich weiß.

Er blickte auf die Uhr am Armaturenbrett. Neun Uhr. »So früh schon ins Bett?«, fragte er leichthin.

»Ja, ich glaube schon. Mein Freund musste heute Abend früh nach Hause. Wollte halt vernünftig sein, irgend so ein Mist. Aber das ist total mies, weil meine Eltern nicht da sind. Sie sind in Biloxi.«

»Ja, das ist echt mies. Hey, ich bin grade zu 'ner Party unterwegs. Du willst nicht zufällig mit, oder?«

»Eine Party?«, rief sie aus, und ihre Augen begannen zu leuchten. Doch plötzlich zögerte sie. Sie straffte die Schultern und schien über seinen Vorschlag nachzudenken.

»Oder lieber doch nicht«, sagte er, um ihr Vertrauen zu gewinnen. Er würde sie ohnehin zerstören, aber das wäre sehr viel einfacher, wenn sie ihm vertraute. »Ich sollte dich jetzt einfach nach Hause bringen.«

»Ist sie in der Stadt? Diese Party?«

»Ganz in der Nähe der Whiskey Road.«

Sie sah immer noch geradeaus, doch jetzt grinste sie. »Oh ja, ich würde gerne auf eine Party gehen. Ich brauche nur jemanden, der mich hinterher nach Hause bringt. Wenn ich sicher sein kann, dass mich jemand fährt, dann …«

Er drückte den Stein in seiner Hand. Sie fiel darauf herein. Sein Plan würde einfacher durchzuführen sein, als er gedacht hatte. »Klar, aber zuerst muss ich noch mein Hemd wechseln. Hast du was dagegen, wenn wir kurz bei mir vorbeifahren?«

»Ähm … wo wohnst du denn?«, wollte sie wissen.

»In der Nähe.«

Sie nickte.

Schweigend fuhren sie eine Weile weiter. »Weißt du, dass es gefährlich ist, abends am Straßenrand entlangzulaufen?«, fragte er und trat vor einem Stoppschild auf die Bremse. »Sich von Fremden auflesen … und sich nach Hause bringen zu lassen?«

Sie schnaubte. »Aber du bist doch nicht gefährlich, oder? Du siehst nicht gefährlich aus. Außerdem ist es von Maria zu mir nach Hause zu Fuß nicht sehr weit. Ich gehe den Weg andauernd. Und ich trampe sonst nie. Es war nur wegen des Regens und so.«

Erneut musterte sie ihn, und er bekam eine Gänsehaut. »Wie alt bist du eigentlich?«, fragte sie und schien jede Scheu verloren zu haben.

Sie war nur ein dummes Tier.

Ein Tier. Ein Mädchen. Ein Tier. Ein Mädchen. Ein Biest.

Kies knirschte unter den Reifen. »Warum? Magst du ältere Männer?«

»Manchmal. Wenn sie nett sind.« Sie durchbohrte ihn mit dem Blick. »Hey, hast du Bier zu Hause?«

* * *

Sie saß im spärlich beleuchteten Wohnzimmer und fuhr sich mit den Fingern durch das lange blonde Haar.

Allie war vorhin mit einer Reisetasche aus dem Haus geschlendert, also konnte er ziemlich sicher sein, dass er das Haus für sich allein hatte.

Hoffentlich … Denn dann konnte er sich so viel Zeit lassen, wie er wollte.

Sie trank einen Schluck von dem Miller-Lite-Bier, das er ihr gegeben hatte. »Marias Eltern sind solche Idioten«, sagte sie. »Echt, wenn meine Eltern so wären, würde es mir noch beschissener gehen als jetzt. Und ob du es glaubst oder nicht: Einmal, als wir vom Kino nach Hause gefahren sind, hat ihr Vater mir eine Hand auf den Oberschenkel gelegt. Ich hätte fast gekotzt.«

Er wünschte, sie würde mehr trinken und zu quatschen aufhören. Ihre Worte schienen ihm langsam ein Loch in den Kopf zu meißeln. Das Bier war mit Haloperidol versetzt, einem Medikament, das der Arzt seiner Mutter gegen ihre Schizophrenie verschrieben hatte. Sie hatte es ihm unglaublich leicht gemacht, indem sie selbst vorgeschlagen hatte, bei ihm zu Hause zu bleiben und Bier zu trinken, nachdem er sein Hemd gewechselt hatte.

Gegen zehn waren sie in seinem Schlafzimmer angelangt.

»Uh … wie viele von diesen Magazinen hast du?«, fragte sie und beäugte die Sammlung, die er hatte liegen lassen. Er wollte ihre Reaktion sehen, in ihren leuchtenden blauen Augen ein bisschen von sich selbst entdecken. Um herauszufinden, ob es etwas gab, das es wert war, erlöst zu werden.

Oder ob es das nicht gab.

Sie öffnete ein Magazin und blätterte es durch. »Warum hast du so viele Seiten herausgerissen?«

»Magst du solche Zeitschriften?«, fragte er und rieb sich das Kinn. »Unanständige Bilder von anderen Mädchen?«

Sie zögerte, bevor sie antwortete. »Ich weiß nicht. Ich finde … sie sind irgendwie … ordinär, würde ich sagen.«

»Finde ich auch«, gab er aufrichtig zu.

Mit dem Magazin auf dem Schoß setzte sie sich auf sein Bett. Immer wieder fielen ihr die Augen zu, und es sah aus, als müsste sie sich anstrengen, um den Kopf hoch zu halten. Plötzlich atmete sie tief ein und richtete sich auf.

Sie legte die Zeitschrift beiseite und blickte zu dem kleinen Schlafzimmerfenster hinüber. »Ist das deine Katze?«, fragte sie.

Er sah zum Fenster und verzog das Gesicht. Nachdem er Ian gefüttert hatte, hatte das räudige Vieh offenbar beschlossen, weiterhin vor dem Fenster sitzen zu bleiben und in den frühen Morgenstunden immer wieder aus Leibeskräften zu miauen.

Es war keine gute Idee gewesen, seiner Schwester und dem Kater Geschenke zu machen.

Sie ließ sich zurückfallen und legte den Kopf auf das Kissen. Das blonde Haar breitete sich aus wie ein Fächer, die Lippen waren geöffnet. »Was hast du noch mal gesagt? Wie heißt du?«

Er nannte ihr noch einmal seinen Namen, aber diesmal den richtigen. Jetzt gab es kein Zurück mehr. Sein Herzschlag beschleunigte sich, und seine Stimme wurde rau. »Wie lange schläfst du schon mit Tom Anderson?«

Ihre Lider flatterten. »Was?« Sie versuchte, sich aufzusetzen.

»Oh, hast du mich nicht verstanden? Ich habe gefragt: Wie lange fickst du schon einen verheirateten Mann?«

Plötzlich wirkte ihre Miene ungläubig.

Dann ängstlich.

Sie versuchte, vom Bett aufzustehen, aber er sah, dass sie schwach war vom Alkohol und vom Haloperidol.

Er hingegen war alles andere als schwach.

Kapitel 56

TIEFROT STAND DIE SONNE AM WESTLICHEN HIMMEL, ALS HALEY von ihrer Schicht bei *Luke's* nach Hause kam. Als sie in ihre Straße bog, war sie schockiert, den Streifenwagen des Sheriffs in der Einfahrt stehen zu sehen.

Ihr Herz begann schneller zu schlagen.

Mom. Irgendetwas stimmt da nicht.

Sie sprang aus dem Kombi und rannte zur Veranda. Dort traf sie den Sheriff an, der in einem der Schaukelstühle saß und auf den Bayou hinausblickte. Guitreaux saß neben ihm.

Der Sheriff sah von seinem Kaffee auf, feine Schweißperlen bedeckten seinen Haaransatz. »Oh, hallo, Miss Haley«, sagte er.

»Meine Mutter … Geht's ihr gut?«

»Wir sind nicht wegen Ihrer Mutter hier. Ich bin sicher, ihr geht es gut«, antwortete er und richtete sich auf dem Stuhl ein wenig auf. »Aber Ihnen müssten wir ein paar Fragen stellen.«

Haley nickte.

»Kennen Sie ein junges Mädchen namens Sarah Greene aus Truro?«

Haley schüttelte den Kopf. »Nein, ich glaube nicht. Warum?«

»Ihre Eltern haben sie als vermisst gemeldet. Sie kamen von einer Reise nach Biloxi zurück, und ihre Tochter war nicht da. Bis Sonntagabend war sie bei einer Freundin, doch seitdem hat niemand sie mehr gesehen.«

Haley legte die Hand vor den Mund. »Oh, mein Gott.« Noch ein Mädchen ist verschwunden.

Der Detective erhob sich. »Sie kennen sie also nicht?«

Haley schüttelte den Kopf. »Nein. Ich glaube nicht. Ich kenne eine Olivia Greene – zumindest gibt's eine Frau, die so heißt und gelegentlich bei *Luke's* vorbeischaut. Ich habe den Namen auf ihrer Kreditkarte gelesen. Ist Sarah ihre Tochter?«

Der Detective nickte und klopfte sich mit seinem Notizbuch auf den gebeugten Ellbogen.

»Glauben Sie, dass sie weggelaufen ist?«

»Nein«, entgegnete der Detective.

»Was wissen Sie denn über sie?«, fragte Haley.

»Sarah Greene ist sechzehn und besucht die elfte Klasse von St. Theresa's. Hat jetzt Sommerferien wie alle anderen auch. Arbeitet hin und wieder als Babysitterin.«

Die Federn der Fliegengittertür hinten im Haus schnappten, und Haleys Mutter kam heraus.

»Mrs Landry«, sagte der Sheriff. »Ich wusste nicht, dass Sie zu Hause sind. Wir haben geklopft, aber …«

Haleys Mutter starrte erst die Gesetzeshüter an, dann ihre Tochter. Eines ihrer Augen war hübsch geschminkt, das andere noch nicht, als hätte sie vergessen, ihr Werk zu vollenden. Außerdem trug sie ein Strandkleid, aber es gehörte Becky und war mehrere Nummern zu klein. »Wird noch ein Kind vermisst?«, fragte sie. »Hab ich das richtig verstanden?«

»Ja, Ma'am.«

»Meine Güte, was ist nur los mit dieser Welt?«, fragte sie, ohne einen der Anwesenden zu meinen. Dann fixierte sie Hebert und seinen Pappbecher. »Kommen Sie rein, ich mache Ihnen einen richtigen Kaffee. Sie können meiner Tochter drinnen Ihre Fragen stellen, da ist es kühler.«

Sie hielt ihnen die Gittertür auf.

Haley folgte den Männern ins Haus.

Kapitel 57

WENIGE STUNDEN, NACHDEM DIE NACHRICHT VON SARAH Greenes Verschwinden die Öffentlichkeit erreicht hatte, konzentrierte sich die Aufmerksamkeit der Medien auf Grand Trespass. Das Interesse war wesentlich größer als zu dem Zeitpunkt, als Tiffany verschwunden war. Kamerawagen, Reporter und mit Landkarten und Radios bewaffnete Bürger versammelten sich an öffentlichen Treffpunkten.

Sheriff Hebert fuhr Sarahs Eltern in seinem Streifenwagen nach Lafayette, wo sie unter Tränen ihre Erklärungen für das Fernsehen abgaben, und brachte sie danach umgehend nach Truro zurück. Der Sheriff ermahnte die Einwohner der Stadt, die Augen offen zu halten, die Haustüren abzuschließen und besonders gut auf ihre Kinder achtzugeben.

Zwei FBI-Agenten, Special Agent Denise Jones und Special Agent Leon Adashek, wurden von ihrem Büro in New Orleans abgeordnet, um mit der örtlichen Polizei an dem Fall zu arbeiten. Die Agenten suchten sämtliche Einwohner der Stadt zu Hause auf, um sie zu befragen. Sie sorgten dafür, dass der Wald gründlich durchkämmt und der Grand Trespass Bayou abgesucht wurde.

Die beiden gingen ganz anders vor als Guitreaux. Sie verschwendeten keinerlei Zeit. Sie waren gekommen, um jemanden zu finden, und zwar schnell, egal, was sie dafür tun mussten … und für einen bestimmten Einwohner von Grand Trespass interessierten sie sich ganz besonders.

Haley, Erica und Austin hatten Dienst, und Chris saß am Tresen des Diner und las den *Daily Advocate*, als Leon Adashek und Denise Jones am Mittwoch auftauchten. Sie setzten sich ebenfalls an den Tresen und bestellten Gebäck und Kaffee.

Erica fand die Agentin Jones faszinierend. Ihre gestärkte Kakihose und das lavendelfarbene Polohemd passten perfekt zusammen, und sie wirkte sehr gepflegt. Ein dicker schwarzer Gürtel mit einem Pistolenhalfter war um ihre schmale Taille geschnallt. Sie war in den Vierzigern und sehr schön, noch eine Frau, die sie an ihre Mutter erinnerte. Sie wirkte ruhig, kühl und beherrscht und besaß eine Art von Härte, die für Frauen ziemlich ungewöhnlich ist – zumindest bei denen, die Erica kannte.

Merkwürdigerweise erinnerte Denise Jones sie auch ein wenig an Pamela. Obwohl die Freundin ihres Vaters schlicht und ungebildet war, hatte auch sie ein ausgeprägtes Gefühl für sich selbst. Sie wusste, wer sie ist, und das fand Erica verblüffend.

»Wie lange leben Sie jetzt schon hier in der Gegend, Chris?«, fragte Jones, hob ihre Tasse an die Lippen und pustete auf den dampfenden Kaffee.

»Zwanzig Jahre, Ma'am«, antwortete Chris und blickte von seiner Zeitung auf. Ein Auge fixierte Jones, das schielende die Eingangstür des Diner.

Jones nickte.

»In einer Kleinstadt wie dieser kennen Sie doch bestimmt fast jeden. Ist das richtig?«, fragte Adashek.

Erica sah, dass ein Muskel in Chris' Wange zuckte. Er warf einen flüchtigen Blick auf das Porträt seiner verstorbenen Tochter. »Nein, das stimmt so nicht«, sagte er und musterte den Agenten mit müdem Blick. »Wie ich schon gesagt habe … mehr als einmal … leben die Leute hier ziemlich vereinzelt. Weit verteilt über das Land. Wir fahren meistens in andere Städte, um unsere Einkäufe zu erledigen. Nur weil man ein Grundstück in Grand Trespass besitzt, kennt man noch lange nicht alle Einwohner der Stadt.«

»Sie kennen also nicht besonders viele Leute hier, Chris?«, hakte Jones nach und tat überrascht.

Chris kratzte sich am Kopf. »Das haben Sie mir jetzt in den Mund gelegt. Natürlich kenne ich Leute hier. Hab nicht gesagt, dass ich keinen kenne.«

»Nun, so hörte es sich aber gerade an«, meinte Jones.

Chris spähte zu der vierköpfigen Familie hinüber, die ihnen am nächsten saß. Ein Junge in einem WWE-T-Shirt nahm ein Schinken-Käse-Sandwich auseinander, während ein kleinerer Junge in einem NASCAR-Hemd seine Mutter um einen weiteren Milchshake anbettelte.

Mit ausdrucksloser Miene schlurfte Haley auf Chris und die Agenten zu, Bestellungen von Kunden in der Hand. Sie stieß die Tür zum Küchenwagen auf und verschwand darin.

Agent Jones schaltete sich wieder ein. »Also gut, versuchen wir's mal so: Wie gut kannten Sie Tiffany Perron?«

Chris ließ die Schultern hängen, und seine Stimme war nur ein Flüstern. »Wie oft wollen Sie mir noch die immer gleichen verdammten Fragen stellen? Offenbar glauben Sie, dass ich etwas zu verbergen habe, aber so ist es nicht.«

Jones lächelte. Als sie sprach, flüsterte sie nicht. »Ach, wirklich? Eine Anzeige, weil Sie bei unschuldigen Leuten ins Fenster gespäht haben, nennen Sie nichts?«

Chris' Gesicht lief rot an. Verstohlen blickte er sich um, um zu sehen, ob jemand ihnen zuhörte. Dann starrte er auf seine Hände.

Erica lauschte aufmerksam. Sie wusste, dass sie sich irgendeine Beschäftigung suchen sollte, aber sie rührte sich nicht vom Fleck. Chris? Spannen? Sie tat so, als wischte sie den Tresen ab.

»Was ist mit Sarah Greene?«, fragte Adashek.

»Ich weiß nichts über ein Mädchen namens Sarah Greene.«

Jones zückte ihr Handy und ließ ein Foto von Sarah aufblitzen, und Chris wandte den Blick ab. »Das haben Sie mir schon gezeigt«, erklärte er. »Hören Sie, Tiffany Perron hat für mich gearbeitet. Sie kam, arbeitete und ging wieder nach Hause. Das war alles. Aber diese Sarah Greene? Ich habe keine Ahnung, wer das Mädchen ist.«

Erneut schaltete Jones sich ein. »Würden Sie sagen, dass die Gerüchte stimmen? Dass Sie sich in Tiffany Perron verguckt hatten?«

Chris umklammerte das Papier fester. »Um Himmels willen, das Mädchen war neunzehn.«

»Und stimmt es, dass Sie ihr gegenüber ein bisschen zu aufdringlich waren? Dass sie wahrscheinlich Angst vor Ihnen hatte?«

Ericas Augen wurden schmal. Okay, Chris war aufdringlich, aber so benahm er sich allen gegenüber. Es war einfach seine Art, umgänglich und mitteilsam zu sein. Ja, es war ein bisschen unangenehm, wenn man es nicht mochte, berührt zu werden, aber er wollte niemandem etwas Böses. Und ob er in Tiffany verknallt gewesen war? Welcher Kerl war das nicht irgendwann? Machte das jeden Mann, der sie kannte, automatisch zu einem Verdächtigen?

»Ich weiß nicht, wovon Sie reden«, blaffte Chris.

Die Tür des Küchenwagens öffnete sich, und Haley kam wieder herein. Müde goss sie sich eine Tasse Kaffee ein.

Die Sonne brannte vom Himmel, und die Strahlen fielen in das Diner. Geräuschvoll schob Chris seinen Stuhl zurück und stand auf, um die Jalousien weiter herunterzulassen.

»Sie haben da Kratzer auf den Unterarmen!«, rief Adashek Chris zu. »Mögen Sie den Wald? Verbringen Sie viel Zeit dort?«

Die Absätze von Chris' Schlangenlederstiefeln klackten auf

den Fliesen, als er zur Eingangstür ging. Er drehte das Schild, auf dem *Geöffnet* stand, auf *Geschlossen* um. Dann wandte er sich wieder den FBI-Leuten zu.

»Mir gefällt diese Art von Befragung nicht. Vor allem nicht in der Öffentlichkeit, in meinem Lokal und in Anwesenheit meiner Angestellten. Gegen so einen Mist gibt es bestimmt ein Gesetz. Ich bin seit Jahren ein aufrechter Bürger dieser Gemeinde«, bellte er. Wut blitzte in seinen Augen auf, als ein Sonnenstrahl sein Gesicht erhellte.

Die vierköpfige Familie hörte auf zu essen.

»Aufrecht?«, sagte Adashek und lachte. Seine Mundwinkel verzogen sich zu einem Grinsen. »Spannen wird in dieser Stadt also als aufrecht betrachtet?«

Chris' Lider zuckten. »Da draußen läuft wahrscheinlich einer herum und ermordet Mädchen, aber die Polizei hat nichts Besseres zu tun, als mich unter Druck zu setzen. Habe ich in der Vergangenheit Fehler gemacht? Ja, Sir. Aber ich habe dafür bezahlt. Sie verschwenden hier Ihre Zeit, wenn Sie versuchen, meinen Namen durch den Dreck zu ziehen.« Er deutete hinaus auf die Main Street. »Sie verschwenden wertvolle Zeit, die Sie nutzen könnten, um herauszufinden, was da draußen vor sich geht.«

Chris' Nacken war so rot wie ein Flusskrebs, und er sah ungefähr zehn Jahre älter aus, als er tatsächlich war.

Sein Blick landete auf Haley und Erica. »Wir machen heute früher zu. Ich werde Kim herbitten, um mir beim Abrechnen zu helfen. Wenn diese Gäste hier also fertig sind, könnt ihr Mädels nach Hause gehen. Und morgen machen wir ganz normal weiter.« Er richtete den Blick wieder auf die Agenten. »Wenn Sie beide jetzt fertig sind, würde ich gerne gehen.« Vergebens wartete er auf eine Antwort. »Also, würden Sie mich bitte entschuldigen?«

»Einen schönen Tag noch«, sagte Adashek freundlich.

»Wenn wir weitere Fragen haben, kommen wir einfach kurz vorbei.«

* * *

»Wie lange ist es her, dass sie weggegangen sind?«, fragte Detective Guitreaux mit einer Stimme, die zu ausdruckslos war, um nicht beunruhigt zu klingen. Erica hatte schon beim ersten Mal, als sie Guitreaux mit den FBI-Leuten gesehen hatte, erkannt, dass er von der Anwesenheit dieser Leute hier nicht begeistert war. Nun wirkte sein Gesicht wie eine leere Tafel, kein Gefühl zeichnete sich in seinen Zügen ab. Er sah so diplomatisch, undurchschaubar und unfähig aus wie immer.

»Ungefähr zehn Minuten.«

Guitreaux kratzte sich im Nacken.

»Die kommen ganz schön rum, diese Typen vom FBI«, äußerte Erica in der Hoffnung, ihm eine Reaktion zu entlocken. Wenn sie irgendetwas über Männer wusste, dann, dass sie es nicht ertragen, von anderen Männern überflügelt zu werden, vor allem, wenn es um ihre Jobs geht. Dass Guitreaux von einem Mann und einer Frau ausgestochen zu werden drohte, war vermutlich noch schlimmer.

Der Detective blickte zum Fenster hinaus. »Ich hätte gerne einen Kaffee und einen von diesen Schokoplundern, wenn's recht ist«, sagte er und kratzte sich weiter im Nacken.

»Sie haben Chris verhört«, fügte Erica hinzu.

»Tatsächlich?«

Sie stellte eine Tasse und eine Untertasse vor Guitreaux hin und goss ihm Kaffee ein. »Das hat ihn so aufgeregt, dass er heute früher zugemacht hat. Sie sind der Einzige, den ich hereingelassen habe, seitdem er weg ist.«

Sie nahm ein Plunderstück aus dem Kuchenbehälter und servierte dem Detective das Gebäck. »Scheint, als wüssten die vom FBI etwas, was sie keinem von uns verraten«, mutmaßte sie. »Glauben Sie, das stimmt?«

Guitreaux tunkte das Gebäck in seinen Kaffee und nahm dann einen großen Bissen.

»Chris ein Spanner. Also ehrlich. Wie dämlich ist das denn?«, sagte sie.

Fast hätte Guitreaux sich verschluckt.

»Wo hast du das gehört?«, fragte er und wischte sich den Mund ab.

»Von den FBI-Leuten. Sie haben hier am Tresen darüber geredet, als sei es überhaupt kein Geheimnis, als wisse es wirklich jeder. Stimmt das denn?«

Guitreaux antwortete nicht.

»Wissen Sie irgendetwas über diese Sarah Greene?«, hakte Erica nach. »Ich meine, sind irgendwelche Indizien aufgetaucht, über die Sie Bescheid wissen?«

Schweigend kaute er.

»Hat sie irgendetwas mitgenommen, als sie verschwunden ist? Wie eine Ausreißerin es tun würde? Kleidung? Eine Zahnbürste?«

Guitreaux trank einen großen Schluck Kaffee und stellte die Tasse auf dem Tresen ab. »Du bist aber neugierig. Ich dachte, du kennst das Mädchen gar nicht.«

»Tue ich auch nicht. Ich möchte nur … na ja, ich möchte wissen, was Sie so alles machen. Ermittlungskram und so.«

»Du willst mich wohl auf den Arm nehmen. Ein hübsches junges Mädchen wie du?«

Verzweifelt bemühte Erica sich, den Detective nicht wütend anzustarren. Sie wollte etwas von ihm haben, etwas Wichtiges.

»Ich meine, ich hätte nicht gedacht, dass eine hübsche junge Lady wie du sich für diese Art von Arbeit interessiert«, fügte er hinzu.

Erica senkte die Stimme. »Ich schreibe ein Buch. Einen

Krimi. Und darum … dafür recherchiere ich eben ein bisschen.«

Eine Sekunde lang blitzte so etwas wie Neugier in seinen Augen auf. »Im Ernst? Ein Schulprojekt oder ein richtiger Krimi?«

»Ein richtiger Krimi«, stieß Erica zwischen zusammengebissenen Zähnen hervor. Der Typ war so inkompetent, dass sich ihr der Magen umdrehte, aber sie wusste, dass der Sheriff sie links liegen lassen würde und das FBI sowieso, also blieb ihr keine andere Wahl.

»Worum geht's in deinem Buch?«

»Das kann ich wirklich nicht sagen. Aber könnte ich mich Ihnen nicht für eine Weile anschließen? Zusehen, wie Sie ermitteln?«

Guitreaux schüttelte den Kopf. »Ach, ich weiß nicht. Ich glaube, du würdest mich zu sehr ablenken, Süße, wenn du weißt, was ich meine.«

»Nein, das weiß ich nicht. Was meinen Sie denn?«

Einen langen Augenblick musterte er sie. »Wie alt bist du?«

»Neunzehn.«

»Hm … ich weiß nicht … Aber gut, ich werde es mir überlegen.«

Kapitel 58

»SCHLÄFST DU MIT IHM?«, FRAGTE MAC, UND SEINE AUGEN glänzten im trüben Schein der Verandalampe.

»Was?«, fragte Haley ungläubig. Der Staub hatte sich noch nicht wieder gelegt, nachdem Austin und Erica weggefahren waren. Es kam ihr merkwürdig vor, dass Mac auf sie wartete.

»Mir ist aufgefallen, dass er dich verdammt oft nach Hause bringt«, sagte er. Es war das erste Mal, dass ihr Macs Augen so kalt vorkamen.

»Mom ist vor Kurzem mit dem Auto weggefahren. Wir arbeiten zusammen, darum nimmt Austin mich gelegentlich mit.«

»Hat Erica heute Abend nicht gearbeitet? Sie hätte dich doch mitnehmen können.«

»Austin hat auch Erica nach Hause gebracht, Mac. Ihr Wagen ist nicht angesprungen. Außerdem hat Chris heute früher zugemacht. Was willst du eigentlich von mir?«

Er holte sein goldfarbenes Feuerzeug aus der Tasche, klappte es auf und schloss es wieder. »Du hast meine Frage nicht beantwortet.«

Haley musterte ihn wütend. »Nein, ich schlafe nicht mit ihm. Er hat eine Freundin. Und wenn ich es täte, wäre das nichts, worüber ich mit dir reden würde.«

Mac schwieg. Erneut ließ er den Deckel des Feuerzeugs auf- und wieder zuschnappen. Dann starrte er auf seine schlammverkrusteten Stiefel.

»Und woher weißt du eigentlich, dass Erica heute Abend gearbeitet hat? Spionierst du mir etwa hinterher?«

»Ich passe auf dich auf.« Die Ader an seinem Hals pulsierte. »Das weißt du.«

»Das ist aber nicht mehr deine Aufgabe.«

Er schluckte und blickte auf den Bayou hinaus. »Ja. Wahrscheinlich nicht.«

Plötzlich fragte Haley sich, ob er nicht wütend, sondern traurig war. Schwer zu sagen. Sie bemerkte einen Sack, der neben den Schaukelstühlen stand. »Hast du Flusskrebse mitgebracht?«

Mac nickte. »Extra bei Comeaux bestellt. Für deine Familie.« Er nahm das Basecap ab und musterte sie. Mit den Fingern fuhr er sich durch das zerzauste, verschwitzte Haar, das ihm am Kopf klebte. »Also, was ist? Magst du ihn auf diese Art?«

»Wie bitte?«

»Austin.«

»Auf welche Art?«, gab sie zurück. »So, wie du Rachel Anderson magst?«

Kapitel 59

ER WARF DEN SCHWEREN STEIN, UND DAS GROSSE FENSTER splitterte. Das Klirren durchschnitt die Stille der Nacht. Was er vorhatte, war riskant, riskanter als alles, was er bisher versucht hatte. Aber ihm blieb keine Wahl. Rachel war fort, und dies war vielleicht seine einzige Chance.

Er hatte Tom einen Vertrauensvorschuss gegeben, hatte geglaubt, dass die Familie wieder glücklich werden könnte, wenn er Tiffany zerstörte. Tom hatte seine Chance gehabt, aber er hatte jämmerlich versagt.

Nun würde er die Konsequenzen für seine Handlungen tragen müssen.

Im Schlafzimmer flammte ein Licht auf, einen Augenblick später auch im Wohnzimmer. Die Hintertür flog auf, und Tom Anderson trat heraus.

»Was, zum Teufel, ist hier los?« Er schlurfte auf das zerbrochene Fenster zu, stand da in seinem Bademantel und kratzte sich am Kopf.

Der markerschütternde Lärm des berstenden Fensters hatte die Grillen einige Augenblicke verstummen lassen, doch jetzt fingen sie wieder an zu zirpen.

Blitzartig stürzte er sich auf Tom und schlug ihm heftig mit einem Schläger aus Metall auf den Kopf. Tom schrie auf und ging sofort zu Boden, krümmte sich auf dem nassen Gras und legte sich schützend die Hände über den Kopf. Er hob den Schläger und schlug ihm mehrmals auf die Nieren, die Rückseiten der Oberschenkel und die Schultern. Dann ohrfeigte er ihn.

Er zog Tom auf die Füße und hielt ihm das Jagdmesser an die Kehle.

Tom stöhnte.

»Komm mir bloß nicht blöd, denn das wäre das Letzte, was du in deinem Leben tun würdest. Ist das klar?«, fragte er unter der wollenen Sturmhaube hervor.

Tom nickte.

»Los, beweg dich!«, befahl er und stieß ihn in Richtung Wald. Für den Weg zum Teich war er auf die Mitarbeit des Mannes angewiesen. Dort angekommen, würde er ihn erledigen und den Körper entsorgen.

Schauer krochen ihm den Nacken hinauf, als er das Jagdmesser im dichten Gebüsch an Toms Rücken gedrückt hielt. Eine Eule, deren nächtliche Jagd sie störten, schrie. Rund und wild leuchtete der Mond durch die Bäume und erhellte ihren finsteren Pfad.

Plötzlich fiel es ihm schwer zu atmen. Der Atem unter der kratzigen Sturmhaube ging flach und stoßartig, und er wusste, dass es der Beginn einer Panikattacke war. Je länger er ging, desto abgehackter wurde sein Atem. Er versuchte, an etwas anderes zu denken, etwas Tröstliches, das seine Angst besänftigen würde.

Als sie sich hintereinander durch die Umrisse und Schatten des finsteren Waldes bewegten, zwang er sich, an Sarah Greene zu denken. Ihre Vernichtung war anders gewesen als die von Tiffany. Bei ihr hatte er ziemlich viel Zeit damit verbracht, Blut von den Wänden und dem Teppichboden in seinem Zimmer zu schrubben.

Der Rausch war intensiver gewesen als alles, was er je zuvor erlebt hatte. Aber die Ruhe hielt nicht lange an. Nach wenigen Stunden hatte der entsetzliche Gedanke an seine Mutter sich wieder in seinem Kopf eingenistet. Er fragte sich, wann das endlich aufhören würde – ob es überhaupt je aufhören würde.

»Warum machen Sie das?«, fragte Tom und brachte ihn in die Gegenwart zurück.

»Schnauze halten und weitergehen!«, sagte er mit drohender Stimme.

»Hat es irgendetwas mit Ra…«

Er riss die Handschellen hoch, und Tom schrie auf. »Ruhe! Ich hab gesagt, Schnauze halten, und das meine ich verdammt noch mal ernst.« Er drückte ihm das Messer fester in den Rücken.

Tom schwieg.

Sie waren kaum hundert Meter durch den Wald gelaufen, als die Maske so heftig juckte, dass er es nicht mehr aushielt. Er griff sich ins Gesicht, um sie zu verrücken, und plötzlich rannte Tom los.

Er brauchte eine Sekunde, um zu verstehen, was vor sich ging. Schnell war er ihm auf den Fersen. Er jagte Tom, der im Zickzack zwischen hohen Bäumen hindurchlief und um Hilfe schrie. Tom war schnell, aber er trug Handschellen, und es fiel ihm schwer, das Gleichgewicht zu halten.

Als er ihn eingeholt hatte, rammte er ihm das Messer tief ins Rückgrat. Tom stieß einen gellenden Schrei aus, stolperte vorwärts und prallte an einen Baum. Mit einem dumpfen, lauten Aufprall fiel er zu Boden.

Sein Gesicht schwebte über Tom, der keuchend dalag und nach Urin stank. Blasses Mondlicht drang durch das Dickicht riesiger Bäume und beleuchtete die Gegend, sodass er das Entsetzen im blutigem Gesicht des anderen erkennen konnte.

»Bitte. Ich tue alles, was Sie wollen. Ich … ich habe Kinder.«

»An die hättest du denken sollen, als du ihren Babysitter gefickt hast«, sagte er und zog den Schläger aus dem Futteral.

»Nein, bitte«, flehte Tom, die Augen weit aufgerissen. Auf dem Hintern rutschte er zurück, als bestünde irgendeine Hoffnung auf Entkommen. »Bitte. Ich habe Geld. Ich kann Sie bezahlen.«

Der Mörder hob den Schläger über den Kopf.

»Oh Gott, nein. Bitte, nein!«

Bei den ersten Schlägen auf seinen Kopf schrie Tom auf. Dann verstummte er.

Er starrte Toms Körper an. Der Kopf war nur noch Blut, Knochen und Gewebe. Eine köstliche Ruhe durchströmte ihn. Merkwürdigerweise verließ die Wut ihn sofort, als die Ruhe kam, und das Gleiche geschah mit seiner Energie.

Ihm wurde schwindelig, als etwas Helles, Bedeutungsloses hinter seinen Lidern aufflackerte. Er riss sich die Maske vom Kopf, aber auch das half nicht. Er fühlte sich betrunken und sehnte sich verzweifelt nach Ruhe.

Er stolperte ein paar Meter weiter, weg von dem Leichnam und seinem widerlichen Geruch, und sank auf den Boden.

***

Als er erwachte, war es bereits hell, und instinktiv wischte er sich den angetrockneten Speichel aus den Mundwinkeln. Blinzelnd versuchte er, sich zu orientieren. Da waren Bäume. Vögel zwitscherten. Über ihm hüpfte keckernd ein Eichhörnchen von einem Baum zum anderen.

Seine Muskeln spannten sich an, als er sich erinnerte. Er lag im Wald, nur wenige Meter von Toms Leichnam entfernt. Er war eingeschlafen.

Eingeschlafen!

Er blickte auf die Uhr und fühlte seinen pochenden Herzschlag. Das hier war gefährlich. Sehr gefährlich. Seit das FBI in der Stadt war, trieben sich im Wald zu viele Menschen herum.

Er hörte etwas rascheln und kam auf die Füße. Verwirrt blickte er sich um, wandte hektisch den Kopf von rechts nach links und wieder zurück. Er drehte sich im Kreis, ließ den Blick in alle Richtungen huschen, nahm alles in sich auf.

Dann sah er, woher das Geräusch kam. Auf dem Boden zu seiner Rechten lag eine Schwalbe. Ihre Flügel und ihr Schnabel waren zerquetscht, als sei jemand auf sie getreten, aber sie lebte noch. Die schwarzen Perlenaugen waren geöffnet, und der kleine Vogel sah bebend zu ihm auf.

Er wusste, dass manche Leute glaubten, der Anblick eines verletzten Vogels würde so viel Unglück bringen wie ein zerbrochener Spiegel oder eine schwarze Katze, die einem über den Weg lief. Sie hielten es für ein Omen dafür, dass bald etwas Schlimmes passieren, sich das Schicksal zum Schlechten wenden würde. Dabei hatte er im Grunde noch nie Glück gehabt.

Verängstigt durch die Gegenwart eines Menschen, fing der Vogel an, wild mit dem unverletzten Flügel zu schlagen. Er schaffte es, sich im Halbkreis zu drehen, doch nach wenigen Sekunden blieb er liegen. Der Vogel blickte ihn an und fing wieder an zu zittern.

Er hielt es nicht aus. Die Hilflosigkeit. Den Schmerz.

Er blickte in den Himmel, bat um Vergebung, machte einen Schritt vorwärts und stieß heftig mit dem Fuß gegen den Schädel des Vogels. Sein Leiden endete sofort.

Tränen stiegen ihm in die Augen, und innerlich schrie er auf. Soweit er wusste, war das Tier unschuldig gewesen.

Er löste den Blick von dem toten Vogel und ging auf Tom zu, der nicht unschuldig gewesen war. Er würde schnell arbeiten müssen. Wenn jemand ihn vom Weg aus sah … in der Nähe knackte ein Zweig. Er hielt inne, erstarrte. Nur wenige Meter von ihm entfernt stand jemand. Seine Hand fuhr in die Gesäßtasche und legte sich auf das Messer.

»Hallo«, sagte er so unbefangen wie möglich, als er erkannte, wer es war.

»Hi, wie geht's«, antwortete Chris. Er wirkte verblüfft.

Schon zuvor hatte er Chris, den Eigentümer von *Luke's Diner*, zweimal im Wald gesehen. »Sie sind ja schrecklich früh auf den Beinen.«

Chris blickte sich um, sagte aber nichts.

Er wartete darauf, dass Chris Toms Leiche entdecken würde, die nur einen Meter entfernt lag, aber das passierte nicht. Er sah in die entgegengesetzte Richtung.

Er beäugte den Feldstecher, der um Chris' Hals baumelte. »Wofür ist das Fernglas?«

Chris wurde rot, doch er antwortete nicht.

»Keine Sorge. Ich erzähle niemandem, dass ich Sie hier draußen mit dem Ding da gesehen habe.«

Chris schloss die Augen.

Schweiß bildete sich an seinen Schläfen. Die einzige Möglichkeit, die ihm jetzt noch blieb, widerte ihn an. »Bist du einsam, Chris?«

Chris schlug die Augen wieder auf. Zuerst schien er protestieren zu wollen, doch auf einmal wirkte er resigniert. »Ich … ja, ich schätze, das bin ich. Aber ich bin kein Mörder. Ich war das nicht. Ich hab da nur ein kleines Problem. Seit Luke Anne gestorben ist … na ja …«

»Du guckst bei den Leuten in die Fenster, stimmt's? Seitdem deine Tochter gestorben ist, kannst du dich nicht mehr einfach so bedienen.«

Beunruhigt runzelte Chris die Stirn. »Ja, aber das ist auch alles. Mit den vermissten Mädchen habe ich nichts zu tun.«

»Verstehe. Weißt du, ich bin auch einsam.« Er umklammerte das Messer fester.

»Du?«

Chris betrachtete ihn. Erst jetzt schien er die Blutflecken auf seinen Armen wahrzunehmen.

Er zückte das Messer.

Chris machte Anstalten, davonzulaufen, aber er kam nicht weit.

Kapitel 60

ERICA FOLGTE GUITREAUX IN GROSSER ENTFERNUNG. GROSS genug, dass er glaubt, die Geräusche kämen aus der Natur, dachte sie. Aber nachdem sie ihm fünf Minuten gefolgt war, blieb der Detective plötzlich stehen.

Einen Moment verharrte er reglos. Ohne sich umzudrehen, rief er: »Kommen Sie, Agatha Christie. So allein passiert Ihnen hier draußen womöglich noch was. Begleiten Sie mich doch einfach.«

Erica spürte, dass sie rot wurde, als sie sich ihm näherte. Aber sie wusste, sie musste sein Spielchen mitspielen, um zu bekommen, was sie wollte: selbst miterleben, wie Ermittlungen vor sich gehen.

»Was machen Sie hier?«, fragte sie, als sie neben ihm ging und die Gurte ihres Rucksacks stramm zog.

»Na ja, ich wollte nicht, dass du dem FBI genauso viel erzählst wie mir. Kapiert?«

Erica nickte.

Guitreaux grinste. »Gut. Kennst du das Haus der Andersons?«

»Da gehen wir hin? Warum?«

Erica dachte an Rachel. Verdächtigte er sie, so, wie es die Mädchen in ihrer Klasse behauptet hatten? Oder Tom, ihren Ehemann? Rachel war seit Tagen nicht mehr nach Hause gekommen. Kurz nachdem Macs Pick-up die ganze Nacht vor ihrem Haus gestanden hatte, war sie weggefahren.

»Die Hausherrin hat ausgesagt, sie habe mehrmals jemanden in ihrem Garten gesehen. Und ihre Tochter hat jemanden im Wald in der Nähe des Hauses gesehen. Also habe ich das Grundstück beobachtet. Wenn jemand dort war, wird er wiederkommen.«

Erica erinnerte sich, wie sie eines Nachts selbst auf der Schaukel der Andersons gesessen und das Haus beobachtet hatte. »Was glauben Sie, wer könnte es sein?«

»Keine Ahnung. Schätze, da draußen läuft ein Killer herum. Meinst du nicht?«, fragte er. »Darum bist du mir doch gefolgt, stimmt's? Um zu sehen, wie ich Mörder zur Strecke bringe?«

Er schob einen tief hängenden Zweig aus dem Weg und bedeutete ihr mit einer Geste, vorauszugehen.

Mörder zur Strecke bringen? Bislang hatte niemand ihn irgendetwas zur Strecke bringen sehen.

»Haben Sie überhaupt schon mal jemanden gefasst?«, wollte sie wissen.

Guitreaux lachte. »Willst du mich auf den Arm nehmen? In den drei Monaten, die ich jetzt als Detective unterwegs bin, meinst du?«

»Stört es Sie nicht, dass alle Sie für einen schlechten Polizisten halten? Weil Sie einfach nicht herausfinden können, was mit Tiffany passiert ist?«

»Ach, Sweetie, das kratzt mich nicht. Außerdem habe ich nicht um den Job gebeten. Wirklich nicht. Er ist mir sozusagen in den Schoß gefallen.«

»Aber wollen Sie denn nicht wissen, was passiert ist?«

»Doch, natürlich will ich das. Unbedingt sogar. Aber wenn es außer ein paar Indizien keine Spuren gibt, die ich verfolgen könnte, was soll ich dann tun? Ich bin schon vielen falschen Spuren gefolgt. Jetzt bleibt mir nur noch, weiter herumzuschnüffeln, mit den Leuten zu reden und zu warten, bis ich über irgendetwas stolpere. Wenn es sich um Verbrechen handelt, wird es herauskommen. Solche Dinge bleiben nicht lange verborgen.«

»Glauben Sie, dass das FBI zuerst herausfinden wird, was aus Tiffany geworden ist?«

»Vielleicht. Hör mal, bin ich ein großartiger Detective? Verdammt, nein«, erwiderte er. »Das habe ich auch nie behauptet. Aber hätte ich herausgefunden, was mit der kleinen Perron passiert ist, wenn es irgendwelche Anzeichen für ein Verbrechen gäbe? Todsicher hätte ich das. Verdammt, dann hätte ich mehr Jungs aus Lafayette zur Verstärkung anfordern können. Aber das Geld dafür wächst eben nicht auf Bäumen, Sweetheart.«

»Also glauben Sie, dass Tiffany vielleicht einfach abgehauen ist?«

»Schon möglich. Aber ich bezweifle das. Und jetzt komm. Wenn du mich begleiten willst, dann sei still und halt mich nicht weiter auf.«

Erica folgte Guitreaux durch den Wald. Mehrmals blieb er stehen und schaute sich um. Auch Erica blickte sich um. Sie sah nichts Ungewöhnliches, hütete sich aber, ihm weitere Fragen zu stellen.

Sonnenstrahlen fielen durch das unendlich scheinende Netz von Ästen und warfen Schatten auf die entfernteren Bereiche des Waldes, als sie weitertrotteten. Heuschrecken summten laut, während sie das letzte Sonnenlicht des Tages in sich aufnahmen.

Als Erica einen kleinen Ast beiseiteschob, schoss eine schmale Wassermokassinotter über den Weg vor ihr und verschwand unter dem Laub. Erica zuckte zusammen, hielt jedoch weiterhin mit Guitreaux Schritt, der vor ihr ging.

Weniger als zweihundert Meter vom Haus der Andersons entfernt blieb Guitreaux erneut wie angewurzelt stehen. Erica wartete geduldig, denn inzwischen war ihr sein Verhaltensmuster vertraut. Sie wartete darauf, dass er weiterging, doch diesmal bückte er sich.

Er streckte eine Hand aus und berührte ein Blatt. Dann fuhr sein Kopf hoch, und er starrte direkt geradeaus auf eine hohe Eiche. Ericas Blick folgte seinem, und ihr stockte der Atem.

Blut. Überall klebte es an dem Baumstamm, und auch das umgebende Laubwerk war verfärbt. An manchen Stellen waren Spuren zu sehen, als hätte jemand etwas über den Boden geschleift. Ihr Blick wanderte einen halben Meter nach rechts. Sie sah zwei Beine und nackte Füße, deren Sohlen blutig waren.

Guitreaux bekreuzigte sich und flüsterte: »Allmächtiger, sieh nur, was wir hier haben. Eine Spur.«

Kapitel 61

SIE WÜRDEN IHM AUF DIE SPUR KOMMEN, IHN ERLEDIGEN. BALD. Fast einen Kilometer weit hatte er Chris' Leichnam durch den Wald geschleift. Es war der reinste Horror. Nach dem bisschen, was er von ihm wusste, war Chris ein netter Kerl gewesen, einer, der keiner Fliege etwas zuleide tun konnte.

Ihn zu töten war absolut nicht geplant gewesen. Es war eine Sünde, dieselbe Art von Sünde, die er begangen hatte, wenn er als kleiner Junge für seine Mutter getötet hatte. Sinnloser, brutaler Mord war kein Teil seiner Seele, so dunkel und verdreht sie auch sein mochte.

Er fragte sich, wie seine Mutter es fertiggebracht hatte, es immer wieder zu tun. Er wusste ganz genau, dass der Mann in jener Nacht damals nicht ihr erster gewesen war – und auch nicht der letzte.

Schnell stülpte er Chris einen Grassack über und achtete darauf, ihm nicht in die Augen zu sehen. Er watete ins Wasser. Als er ein paar Meter weit gekommen war, ließ er los.

Chris' Leiche verschwand augenblicklich.

Zurück an Land, blickte er in den Himmel hinauf. Blut bedeckte seine Kleidung und seine Haut, und Tränen liefen ihm über die Wangen. »Bitte … ich musste es tun«, sagte er, flehte den Gott an, vor dem er sich so fürchtete.

Er wusste, dass er sich dem Ende näherte, und das machte ihm genauso viel Angst, wie ihm früher seine Mutter eingejagt hatte.

»Vergib mir. Bitte«, betete er weiter. »Ich … ich hatte keine Wahl.«

Die Sonne ging unter, und der Himmel nahm ein strahlendes, friedvolles Blau an. Doch in ihm braute sich ein Sturm zusammen, einer, der niemals nachlassen würde.

Es war der Sturm.

Der, der ihn schließlich erledigen würde.

***

Stundenlang streifte er in der Nähe des Hauses seiner Mutter durch den Wald, wie gelähmt vor Angst. Er brachte es nicht über sich, noch einmal zu Toms Leiche zurückzugehen und sie verschwinden zu lassen. Es war zu gefährlich. Er war sich fast sicher, dass man ihn bereits gefunden hatte. Noch immer durchkämmten die Leute den Wald nach Sarah Greene.

Er starrte auf das Blut, das seine Kleidung befleckte. Mit dem Wasser aus dem Teich hatte er nicht viel dagegen ausrichten können.

Zitternd ging er auf das Haus zu. Hatte er das Licht angelassen? Oder waren sie schon da? Waren sie gekommen, um ihn zu holen? Allie konnte nicht zu Hause ein, oder? Nein. Sie würde sich irgendwo herumtreiben, sich mit irgendwelchen Lkw-Fahrern der Sünde hingeben. Ihren Kunden. Ein fleißiges Mädchen, das war sie, wirklich.

Die FBI-Agenten arbeiteten viel gründlicher als der Detective, und sie schienen direkt in sein Inneres blicken zu können. Am Nachmittag schon waren sie bei ihm zu Hause vorbeigekommen. Seine Mutter hatte in seinem Kopf geschrien, und er hätte schwören können, dass seine Besucher sie gehört und die Angst in seinen Augen gesehen hatten. Schweiß hatte sich auf seinem Rücken gebildet, und während der Befragung hatte er mehrmals den Drang verspürt, einfach wegzulaufen. Dennoch war er geblieben, und als sie fertig waren, standen sie auf und gingen.

Doch er war überzeugt, dass sie inzwischen eins und eins zusammengezählt hatten.

Widerstrebend betrat er das Haus durch die Hintertür. Allie stand vor dem Ofen und drehte ihm den Rücken zu. Sie trug ein bauchfreies violettes Shirt und einen kurzen Jeansrock.

Sein Herz hämmerte, und er fragte sich, ob er an ihr vorbeikommen würde, ohne dass sie ihn sah. Doch als er vorsichtig zwei Schritte in die Küche gesetzt hatte, wirbelte sie herum und hielt ihm drohend den Pfannenwender entgegen, als wäre er ein Messer. »Du hast mir solche Angst gemacht, dass ich mir fast in die Hose gepinkelt hätte!«, schrie sie ihn an. Sie drehte sich wieder um und rührte in dem Zeug, das in der Pfanne brutzelte. »Scheiße«, murmelte sie.

Er betrachtete ihren Rücken und wusste, dass sie sofort begreifen würde, was er getan hatte. Die feuchten Klamotten, die Blutflecken – sie würde die richtigen Schlüsse ziehen und loslaufen, um Hilfe zu holen. Es würde ihr gefallen, diejenige zu sein, die ihn verriet. Sie würde es genießen, zu sehen, wie er abgeführt wurde. Sein Herz pochte so heftig in der Brust, dass es sich anfühlte, als würde es gegen die Rippen schlagen.

»Ich mache gerade Sloppy Joes«, verkündete sie. Er konnte ihr Profil sehen. Ein Grinsen hatte sich auf ihrem schmalen Gesicht ausgebreitet. »Genug für uns beide. Willst du auch? Es ist sozusagen ein Geschenk für dich, weil du mir auch was geschenkt hast. Ich meine, ich bin zwar keine berühmte Fernsehköchin oder so, aber du solltest wenigstens mal probieren. Ich habe die Sauce süß gemacht.«

Als sie die Tomatensauce von dem Pfannenheber leckte, blickte sie ihn erneut an. Ausgiebig betrachtete sie ihn von Kopf bis Fuß. »Ach, du Scheiße. Was ist denn mit dir passiert?«

Weil er nicht wusste, was er antworten sollte, stand er einfach nur da. Er wusste, dass er sich eigentlich bewegen sollte, aber er konnte nicht.

»Hat's dir die Sprache verschlagen?«, fragte sie.

Neben ihr raschelte etwas. Sie blickte zu Boden, und er folgte ihrem Blick. Ian tauchte hinter dem Tresen auf und schlang seinen verfilzten Schwanz um ihre nuttigen Schuhe mit den Plateausohlen.

»Was zum Teufel ...«, keuchte er.

»Er mag mich.« Allie strahlte. »Ich hab ihm die saure Milch aus dem Kühlschrank gegeben. Er mag sogar Bier.« Ian starrte ihn an, in seinen Augen lag ein mörderischer Blick.

»Wie ... wie lange fütterst du ihn schon?«, fragte er mit bebender Stimme.

»Zwei Monate vielleicht? Er ist so dünn, er hat mir echt leidgetan. Zu blöd, dass wir meistens nur Bier und kalte Mitnehmgerichte haben. Das kann eigentlich nicht gut für ihn sein.«

Er tastete in seiner Hosentasche herum, zog den Stein heraus und rieb ihn heftig.

Ian blickte ihm noch tiefer in die Augen und miaute.

Er verspürte den Drang, das Vieh zu packen und ihm den Hals umzudrehen. Sah sie denn nicht, dass dieser Kater böse ist?

»Er braucht ein Bad. Weißt du, wie man eine Katze badet?«, fragte sie.

Er hatte Ian genährt, wie er seine Schwester genährt hatte, hatte ihn auch an dem Abend gefüttert, als er die Lebensmittel und das Kaugummi mitgebracht hatte, das dafür sorgen sollte, dass sie keine Zigaretten mehr rauchen wollte.

»Ich habe dich etwas gefragt. Weißt du, wie man eine Katze badet?«

Er verschränkte die Hände hinter dem Kopf, um nicht einfach auszuholen und den Kater oder Allie zu verletzen – sie wirklich zu verletzen.

»Warum antwortest du mir nicht?«

»Ja, bade ihn ruhig, wenn du willst, dass er dir die Augen auskratzt.«

Sie verzog das Gesicht und fing wieder an, das Essen auf dem Herd umzurühren. Auf einmal wirkte sie nachdenklich. »Warum hast du Bücher über Ted Bundy in deinem Zimmer, diesen Serienmörder? Macht dir das keine Angst? Und diese Magazine mit den nackten Mädchen. Die Pornos. Das ist echt ordinär, dass du so viele davon hast. Aber weißt du, was mich total wahnsinnig macht? Dass du sie zerfetzt. Warum tust du das?«

Blitze zuckten in seinem Kopf. Er lehnte sich an die Theke.

Beunruhigt musterte Allie ihn. »Alles in Ordnung?«

Er tat sein Bestes, um seine Lunge mit Luft zu füllen … sich zu beruhigen. Als er aufblickte, sah er, dass sie wütend war.

»Was stimmt eigentlich nicht mit dir?«, zischte sie. »Ich wollte mich heute Abend mit dir vertragen! Hör auf, dich so komisch zu benehmen, damit wir ausnahmsweise einmal miteinander auskommen.«

Die Luft kam in dünnen Strömen, aber er brauchte mehr. Der Raum fing an, sich zu drehen, und er umklammerte den Küchentresen fester.

»Du kommst hier rein und siehst aus wie ein Irrer«, sagte sie und deutete auf sein Hemd. »Und was ist das überhaupt, was du da überall auf dem Hemd hast? Wenn ich mich nicht irre, ist das doch Blut von irgendjemandem.«

»Es IST Blut von jemandem«, dachte er. »Ich habe einen schrecklichen Fehler gemacht.«

»Ich versuche, über all das hinwegzusehen und deine Freundin zu sein, weil ich weiß, dass du eine brauchst, aber du redest nicht einmal mit mir!«, schnauzte sie ihn an. Sie hatte Tränen in den Augen. »Deine Scheißkatze interessiert dich mehr als ich!«

Sie griff nach Ian und packte ihn fest um den Bauch. Dann riss sie die Gittertür auf und warf ihn in die Finsternis hinaus.

Als sie sich wieder umdrehte, war ihr Bruder verschwunden.

Kapitel 62

AM NÄCHSTEN MORGEN VERBRACHTE HALEY EINE STUNDE BEI Mrs Perron. Die beiden unterhielten sich draußen auf der Veranda, während Handwerker sich im Haus zu schaffen machten, um das Wohnzimmer zu vergrößern. Haley fragte sich, warum die Perrons anbauten, obwohl sie nur noch zu zweit in diesem Haus wohnten, und sie nahm an, dass Mrs Perron sich einfach eine Beschäftigung gesucht hatte.

Im Gegensatz zu ihrer eigenen Mutter, die mit ihrem Leben zurechtkam, indem sie sich mit Schlaftabletten betäubte, überlebte Mrs Perron, indem sie putzte und ständig beschäftigt war. Sie verlegte neue Böden in ihrem zweistöckigen Haus, tapezierte die meisten Wände neu und ließ das Dach neu decken. Nun bezahlte sie für einen Anbau. Tiffanys Zimmer war offenbar der einzige Teil des Hauses, in dem nichts verändert worden war.

»Sei vorsichtig da draußen«, mahnte Mrs Perron, als sie sich verabschiedeten. »Er ist hinter den Hübschen her.«

***

Als Haley nach Hause kam, machte sie am Briefkasten halt. Sie sah, dass er leer war, und blieb einen Moment stehen, schloss die Augen und legte eine Hand auf das warme Metall. Sie war müde, sehr müde. Aber zum ersten Mal seit langer Zeit war sie auch entschlossen. Und das fühlte sich gut an.

»Wo warst du?«, rief eine Stimme.

Haley öffnete die Augen und schirmte sie mit der Hand gegen die Sonne ab. Ihre Mutter stand unter dem Carport, neben ihr Sasha, in ein Badetuch gewickelt.

»Bei den Perrons«, antwortete Haley und ging auf sie zu.

»Wo ist Becky?«, wollte ihre Mutter wissen.

»Keine Ahnung. Warum?«

Sasha kam aus dem Carport auf sie zugerannt. Auf der mit Beton gepflasterten Auffahrt fiel sein Handtuch zu Boden.

»Hay-wee! Ich bin im Wasser gefallen und hab ein Gator gesehen!«

»Was hast du gesehen?«, fragte Haley und bedachte ihre Mutter mit einem vorwurfsvollen Blick. »Er ist in den Bayou gefallen?«

»Ja, er hätte ertrinken können. Ich habe ihn an der flachen Stelle beim Anleger gefunden«, berichtete Mrs Landry. »Aber was wäre gewesen, wenn er vom Steg gefallen wäre?«

Haleys Puls beschleunigte sich.

»Ja, ja, hab ein Gator gesehen! Der hatte scharfe Zähne. Hat mich fast gekriegt, aber Missus Landry is aus den Bett gekommen und hat mich gerettet.«

Der kleine Junge mit den nassen Haaren umarmte Haley. Er hatte keine Ahnung vom Ausmaß des Geschehens, wusste nicht, was hätte passieren können. Haley wurde flau im Magen.

»Wenn dein Vater mich nicht geweckt und mir gesagt hätte, dass er da draußen ist …«, setzte ihre Mutter an, verstummte dann und umarmte sich selbst.

Haleys Gesicht begann zu brennen. Die Worte ihrer Mutter überhörte sie einfach. Sie würde nicht über Geister, Tod und Vergangenheit mit ihr sprechen. Sie mussten wieder in der Gegenwart leben, endgültig. Sie hatte diese Entscheidung schon vor einiger Zeit getroffen, und dabei würde es bleiben, egal, was irgendwer sonst zu tun beschloss.

»Das ist deine Schuld!«, brüllte Haley. »Becky ist fünfzehn, Mom. Fünfzehn! Wenn du nicht auf sie aufpasst, tut es niemand sonst. Was muss noch passieren, damit du endlich wieder zur Vernunft kommst? Muss Sasha noch mal in den Bayou fallen und wirklich ertrinken?«

Der kleine Junge löste sich von ihr und machte ein paar Schritte rückwärts. Mit geweiteten Augen starrte er Haley an.

Haleys Stimme wurde lauter. »Oder vielleicht muss Becky erst von irgendeinem Verrückten aufgegriffen werden, wenn sie mal wieder bei Fremden mitfährt? Oder dem Wahnsinnigen begegnen, der Tiffany entführt hat? Muss erst einer von uns sterben, so wie Daddy gestorben ist? Offenbar muss wirklich erst so etwas passieren, damit du endlich wieder auf uns achtgibst.«

Entgeistert starrte ihre Mutter sie an. »Oh Gott! Ich … ich bin … eine schreckliche Mutter.«

Haley hatte nicht schreien wollen, doch sie bedauerte nicht, dass sie es getan hatte. Monatelang angestaute Verletztheit und Enttäuschung hatten sich Bahn gebrochen.

Sie sah eine Eidechse, die die Fassade des Hauses erklomm, und Tränen stiegen ihr in die Augen. »Ja, du bist schrecklich. Becky ist leicht zu beeinflussen, und sie braucht dich. Wir brauchen dich beide. Das muss aufhören, denn so richtest du sie zugrunde.«

Ihre Mutter blickte in die Ferne.

»Daddy ist vor fast einem Jahr gestorben«, fügte sie hinzu. »Aber wir sind noch hier. Wir sind noch hier, und Becky braucht dich. Sei für uns da. Sei endlich wieder für uns da. Denn wenn nicht, wirst du es bereuen. Wir alle werden es bereuen. Dann hast du nicht nur ihn verloren, sondern du verlierst auch uns. Wir werden dich hassen, und dann hast du niemanden mehr.«

Mit Tränen in den Augen nickte Mrs Landry. Aber zum ersten Mal seit dem Unfall öffnete sie die Augen. Öffnete sie wirklich.

Kapitel 63

ERICA KAM ZUR HAUSTÜR HEREINGESTÜRMT UND MUSSTE sofort niesen.

Im Wohnzimmer traf sie Pamela an. Sie trug eine Jeanslatzhose und hielt einen Malerpinsel in der Hand. »Ach, Mist! Das sollte doch eine Überraschung werden!«

Überall lagen Klebestreifen herum, und die ehemals weißen Wände des Wohnzimmers waren nun in einem kühlen Dunkelblau gestrichen.

»Weiß mein Vater, dass du hier die Wände anstreichst?«

Pamelas Lächeln wurde breiter. »Nein, er ist noch bei der Arbeit. Für ihn ist es auch eine Überraschung. Sieht es nicht toll aus?«

In gewisser Weise hatte sie recht. Es war der Stil, von dem Pamela glaubte, dass er in vielen Wohnungen in New York City prahlerisch zur Schau gestellt wurde. Zeitgemäßer. Lässiger. Gemütlicher irgendwie. Erica dachte, dass ihre Mutter vermutlich gesagt hätte, die Farbe verleihe dem Zimmer mehr Charakter.

Sie zuckte mit den Schultern. »Ist okay.«

»Du hast doch nichts dagegen, oder? Ich wollte eigentlich mit dir reden, aber du warst ja kaum zu Hause. Und da habe ich mir gedacht, ich überrasche dich einfach.«

Nein, sie hatte nichts dagegen. Es hätte sie auch nicht gestört, wenn Pamela die Wohnzimmerwände schwarz angestrichen hätte. Das Haus gehörte ihrem Vater, nicht ihr.

Außerdem musste sie über viel wichtigere Dinge nachdenken als über Pamela und ihre alberne Renovierung.

Durch den Farbdunst hindurch roch Erica Pamelas Parfüm. Es war neu und roch besser als das alte. Sie hatte auch die Bücher bemerkt, die sie überall im Haus verteilt hatte. Es waren Liebesromane darunter, aber die meisten waren Sachbücher. Den Titeln nach zu urteilen, wollte Pamela lernen, noch mehr internationale Gerichte zu kochen, und sie schien von Selbsthilfethemen fasziniert zu sein. Offenbar lernte sie gern dazu.

»Irgendwas Neues über das vermisste Mädchen?«

Das Bild des toten Mannes blitzte vor Ericas geistigem Auge auf. Sie erschauerte. Er war brutal verprügelt und bis zur Unkenntlichkeit entstellt worden, große Stücke seines Fleisches hatten an einem Baum in der Nähe geklebt. Er trug nur einen Bademantel, sodass es nichts gab, anhand dessen sie ihn hätten identifizieren können. Seitdem sie den Toten entdeckt hatten, hörten Ericas Gedanken nicht auf, sich zu überschlagen.

Aus irgendeinem unverständlichen Grund verspürte sie den Wunsch, Pamela zu erzählen, was sie und Guitreaux entdeckt hatten, wäre am liebsten einfach damit herausgeplatzt. Aber sie tat es nicht.

»Nicht dass ich wüsste«, antwortete sie und steuerte dann auf den Flur zu.

»Erica?«

Erica drehte sich um. »Was ist?«

»Gehst du noch mal raus?«

Erica runzelte die Stirn. Sie war dieser Frau keine Antwort schuldig.

»Wenn du rausgehst, möchte ich, dass du sehr vorsichtig bist. Diese Mädchen sind nicht einfach weggerannt«, sagte sie und schüttelte den Kopf. »Nein, sie sind jemandem begegnet, der böse ist. Ich spüre solche Dinge. Ich habe sie schon als

kleines Mädchen gespürt. Und ich habe mich noch nie geirrt.«
Pamela seufzte. »Man wird sie finden … und zwar sehr bald. Und nicht nur die beiden. Da sind noch mehr.«

Kapitel 64

RACHEL ÖFFNETE DIE HAUSTÜR UND TRAT EIN. IM HAUS ROCH ES wie immer, doch sie wusste, dass ihr Leben nie wieder so sein würde wie vorher.

Die vier Nächte bei ihrer Mutter waren heilsam gewesen. Ihre Mutter hatte verständnisvoll zugehört, als Rachel sie über ihr Leben ins Bild setzte. Es war das erste Mal seit beinahe einem Jahr, dass sie das Gefühl hatte, ehrlich über ihre Eheprobleme sprechen zu können, und als sie einmal damit angefangen hatte, strömte alles aus ihr heraus. Als sie fertig war, nahm ihre Mutter sie in den Arm. Sie sagte, sie und die Kinder seien ihr nicht nur willkommen, sondern sie verlange sogar, dass sie bei ihr blieben, bis Rachel eine Stelle als Lehrerin gefunden habe und wieder auf eigenen Beinen stehen könne.

Es war seltsam, doch Kelsey war in diesen Tagen in Phoenix viel zugänglicher geworden. Rachel wusste, dass sie Pluspunkte bei ihr gesammelt hatte, weil sie sich endlich der Wahrheit über sich selbst und Tom stellte. Der kleine Tommy hingegen war wütend und wollte zurück nach Hause. Er hasste Phoenix, und er vermisste seinen Vater. Rachel versicherte ihm, dass sich zu gegebener Zeit alles regeln würde. Vorerst jedoch musste sie allein nach Louisiana zurückkehren und ihre Angelegenheiten in Ordnung bringen.

In der Diele angekommen, rief sie nach Tom, doch er antwortete nicht. Ohne ihre Sachen abzustellen, stieg sie die

Treppe hinauf, um ihm von ihren Plänen zu erzählen. Seine Schlüssel und das Portemonnaie lagen auf dem Schreibtisch im Schlafzimmer, doch ihr Mann war nirgendwo zu sehen.

»Tom?«, rief sie.

Nichts.

Sie schaute im Bad nach und in den Kinderzimmern. Keine Spur von Tom.

Sie war verwirrt. Das Auto war da, seine Schlüssel und auch sein Portemonnaie. Vielleicht war er im Wohnzimmer und hatte sie nicht gehört.

Sie stieg die Treppe wieder hinunter. Als sie das Wohnzimmer betrat, schlug sie die Hand vor den Mund. Eines der großen Fenster war zerborsten, und überall lag Glas.

Sie eilte zum Telefon und wählte die Nummer des Detective. Es meldete sich die Mailbox. Sie versuchte es beim Sheriff. Wieder die Mailbox. Als sie die Notrufnummer wählen wollte, klopfte es an der Tür.

Sie rannte hinunter in die Diele, aber als sie die Tür öffnete, war niemand zu sehen. Auf der Verandatreppe lag ein Umschlag. Sie starrte eine Weile darauf, eine bange Vorahnung stieg tief aus ihrem Inneren in ihr hoch. Dann bückte sie sich und hob den Brief auf. Neben dem Haus krächzte eine Krähe. Rachel blickte kurz hin und richtete ihre Aufmerksamkeit dann wieder auf den Umschlag. Sie öffnete ihn und faltete den Zettel auseinander, der darin lag:

Dein Mann wird Dir nie wieder wehtun.

***

Innerhalb von Sekunden nach ihrem Anruf tauchte Detective Guitreaux bei Rachel Anderson auf. Irgendwie ging es fast ein bisschen zu schnell.

Sie standen in der Küche. »Und Sie wissen nicht, wer Ihnen das auf die Veranda gelegt hat?«, fragte er.

Zum ersten Mal, seit sie ihn kannte, wirkte er nicht mehr ruhig und kühl. Tatsächlich sah er sogar aufgelöst aus. Das Hemd war ihm aus der Hose gerutscht, die Ärmel hatte er eilig hochgekrempelt. Sein dichtes Haar war zerzaust, als sei er immer wieder mit den Fingern hindurchgefahren.

»Nein. Ich bin zur Tür gegangen, aber es war niemand dort.« Wellen von Übelkeit überfluteten ihren Magen. Hat jemand Tom etwas angetan?

»Und Sie haben keine Ahnung, was mit diesem Fenster passiert ist? Oder wo Ihr Mann steckt?«

Sie schüttelte den Kopf und blickte auf die Fensterbank. Ihre Sonnenblumen waren welk, die Blätter vertrocknet. Tom hatte sich nicht um sie gekümmert. Seit langer Zeit schon hatte er sich um nichts mehr gekümmert. Dennoch verdiente er nicht, dass ihm jemand wehtat.

»Und Sie sind gerade aus Arizona zurück?«

»Ja, aus Phoenix.«

»Richtig, Phoenix. Und Sie haben nichts vom FBI gehört?«

Rachel runzelte die Stirn. »Vom FBI? Warum sollte ich etwas vom FBI hören?«

»Kennen Sie einen Chris Guidry?«, fragte Guitreaux.

Rachel war verwirrt. »Ist das nicht der Inhaber von *Luke's Diner*?«

Der Detective nickte.

»Ja, dann weiß ich, wer das ist.«

»Und eine Sarah Greene?«

Rachels Augen wurden schmal. Natürlich kannte sie Sarah. Sie hatte sie schon als Baby gekannt. »Ja. Warum fragen Sie?«

»Soll das heißen, Sie wissen nicht, dass sie vermisst wird? Und Chris Guidry auch?«

Das Herz schlug ihr bis zum Hals. »Vermisst? Oh, mein Gott.«

»Machen Sie nicht so ein erstauntes Gesicht. Das steht Ihnen nicht.«

Aber sie war überrascht. Sie hatte Sarah immer sehr gemocht. Und ganz sicher wollte sie nicht hören, dass Chris … oder überhaupt irgendjemand … in Gefahr war.

Was ist hier los?

»Und als Nächstes erzählen Sie mir vermutlich, Sie hätten keine Ahnung davon gehabt, dass Tom und Sarah Greene eine Affäre miteinander hatten?«

Ihre Gedanken überschlugen sich. »Eine Aff…?«

Angewidert schüttelte Guitreaux den Kopf.

Rachel fühlte sich, als hätte ein Bus sie angefahren.

»Ihr Mann scheint nicht gut allein sein zu können«, sagte er. »Eigentlich müssten Sie sehr wütend auf ihn sein. Und vielleicht auch auf die Mädchen, mit denen er gesündigt hat.«

Ihre Stimme war nur ein Krächzen. »Na und? Wären Sie das etwa nicht?«

»Oh, natürlich wäre ich das. Jeder, der noch ganz bei Trost ist, wäre stinksauer. Verdammt, vielleicht hätte ich sogar Mordgedanken. Schließlich sind wir alle nur Menschen. Hab ich recht?«

Rachel schoss das Blut in die Wangen. Sie war vollkommen erschöpft, aber sie musste jetzt Haltung bewahren. Mit dem Schock und dem Schmerz würde sie sich später auseinandersetzen.

»Was Sie da sagen, gefällt mir nicht, Detective, und auch nicht, wie Sie es sagen. Ich habe weder Tom noch diesem Mädchen etwas getan. Allmählich glaube ich, dass ich einen Anwalt zurate ziehen sollte.«

»Zwei der Geliebten Ihres Mannes sind verschwunden, Ma'am. Nicht nur eine. Zwei. Und das hier ist keine große

Stadt wie Washington, DC, Cher. Das hier ist Grand Trespass.«

Geliebte. Toms Geliebte.

»Und inzwischen liegt ein Toter im Leichenschauhaus«, fügte er hinzu. »Bald werden wir ihn identifiziert haben.«

»Ein Toter? Wer denn? Eins der Mädchen?«

Guitreaux blickte ihr tief in die Augen, als versuchte er in ihnen zu lesen.

Es machte Rachel wütend. Sie atmete tief durch. »Wollen Sie mich etwa verhaften?«

»Nein … noch nicht.«

»Dann verschwinden Sie, verdammt noch mal, aus meinem Haus. Jetzt. Ich habe keine Zeit für Ihre Spielchen, Detective. Ich muss meinen Mann finden.«

Guitreaux öffnete den Mund, um etwas zu sagen, doch sein Handy klingelte.

Er nahm das Gespräch an. »Einen Moment, Sheriff.« Er bedeckte das Mikro mit der Hand und sagte: »Ihr Wunsch scheint vorerst in Erfüllung zu gehen. Ich verschwinde jetzt. Aber rühren Sie sich lieber nicht vom Fleck. Ich komme nämlich sehr bald wieder.«

Kapitel 65

RUCKARTIG ÖFFNETE ERICA DIE HAND, UND DIE FRUCHT FIEL AUF die feuchte Erde und zerplatzte. Der faule Geschmack, das widerliche Aroma der langsam sterbenden Tomate, quälte ihre Geschmacksknospen. Sie spuckte zweimal aus, um den scheußlichen Geschmack loszuwerden, dann beendete sie schnell die Seite, an der sie gerade schrieb.

Wenige Minuten später schlug sie das Notizbuch zu und betrachtete grinsend den Einband. *Lächle niemals einen Fremden an* von Erica Duvall: *Eine Erzählung über die Geschehnisse dieses Sommers in Grand Trespass*. Natürlich war sie längst noch nicht fertig. Aber mit den Informationen, die sie bisher gesammelt hatte, der Entdeckung der Leiche und Guitreaux' Gefühl, dass sie der Schlüssel zur Identität des Mörders sein würde, war sie wahrscheinlich schon ein großes Stück weitergekommen.

Sie spähte auf den Friedhof hinaus. Chris war heute Morgen nicht erschienen, um *Luke's Diner* aufzuschließen. Keine Anrufe, keine Nachrichten. Es war das erste Mal in den drei Jahren, die sie für ihn arbeitete, und auch das erste Mal, dass das Diner einen ganzen Tag lang geschlossen blieb.

Konnte Chris etwas mit den Vermisstenfällen zu tun haben? Konnte er derjenige gewesen sein, der den Kopf des Mannes zu blutigem Brei geschlagen hatte?

Nein, sie konnte sich einfach nicht vorstellen, dass er irgendjemandem wehtat. Er war nicht der Typ dafür. Aber es gab auch keinen speziellen Typ Mensch, der mordet, nicht wahr? Sie war sich ziemlich sicher, dass aus den richtigen Gründen fast jeder dazu in der Lage ist.

Noch einmal spuckte sie aus und hoffte, endgültig die widerwärtigen Überreste der Tomate loszuwerden. Und da passierte es. Zwanzig Meter von der Lichtung und nur hundert Meter von der Harper's Road entfernt bewegte sich etwas. Sie ging in die Hocke und spähte in den Wald.

Und dann sah sie ihn. Ein Mann mit einer schwarzen Sturmhaube kam auf sie zugestolpert. Während er näher kam, stieß er einen so markerschütternden Schrei aus, dass sie am liebsten selbst laut aufgeschrien hätte.

Es war er.

Erschrocken zog sie sich in den Schatten zurück, lehnte sich mit dem Rücken an eine riesige Eiche. Der schlechte Geschmack in ihrem Mund war vergessen. Als er sich näherte, rollte sie sich zusammen, versuchte sich so klein wie möglich zu machen.

Ihr Herz schlug so heftig, dass sie Angst hatte, er würde es hören.

Er murmelte etwas vor sich hin, zog sich die Maske vom Kopf und atmete mehrmals schwer.

Obwohl sie sein Gesicht nur im Profil sehen konnte, wusste sie genau, wer er war. Haleys Worte hallten in ihrem Kopf wider: »Ich glaube, du kannst niemanden wirklich kennenlernen, wenn derjenige es nicht will. Jeder hat Geheimnisse.«

Er stolperte vorwärts, auf sie zu. Gleich würde er bei ihr sein.

Erica atmete tief ein und machte sich bereit loszurennen.

Plötzlich kreuzten sich ihre Blicke. Er riss die Augen auf und blieb wie erstarrt stehen.

Mit hämmerndem Herzen versuchte sie davonzurennen ... und stellte entsetzt fest, dass sie sich nicht bewegen konnte.

Auch sie war erstarrt.

Kapitel 66

HALEY HATTE DIE KÜCHENTHEKE ABGEWISCHT. IM HAUS WAR ES still, beinahe zu still. Sie ließ den Lappen in die Spüle fallen und ging zum Zimmer ihrer Schwester. Sie klopfte, und gleich darauf hörte sie, dass geflüstert wurde. »Was?«, rief eine verärgerte Stimme hinter der Tür.

»Ich mache jetzt Abendessen. Bist du sicher, dass du nichts essen willst?«

»Ich hab keinen Hunger!«, rief Becky.

Erneut wurde geflüstert. Dann hörte Haley unterdrücktes Gekicher.

Ohne Licht im Haus anzumachen, ging Haley in ihr eigenes Zimmer. Becky hatte zwei Decken an den Holzbalken befestigt, um ihre Zimmer voneinander zu trennen, doch dazwischen gab es eine Lücke. Haley spähte hindurch.

Außer Becky befand sich auch Seacrest in dem Zimmer und außerdem zwei Jungen, die Haley noch nie gesehen hatte. Eine halb leere Flasche Southern Comfort und eine leere Zweiliterflasche Coke standen auf Beckys Kommode.

Seacrests Oberkörper war nackt.

»Wahrheit oder Pflicht«, sagte einer der Jungen.

Beckys Stimme zitterte. »Ähm … Pflicht.«

»Dann verpflichte ich dich, ebenfalls dein Shirt auszuziehen.«

Seacrest lachte. »Ist das dein Ernst? Was willst du denn sehen? Speckrollen?«

Haley stockte der Atem.

»Es ist ziemlich scheiße von dir, so etwas zu sagen«, versetzte der Junge.

»Aber es stimmt«, erwiderte Seacrest herausfordernd. »Und überhaupt, warum willst du Beckys Möpse sehen? Im Grunde hat sie doch noch gar keine.«

Seacrest drehte sich zu der provisorischen Wand. Haley hatte das Gefühl, als starrte das Mädchen ihr direkt in die Augen. »Es macht mir immer noch Angst, dass deine Schwester vielleicht da drin ist und uns beobachtet«, sagte sie. »Die ist irre genug, um so was zu tun.«

Als Haley das Mädchen genauer betrachtete, entdeckte sie etwas. Sie keuchte auf und schlug die Hände vors Gesicht. »Oh, mein Gott«, flüsterte sie.

Mit pochendem Herzen sprang sie aus dem Bett und rannte zur Tür ihrer Schwester. Sie versuchte die Tür zu öffnen, aber sie war abgeschlossen. »Becky! Becky, lass mich rein!«

»Haley, warte!«, rief Becky.

Als sie endlich die Tür öffnete, stand das Fenster offen, und die Jungen waren verschwunden. Im Zimmer roch es nach verschüttetem Alkohol. Seacrest stand am Fußende von Beckys Bett und zog ihr Top zurecht.

Haley deutete auf Seacrest. »Zeig mir, was du da um den Hals trägst.«

Ihr dunkles Haar war zerzaust, und sie starrte Haley durchdringend an. »Verzeihung?«

»Zeig's mir. Zeig mir, was du da um den Hals trägst!«, rief Haley.

Mit offenem Mund starrte Becky sie an. »Haley? Alles in Ordnung mit dir?«

Seacrest legte eine Hand an ihren Hals, betastete ihn und schien geradezu überrascht zu sein, als sie schließlich die Kette berührte. Sie zog den herzförmigen Anhänger unter ihrem Top hervor. »Das hier?«

Haley riss dem Mädchen die Kette vom Hals.

»Was zum Teufel stimmt nicht mit …«, protestierte Seacrest.

Haley drehte den Anhänger um und sah das eingravierte *TP*. Sie hielt dem Mädchen die Kette vor das Gesicht. »Woher hast du das?«, zischte sie wütend.

Seacrest wich einen Schritt zurück, und in ihren Augen stand Angst. »Warum? Was ist denn damit?«

»Woher hast du das?!«, brüllte Haley und trat einen Schritt auf das jüngere Mädchen zu.

»Ich … ich hab's gefunden. Na und?«

»Wo?«

Ein lautes, heiseres Ächzen erklang in einem anderen Teil des Hauses. Wrigley jaulte.

Seacrests Unterlippe zitterte. »Ich … ich hab's gefunden, okay?«

»Diese Kette gehört doch Tiffany! Sie hat sie getragen, als …«

Füße tappten über das Parkett. »Was ist denn los?«, fragte Mrs Landry, als sie die fassungslose Seacrest erblickte. Sie betrat das Zimmer.

»Mom, Seacrest hat Tiffanys Kette getragen!«, rief Haley aus.

Mrs Landry wirkte verwirrt.

»Sie hat Tiffanys Kette getragen! Die, die du ihr gekauft hast. Verstehst du denn nicht? Tiffany hat sie getragen, bevor sie verschwunden ist!«

Langsam – zu langsam – schien ihre Mutter in ihrem Kopf die Puzzleteile zusammenzusetzen.

Haley drehte sich gerade rechtzeitig zu Seacrest um, um zu sehen, wie sie aus dem Fenster zu klettern versuchte. Sie verlor das Gleichgewicht, prallte mit der Stirn gegen die Scheibe und stieß einen spitzen Schrei aus.

Quer durch das Zimmer schoss Haley auf sie zu.

Aber das Mädchen war verschwunden.

Kapitel 67

DONNER GROLLTE AM HIMMEL, ALS ER DIE SZENE VOR SEINEM geistigen Auge noch einmal ablaufen ließ. Für den Bruchteil einer Sekunde hatte sein Engel auf seine Nachricht geblickt, dann war sie vor seinen Augen in sich zusammengefallen. Als er ihren Schmerz sah, wuchs sein Entsetzen, doch was ihn noch stärker verletzte – was er kaum ertragen konnte –, war die Erkenntnis, dass er sie niemals wiedersehen würde.

Auf dem Weg zurück zum Haus hatte er eine Panikattacke bekommen, die so intensiv war, dass er geglaubt hatte, ersticken zu müssen. Und mitten in der Attacke hatte er Erica Duvall gesehen, die im Wald hockte. Sie hatte ihn auch gesehen, aber das beunruhigte ihn nicht weiter.

Sie konnte ihm nichts mehr anhaben.

Zu Hause ging er in sein Zimmer und zog eine weitere Notiz unter seiner Matratze hervor. Dann, in der Küche, konzentrierte er sich darauf, seine Hände zu beruhigen. Fünf Minuten später hatte er die wichtigere Nachricht zu Ende geschrieben – diejenige, über die er einen ganzen Monat lang nachgedacht und gehofft hatte, sie nie abschicken zu müssen. Er schob den Zettel in einen Umschlag, den er in einen kleinen Kasten legte … und dann lief er hinaus zum Briefkasten. Er schob das Päckchen in den Metallkasten und stellte die rote Metallflagge auf, damit der Postbote wusste, dass es Ausgangspost gab.

Wieder im Haus, ging er in das Badezimmer, das nur seine Mutter benutzt hatte. Das untere Regal des Medizinschränkchens enthielt eine staubbedeckte schmale Tube Zahnpasta und zwei zur Hälfte mit Haloperidol gefüllte Fläschchen aus orangefarbenem Plastik. Die Etiketten waren verblasst und lösten sich bereits von den Flaschen, aber noch immer konnte er den Namen seiner Mutter entziffern: *Dariah S. Thibodeaux*. Das *S* stand für Seacrest, ihren geliebten Mädchennamen.

Er öffnete das erste Fläschchen und drehte es mit der Öffnung nach unten. Vier kleine, runde weiße Tabletten, kreuzförmig eingeritzt, fielen ihm in die zitternde Hand. Die zweite Flasche enthielt neun Stück. Er schloss die verschwitzten Handflächen fest um die dreizehn Tabletten, schlurfte aus dem Zimmer seiner Mutter und betrat sein eigenes.

Früher am Nachmittag hatte er den Fernseher in sein Zimmer getragen und eine Schüssel mit einer Mischung aus Katzenfutter und Rattengift gefüllt. Die Schüssel hatte er für den bösartigen Ian auf die Vorderveranda gestellt.

Nun schaltete er den Fernseher ein, gerade lief eine alte Folge von *Erwachsen müsste man sein*. Er drehte den Ton leiser. Dann legte er eine CD von Bob Dylan in seinen CD-Player und stellte die Lautstärke auf mittel. Er konnte keine Stille mehr ertragen. Er brauchte das Gefühl, dass jemand bei ihm war. Er wollte nicht allein sterben.

Er setzte sich auf sein Bett. Nun sollte es nur noch wenige Stunden dauern, bis sie ihn fanden.

Das hier war das Ende.

Endlich.

Er hoffte, dass die Welt außerhalb seines Kopfes die echte Welt war. Er wusste nicht, ob es so war, doch er beschloss, die Hoffnung nicht aufzugeben. Hoffnung war alles, was ihm noch blieb. Er dachte an Chris und fürchtete sich noch mehr. Ihn umzubringen war eine Todsünde gewesen.

Er fragte sich, ob Gott es fertigbringen würde, ihm zu vergeben.

Er schloss die Augen.

Dunkelheit.

Sah der Tod so aus? Wie fühlte er sich an? Friedlich? Sicher? Gab es Liebe im Tod? Familie? Die Chance für einen ganz normalen Neuanfang?

Er kam zu dem Schluss, dass alles besser war als das Leben, das er führte, öffnete die Augen und drehte den Deckel von einer Flasche Budweiser ab. Er nahm immer drei Tabletten auf einmal, bis er alle geschluckt hatte.

Er legte sich auf seinem Bett zurück, blickte aus dem Fenster und hörte Bob Dylan summen. *Lay, Lady, Lay.* Durch das Gewitter hatte der Himmel sich so sehr verfinstert, dass er vor seinem Fenster nichts mehr erkennen konnte. Vor wenigen Augenblicken war Ian gekommen und wieder gegangen. Seine Augen hatten besonders gelb und grausam ausgesehen, als er ihn vor dem Gewitterhimmel böse durch das Fenster angestarrt hatte.

Er hatte leise miaut und seinen ausgemergelten Körper an das schmutzige Glas gepresst. Dann war der Kater verschwunden, vielleicht, um sich das Futter von der Veranda zu holen.

Er, der Mörder, lag in dem kleinen Zimmer unter den Laken, sein Körper war zusammengerollt. Je schwerer seine Lider wurden, desto mehr Angst bekam er. Er kämpfte dagegen an, einzuschlafen, zu sterben und an einen unbekannten und womöglich noch entsetzlicheren Ort zu gehen. Aber es wurde immer schwerer, wach zu bleiben.

Dylan sang ihm etwas vor, während er in den Schlaf hinüberdämmerte.

Kapitel 68

ES HATTE ZU STÜRMEN BEGONNEN, UND DER HIMMEL VERFÄRBTE sich allmählich schwarzlila. Eine gefühlte Ewigkeit hatte Erica bereits gewartet, bevor sie ihr Versteck unter der großen Eiche verließ. Sie fürchtete, dass er in der Dunkelheit ganz in der Nähe auf sie warten würde, bereit, sich auf sie zu stürzen. Aber als sie halbwegs sicher sein konnte, dass er fort war, sprang sie auf und rannte los.

Ihr fiel es schwer, sich in dem dunklen Wald zurechtzufinden. Zweige peitschten das nackte Fleisch ihrer Arme und Beine, und Pinienzapfen bohrten sich in ihre Fußsohlen. Ohne den Schmerz wahrzunehmen, rannte sie weiter. Ihr war sonnenklar, dass sie eine ausgezeichnete Idee hatte, wer für das Verschwinden der Mädchen und für den Tod des Mannes verantwortlich war, den sie und Guitreaux gefunden hatten.

Wie eine Wand tauchte herabhängendes Spanisches Moos vor ihr auf, die Triebe schlugen ihr ins Gesicht und nahmen ihr zeitweilig die Sicht, doch sie rannte weiter. Er war nicht der, für den alle ihn hielten – und das musste sie dem Detective erzählen, bevor noch jemand verletzt wurde. Scheinwerfer tauchten auf, als Erica die Baumgrenze am Straßenrand durchdrang. Sie trat auf das Pflaster und fing an, wild mit den Armen zu wedeln.

Ein Geländewagen fuhr auf den schmalen Seitenstreifen und hielt an. Eine Krähe krächzte in der Nähe, flog dann über die Whiskey Road und schlug in der stürmischen Nachtluft mit den Flügeln. Erica rannte auf die Beifahrerseite und spähte in den Wagen.

»Mrs Anderson!«, brüllte sie. Sie öffnete die Tür, und verblüfft starrte Rachel sie aus geröteten Augen an.

»Ich brauche Ihre Hilfe«, sagte sie und rang um Atem. »Ich weiß, wer er ist.«

»Wer denn? Meine Güte, ist alles in Ordnung mit dir?«, rief Rachel besorgt aus.

Erica betrachtete ihre blutigen Arme und Beine. »Ja, ich … mir geht's gut. Ich hab nur gesehen …«

»Es ist viel zu gefährlich für dich, da herumzustehen. Ein Auto könnte dich anfahren. Komm, steig ein.«

Sie stieg in den Wagen und zog die Tür zu.

»Okay, und jetzt mal ganz ruhig. Von wem sprichst du?«, fragte Rachel.

»Ich glaube, ich weiß, wer Tiffany Perron und Sarah Greene entführt hat – und wer den Typen im Wald umgebracht hat.«

»Den Typen im Wald? Ich verstehe nicht …«

»Wir haben eine Leiche gefunden.«

»Wir? Wer hat eine Leiche gefunden?«

»Guitreaux und ich …«

»Erica, du musst dich beruhigen«, sagte Rachel. Sie sprach sehr langsam, als habe sie es mit einer Verrückten zu tun, und berührte Erica an der Schulter. »Lass dir ein bisschen Zeit und ordne deine Gedanken. Und dann erzählst du mir, was los ist.«

»Okay, okay«, gab Erica zurück und atmete einige Male tief durch. Sie erzählte Rachel, was sie wenige Minuten zuvor gesehen hatte. Und als sie damit fertig war, hatte sie das Bedürfnis, sich endgültig Klarheit zu verschaffen.

»Ich weiß es nicht genau, aber ich bin mir ziemlich sicher«, sagte sie etwas ruhiger. »Wenn das wirklich der Typ ist, dann wohnt er einen halben Kilometer von hier die Straße hinunter. Bitte, fahren Sie mit mir dorthin, dann wissen wir es mit Sicherheit.«

Rachel zog ein Handy aus der Sonnenblende über der Windschutzscheibe, gab über die Tastatur eine Nummer ein und hielt sich das Handy ans Ohr.

Endlich fuhr der SUV ganz langsam weiter.

Kapitel 69

HALEY STELLTE DIE AUTOMATIK AUF PARKEN, SPRANG AUS DEM Wagen und rannte auf Ericas Haustür zu. Dicke Regentropfen prasselten so heftig auf Haley ein, dass sie sich wie Hagelkörner anfühlten.

Aus dem Inneren des Hauses vibrierten tiefe Bassklänge. Laute Cajunmusik war zu hören. Pamela erschien an der Tür, eine Dose Miller-Lite-Bier in der sorgfältig manikürten Hand, und musterte sie überrascht.

»Was ist los, Cher?«, fragte sie mit aufgerissenen Augen.

»Ich muss mit Erica reden«, stieß Haley atemlos hervor. »Ist sie zu Hause?«

Pamela runzelte die Stirn. »Sie ist nicht hier, Liebes. Aber du wirst ja ganz nass. Komm doch rein.«

Haley schüttelte den Kopf. »Wissen Sie, wo sie ist?«

»Das kann ich nicht sagen, sie geht ja oft allein weg. Wahrscheinlich in den Wald, obwohl wir sie davor gewarnt haben.«

Haley rannte zum Auto zurück. Während der Fahrt schienen die Scheibenwischer zu protestieren, ruckelnd und kreischend setzten sie sich auf die Windschutzscheibe und lösten sich wieder davon. Hinter Haley fuhr ein Wagen, aber in dem dichten Regen und wegen der klemmenden Wischer konnte sie nicht einmal die Scheinwerfer deutlich erkennen.

Blitze zuckten über den Himmel. Unfähig, durchzuatmen, fuhr Haley das Fenster herunter, um etwas frische Luft hereinzulassen. Regenwasser und der feuchte, säuerliche Geruch von Dung drangen herein.

Wenige Minuten später bog Haley in einen Schotterweg.

Sie fragte sich, ob sie den Sheriff oder Guitreaux hätte anrufen sollen, um einem von ihnen von Tiffanys Halskette zu erzählen.

Aber das wäre zu früh gewesen, oder?

Vielleicht trübte ihre schlechte Meinung von Seacrest ihr Urteilsvermögen. Vielleicht dachte sie nicht logisch.

Sie wollte alles genau durchdenken, bevor sie den Teenager mit dem Verschwinden von Tiffany und Sarah in Verbindung brachte, egal, wie beängstigend dieses Mädchen ihr vorkam.

Kapitel 70

ER SCHLUG DIE AUGEN AUF, ABER ER SAH ALLES NUR VERschwommen, so schrecklich verschwommen. Haarsträhnen kitzelten ihn am Rücken, und er spürte Fingernägel, die über seinen Hals strichen.

Er erstarrte.

Träumte er? Oder war er schon gestorben? Was war …?

Blinzelnd versuchte er sich in der Dunkelheit zu orientieren.

Langsam gewöhnten sich seine Augen an die Umgebung, und er erkannte sein Fenster. Er wollte die Augen wieder schließen, aber er wusste, dass etwas Wichtiges passierte. Was geht hier vor sich? Lebe ich noch?

»Sag nichts«, ertönte eine Stimme neben ihm. Eine warme Hand wanderte von seinem Bizeps zu seiner Brust.

Sein Herz stolperte. Immer wieder. Kleine Aussetzer und größere. Er versuchte, sich aufzurichten.

»Schlaf mit mir«, flüsterte sie. »Bitte. Ich gebe dir das, was du in deinen Magazinen siehst … aber ich bin echt.«

Ihre Haut fühlte sich weich an auf seiner. Ihr heißer, nach Zimt riechender Atem versengte ihm den Hals. Es war Allie. Er lebte noch. Gänsehaut überzog seinen Körper.

Unter der Zimtwolke roch er die Kosmetika, die sie benutzte, und den Tabakgeruch in ihrem Atem. Er roch noch etwas, das genauso widerlich war: Erbrochenes. Er musste sich im Schlaf übergeben haben.

Er torkelte aus dem Bett, und Schmerz durchfuhr ihn. So heftig, dass er zusammenzuckte und sich krümmte. Seine Mutter hatte recht gehabt: Er war erbärmlich. Wie schwer konnte es schließlich schon sein, sich umzubringen?

Allie erhob sich und baute sich vor ihm auf. In dem schmalen Band aus Mondlicht konnte er ihren nackten Körper ausmachen. »Was stimmt nicht mit dir?«, jammerte sie.

Eine Erinnerung quälte ihn. Die langen, kalten Finger seiner Mutter auf seiner Haut, die in ihn eindrangen, ihn ängstigten, ihn demütigten. Die Erinnerung war so stark, dass sie ihn wieder auf die Beine brachte. Er stolperte auf die Tür seines Zimmers zu und stieß sie auf.

Torkelnd strebte er auf die Hintertür zu.

»Warum ist eigentlich der Fernseher hier drin?«, fauchte sie ihn an. »Das war alles, was ich wollte. Fernsehen. Es ging mir nicht um dich. Es geht mir nie um dich!«

Als er die Hintertür aufriss, hörte er ihre nackten Füße auf dem Küchenfußboden.

»Hör auf, mich zu ignorieren. Hörst du mich, Hurensohn?«, schrie sie. »Hör einfach damit auf, ich weiß nämlich, was du gemacht hast! Du hast diese Mädchen umgebracht, du krankes Arschloch! Ich weiß, dass du das warst!«

***

Die Wolken waren dichter geworden, seitdem er eingeschlafen war, und die Welt da draußen hatte ein finsteres, trostloses Grau angenommen, das dem beengten Raum seines Geistes ähnelte. Heftiger Regen prasselte ihm auf den Rücken wie in einem wilden Rausch und vermischte sich mit dem elektrischen Summen in seinem Kopf.

Er stolperte aus dem Schuppen und zurück zum Haus, in der Hand die alte .45-er aus Armeebeständen, die sein Vater ihm hinterlassen hatte. Er hatte im Lauf der Jahre nie von dieser Waffe Gebrauch gemacht, doch er hatte immer gewusst, dass er eines Tages gezwungen sein würde, sie zu benutzen.

Er hob den Kopf und erblickte Allie, die ihn wütend durch das hintere Fenster anstarrte. Sie trug eines seiner T-Shirts, ihre nackten Beine wirkten dunkel im bläulich weißen Neonlicht der Küche, ihr Blick war wild.

Er umrundete das Haus und erreichte die Veranda an der Vorderseite. Ian hatte den Köder geschluckt.

Zusammengerollt lag er auf der vorletzten Stufe der Veranda und war für immer eingeschlafen. Er spürte einen Anflug von Traurigkeit, aber er wusste, dass er das Richtige getan hatte.

Dieser Kater war unglücklich gewesen und hatte sich gewünscht, dass seine niederträchtige Existenz enden möge. Darum war er ihm den ganzen Sommer über gefolgt. Tiere spüren es, wenn Menschen grausam sind, und dieses hier hatte die Grausamkeit in ihm gespürt.

Er machte einen Schritt über den Kater hinweg, trat kraftlos mit dem Fuß gegen die Gittertür … und stand Auge in Auge seiner Schwester gegenüber.

Sie verzog das Gesicht, als wollte sie gleich losschreien. Dann sah sie die Pistole und schüttelte den Kopf. »Du machst wohl Witze«, sagte sie. Doch ihre Stimme zitterte leicht und verriet, dass sie sich fürchtete.

Ihr Bild verschwamm vor seinen Augen.

Da stand eine Allie.

Zwei … Allies.

Er wunderte sich über das Verlangen, das in ihm wuchs, den unkontrollierbaren Drang, seine Schwester zu töten. War das böse? Oder würde Gott ein akzeptables Mittel der Gerechtigkeit darin sehen? Würde Gott ihn überhaupt verstehen?

Ein Blitz zuckte über den Himmel, und Regen prasselte gegen das Fenster. Er ging einen Schritt vorwärts.

Allie machte einen Schritt zurück. Er sah, wie ihre Brust sich hob und senkte.

Das Dach begann zu knarren, und Allies Gesicht verzog sich. Ihre vollen Lippen verzogen sich zu einem Viereck. Sie schrie, aber kein Laut war zu hören.

Nun hatte er die Kontrolle. Er sah das Entsetzen im Blick seiner Schwester und war dankbar, dass sie es nun auch fühlte. Mit der freien Hand griff er in seine Hosentasche und holte den abgeschliffenen Stein heraus.

Ihr Blick war auf die Pistole geheftet. »Ich mache es nie wieder. Ich … ich verspreche es. Es war nur ein Scherz«, sagte sie mit flehender Stimme. »Alles war nur ein Scherz. Tut mir schrecklich leid.« Ihre Lippen bebten, und er konnte die Gänsehaut auf ihren nackten Schenkeln sehen. Ihre roten Fingernägel flatterten vor ihrem Gesicht, als sie sich die Tränen abwischte.

Krokodilstränen.

Lügen.

»Ich habe gesagt, dass ich ihnen verrate, was du mit den Mädchen gemacht hast. Aber das mache ich nicht!«, schrie sie. »Das würde ich dir nie antun!«

Er schüttelte den Kopf, vor seinen Augen verschwamm alles. Als er erneut das Wort ergriff, überschlug seine Stimme sich fast. »Du hast mir das Leben zur Hölle gemacht, Allie. Warum zum Teufel musstest du das tun? Was habe ich dir je getan, außer dass ich versucht habe, mich um dich zu kümmern?«

»Es tut mir leid! Es tut mir so leid! Ehrlich«, sagte sie und ging zögernd einen Schritt auf ihn zu. Dann besann sie sich eines Besseren und wich wieder zurück.

Es regnete in Strömen, und der Regen trommelte gegen die

Fenster im Wohnzimmer. Die Gittertür hinten knallte zu, öffnete sich wieder, fiel wieder zu.

Er blinzelte.

Jetzt gab es drei Allies.

Kapitel 71

DER HIMMEL HATTE SEINE SCHLEUSEN WEIT GEÖFFNET, UND ES regnete so heftig, dass Haley sich anstrengen musste, um zu sehen, was unmittelbar vor ihr lag. Aber dennoch fand sie sehr bald, was sie in Weston gesucht hatte: Austins Pick-up. Das Nummernschild mit der Aufschrift LUVINBETH leuchtete unter dem tosenden Himmel auf, und hinter dem Wagen führte ein langer Schotterweg zu dem kleinen Haus. Sie hielt an und wählte noch einmal Macs Handynummer. Er antwortete immer noch nicht.

Bläulich weißes Mondlicht schien auf den Wald, durchdrang den bewölkten Himmel und tauchte den verwilderten Vorgarten in ein unheilvolles fahles Licht. Der Wagen holperte über den durchnässten Kies der Zufahrt und kam neben einem blauen Ford F-350 zum Stehen.

Da Haley weder Erica noch Mac hatte finden können, hatte sie beschlossen, sich Austin anzuvertrauen. Er war intelligent, und sie vertraute darauf, dass er in der Lage sein würde, Licht ins Dunkel zu bringen und ihr zu helfen, alles zu verstehen. Er würde ihr sagen können, wo ihr Denkfehler bezüglich der Halskette lag.

Ohne die Wagentür zu schließen, stürmte sie durch den Vorgarten. Doch vor der Veranda blieb sie wie angewurzelt stehen. Eine tote Katze lag zusammengerollt auf einer Stufe, die Zungenspitze klemmte zwischen den Zähnen. Sie schnappte nach Luft und trat einen Schritt zurück.

Trotz des Wolkenbruchs glaubte sie, Stimmen aus dem vorderen Zimmer zu hören, Stimmen von Menschen, die sich stritten.

War Beth, seine Freundin, vielleicht bei ihm?

Vielleicht ist das keine gute Idee, dachte sie und blinzelte, um ihre Augen von Regentropfen zu befreien. Außer bedeutungslosem Small Talk im Diner und kurzen Gesprächen, wenn er sie nach Hause fuhr, hatte sie sich eigentlich noch nie wirklich mit ihm unterhalten.

Aber das hier war wichtig – und mit wem hätte sie sonst reden sollen? Erica und Mac waren wie vom Erdboden verschluckt.

Haley biss sich auf die Unterlippe und stieg die Stufen zur Veranda hinauf. Oben angekommen, spähte sie durch ein zerbrochenes Fenster und erhaschte einen Blick auf die beiden Menschen in dem Zimmer. Ihr Herz schlug noch heftiger. Austin stand mit dem Rücken zu ihr, Seacrest ihm gegenüber. Sie schienen sich wegen irgendetwas zu streiten.

Die beiden kannten sich?

Wie konnte das sein?

Ob sie … miteinander schliefen?

Sie runzelte die Stirn, denn ihr war klar, dass irgendetwas an der Szene, die sich vor ihr abspielte, ganz und gar falsch war.

Langsam zog sie sich zurück, tastete sich die Stufen hinunter, entfernte sich vom Haus und versuchte zu verstehen, was sie da gerade gesehen hatte.

Dann hörte sie das Dröhnen eines Motors.

Einen Augenblick später leuchteten Scheinwerfer auf. Jemand kam in einem Geländewagen den holprigen Weg heraufgefahren.

Sie beschirmte ihre Augen mit beiden Händen und spähte auf das Auto. Ihre Augen brannten, ihre Kleider waren durchnässt. Bevor der Wagen zum Halten kam, erloschen die Scheinwerfer. Auf der Beifahrerseite sprang jemand heraus und rannte auf sie zu.

Erica?

»Oh, mein Gott, was machst du hier?«, fragte Erica außer Atem. Ihre Arme und Beine waren von etwas bedeckt, das wie Blut aussah. »Alles in Ordnung mit dir, Haley?«

Jetzt war Haley völlig verwirrt. Nichts ergab mehr irgendeinen Sinn.

Träume ich? Ich muss wohl träumen.

So heftig sie konnte, kniff Haley sich in den Arm und zuckte zusammen.

Kapitel 72

VON DEM HALOPERIDOL WURDE IHM SCHLECHT. PLÖTZLICH WAR sein Kopf zu schwer für seinen Hals, und das Bild des tränenüberströmten Gesichts seiner Schwester verschwamm vor seinen Augen, wurde klarer und verzerrte sich erneut.

»Bitte«, flehte sie mit leiser Stimme. »Bitte, tu das nicht. Ich werde mich ändern. Wirklich. Warte nur ab. Du wirst dich wundern, wie nett ich sein kann. Wie normal.« Plötzlich sah sie aus, als sei sie wieder acht Jahre alt, machtlos und unschuldig.

Frei von der Bosheit ihrer Mutter.

Als wünschte sie sich nichts sehnlicher, als Flusskrebse und Glühwürmchen zu fangen und über alles zu lachen, was auch nur im Entferntesten lustig war. Als würde sie sich in sein Zimmer schleichen, nicht um mit ihm zu schlafen, sondern weil sie ihn liebte … zu ihm aufsah.

Eine Kakerlake fiel von der Wand hinter ihr, und er erschauerte. »Nein«, entgegnete er und schüttelte den Kopf. »Du wirst niemals normal sein.«

»Doch, das werde ich. Ich schwöre es. Ich … ich liebe dich.«

Er umklammerte den Stein fester. »Sag das nicht zu mir!«, platzte er heraus.

»Doch, Austin!«, schrie sie. »Du bist alles, was ich je hatte! Mom war krank. Ich habe sie gehasst für das, was sie dir angetan hat. Was sie allen angetan hat, aber ganz besonders dir.«

Donner toste in seinem Schädel.

Sie versucht, dich auszutricksen. Sie ist meine Tochter. Sie ist wie ich.

»Ich glaube… ich glaube, ich wusste einfach nicht, wie man sich anders verhält.«

»Fick dich!«, brüllte er und wusste nicht, ob er seine Mutter oder Allie meinte. Oder beide.

Allie war klug, intelligenter als die meisten Menschen. Das hatte er bereits erkannt, als sie noch sehr klein war. Doch im Lauf der Jahre hatte er gesehen, dass sie ihre Intelligenz benutzte, um Menschen zu manipulieren, und genau das tat sie auch jetzt.

Er erinnerte sich auch an die Tiere. Seine Mutter hatte ihn deswegen verhört. Sie waren gequält und getötet und dann in seltsamen, grotesken Stellungen im Garten abgelegt worden. Er hatte entsetzliche Strafen wegen dieser Tiere erlitten, obwohl er geschworen hatte, dass er nichts damit zu tun hatte.

Seltsamerweise hatte es eine Weile gedauert, bis er merkte, dass Allie es gewesen war auf der Suche nach ein bisschen Macht. Dann hatte ihr Körper sich zu dem einer Frau entwickelt, und die toten Tiere gehörten der Vergangenheit an. Sie hatte gelernt, auf andere Weise grausam zu sein.

Nun stand Allie vor ihm und betrachtete ihn entsetzt. Die Macht hatte sich endlich auf ihn verlagert.

»Hör auf, anderen Leuten wehzutun«, flüsterte er. »Lass es einfach sein. Es ist falsch.« Er blinzelte mehrmals. »Und glaub nicht, dass es um dich geht, denn das stimmt nicht. Es geht nur um mich. Immer schon.«

Das Blut gefror ihm in den Adern, als er seine Entscheidung traf, und er flüsterte: »Gott, bitte vergib mir.«

Kapitel 73

»ERICA, BITTE STEIG WIEDER INS AUTO!«, RIEF RACHEL IHR VOM Fahrersitz aus zu. Nur mühsam übertönte ihre Stimme den Wolkenbruch.

Sie hatte auf einer langen, unbefestigten Zufahrt geparkt. Vor ihr stand ein kleines weißes Haus. Die Veranda war nicht beleuchtet, aber im Haus brannte Licht. Sie sah Schatten, die sich im vorderen Zimmer bewegten.

Ein Blitz zuckte über den Himmel und beleuchtete ein altes Auto, das auf Betonklötzen ruhte, und einen Schuppen dahinter. Es wurde wieder dunkel, und sie fühlte sich noch unbehaglicher. Sie hätte sich von Erica nicht dazu überreden lassen sollen, hier anzuhalten. Sie hätte sofort zum Polizeirevier fahren sollen.

Erica war aus dem Wagen gesprungen, sobald Rachel die Fahrt verlangsamt hatte, und nun sprach sie im Vorgarten mit jemandem. In dem dichten Regen konnte Rachel nicht sehen, wer es war.

Sie blickte in den Himmel, um festzustellen, ob Vollmond war, denn nichts ergab einen Sinn. Dabei hatte sie noch am Morgen friedlich und ruhig in Phoenix mit ihrer Mutter und den Kindern gefrühstückt.

Sie dachte an das zerbrochene Fenster und an Tom, irgendwo da draußen, ohne Schlüssel, ohne Auto und ohne Brieftasche. Der Mann, den sie und Kelsey in ihrem Garten gesehen hatten. Erst Tiffany Perron und jetzt Sarah Greene.

Die geheimnisvolle Leiche, auf die Guitreaux und Erica angespielt hatten. Konnte Tom etwas passiert sein? Oder war er vielleicht ein Mörder? Sie hatte keine Ahnung. Letzten Endes konnte sie Menschen nur sehr schlecht einschätzen.

Sie wählte, versuchte es erneut beim Sheriff und beim Detective. »Geht an eure verdammten Handys!«, brüllte sie.

Guitreaux hatte ihr befohlen, sich nicht vom Fleck zu rühren. Mich nicht vom Fleck rühren, dass ich nicht lache! Sie musste herausfinden, ob Tom etwas zugestoßen war. Doch dann hatte sie Erica aufgelesen.

Ihr Handy klingelte. Mit zitternden Händen tastete sie nach der An-Aus-Taste. »Hallo?«

Es war Guitreaux. Innerhalb von dreißig Sekunden erklärte sie ihm, was Erica ihr erzählt hatte und wo sie waren.

»Schaffen Sie sie wieder in den Wagen, und fahren Sie weg. Es ist mir egal, wohin Sie fahren, aber verlassen Sie verdammt noch mal sofort das Grundstück«, blaffte er in den Hörer. »Wir sind in fünf Minuten da.«

Sie warf das Handy auf den Beifahrersitz. »Erica!«, rief sie laut. Sie rutschte aus dem Wagen und rannte hinaus in den Regen. Erst als sie bei den Mädchen angekommen war, erkannte sie das zweite. Haley Landry. Macs Exfreundin.

Haley sah sie an und blinzelte verwirrt.

»Mädels, steigt wieder ein. Befehl des Detective«, sagte Rachel und schützte ihre Augen mit einer Hand vor dem prasselnden Regen.

»Guitreaux?«, rief Erica aus. »Haben Sie …«

Rachel unterbrach sie mit fester Stimme. »Das erkläre ich euch im Wagen. Jetzt kommt.«

Als die drei auf den Geländewagen zuliefen, zerriss ohrenbetäubender Lärm die nächtliche Stille.

***

Die drei drehten sich zu dem Haus um.

Rachel schnappte nach Luft. »Mein Gott!«

»War das ein Schuss?«, rief Haley ängstlich.

Schreie ertönten aus dem Inneren des Hauses. Haley und Erica rannten zur Veranda und blieben vor den Stufen abrupt stehen. Wieder waren Schreie zu hören … Animalische Schreie, Schreie voller Trauer, die Haley dazu brachten, sich die Ohren zuzuhalten.

Sie schenkte Rachels Befehl, wieder in den Wagen zu steigen, keine Beachtung und stieg langsam die Stufen der Veranda hinauf. Dann spähte sie zum Fenster hinein.

Seacrest krümmte sich mit gesenktem Kopf auf dem Boden. Ein billig wirkendes Gemälde war von einer Wand gefallen. Überall war Blut, an der Wand, auf dem Teppich. Es glänzte in Seacrests Haaren.

»Austin, nein!«, heulte Seacrest. »Oh Gott! Ich habe doch niemanden außer dir. Verstehst du denn nicht? Lass mich nicht allein. Bitte! Ich habe dir die Wahrheit gesagt!«

Haley schluckte, als sie auf Seacrests blutverschmierte nackte Beine blickte.

Dann sah sie die Überreste von Austins Kopf in ihrem Schoß und übergab sich.

Kapitel 74

DIE GANZE NACHT BIS IN DIE MORGENSTUNDEN HINEIN WIMmelte es in Weston von Polizisten aus dem Ort, aus dem Staat Louisiana und von Bundespolizisten, von Journalisten und ihren Teams.

Verwirrt, benommen und erschöpft stand Haley am Rand von Seacrests Grundstück und atmete den feuchten Duft des Morgens ein. Es war neun Uhr, ungefähr zwölf Stunden nach Austins Selbstmord. Seit dem Abend zuvor hatte sie das Grundstück nicht mehr verlassen. Das Gleiche galt für Erica, die jetzt neben Haley saß und fieberhaft in ihr Notizbuch schrieb.

Die Hälfte der Einwohner von Grand Trespass war erschienen. Alle spähten von der Grundstücksgrenze im Osten auf Seacrests Haus, in der Hoffnung, einen Blick auf den Teich zu erhaschen, der in diesem Augenblick abgepumpt wurde.

Unzählige Male hatte Guitreaux Haley und Erica aufgefordert, nach Hause zu gehen. Aber als sie sich immer wieder weigerten, brachte er ihnen Decken und erlaubte ihnen, in seinem Wagen zu schlafen, bis er weitere Neuigkeiten hatte.

Anstatt zu schlafen, tranken sie jedoch viele Tassen Kaffee. Sie saßen im Schneidersitz am Waldrand, nur wenige Meter von dem Teich entfernt, und zogen sich die Decken eng um ihre ausgekühlten Körper.

Immer wieder brach der Himmel auf, und fast lautlos fiel der Nieselregen auf die Blätter der großen Eiche und durchnässte allmählich ihre Decken. Haley saß dicht neben ihrer

Freundin, und ihre Lippen waren fest um den Rand des Styroporbechers geschlossen.

Seit dem Abend zuvor hatten sie kaum geredet. Sie sprachen nur, wenn es unbedingt nötig war, mit den Behörden und ihren Angehörigen, die eine Stunde vor Sonnenaufgang gekommen waren. Becky und Haleys Mutter standen neben Rachel, Pamela und Ericas Vater neben dem kleinen Haus. Ein Deputy hielt Wache und hinderte die Schaulustigen daran, ihnen auf den Leib zu rücken.

Haley war immer noch vollkommen schockiert von den Ereignissen und von dem, was sich jetzt direkt vor ihren Augen abspielte. Sie wusste nicht einmal mehr genau, auf was für Nachrichten sie eigentlich wartete.

Als einer von vier Tauchern den ersten Leichnam aus dem Teich zog, überfiel sie das nackte Grauen. Sie hätte sich Kilometer von glühend heißem Pflaster oder einen Wald voller Ameisenhaufen gewünscht, um darin zu verschwinden. Als der Körper am Ufer geborgen und der Plastiksack, der ihn umhüllte, aufgeschnitten worden war, rief der Sheriff: »Es ist ein Mann!«

Mrs Perron, die nur wenige Meter von Haley und Erica entfernt neben ihrem Mann stand, begann zu weinen. Vor Erleichterung, wie Haley annahm.

Sie stand da und blinzelte, um den Leichnam besser erkennen zu können, doch sie war zu weit weg und wagte nicht, näher an den zugewachsenen Teich heranzugehen. Sie konnte nicht riskieren, dass einer der FBI-Agenten sie wegschickte, nicht, bevor sie wusste, ob Tiffany in dem Wasser lag.

»Haley.«

Es war Mac. Er nahm ihr die feuchte Decke von den Schultern und legte stattdessen seine Jacke darum.

Haley begann zu schluchzen.

»Pssst«, flüsterte Mac und nahm sie in seine starken Arme.

Sie atmete seinen vertrauten Duft nach Seife ein und fühlte sich plötzlich viel sicherer. »Es ist gut. Alles wird wieder gut.«

»Hier sind noch zwei!«, rief ein Taucher auf der anderen Seite des Teiches.

Widerstrebend drehte Haley sich wieder zum Wasser um. Mrs Perrons Schreie zerrissen erneut die Luft, und ihr Mann packte sie an den Schultern. Dann brachte er sie gemeinsam mit dem Deputy fort, während sie um sich trat und schrie.

Ungefähr zehn Minuten später hielt Mac sie immer noch fest, und Haley sah zu, wie sie die zweite und dritte Leiche aus dem Wasser zogen. Ihr war übel.

Gleich darauf schnitten sie den nächsten Sack auf. »Die ist wirklich in einem schlechten Zustand«, hörte sie den Gerichtsmediziner sagen. »Es scheint der Leichnam einer älteren Frau zu sein, nach allem, was davon noch übrig ist.«

»Allmächtiger«, sagte der Sheriff und bekreuzigte sich.

»Wurden in den vergangenen Jahren noch andere Frauen in der Gegend hier vermisst?«, fragte Guitreaux.

Der Sheriff schüttelte den Kopf. »Zumindest sind keine gemeldet worden.« Er kniete nieder. »Ach, sieh mal an. Ein Rucksack.«

Ein Rucksack hatte den Körper beschwert und auf dem Grund des Teiches gehalten. Der Sheriff murmelte etwas von Initialen, die auf die Vorderklappe des Rucksacks gestickt waren. Er las sie laut vor.

Plötzlich schrie Erica auf, und ihr Notizbuch fiel zu Boden. Mit zitternder Stimme rief sie: »Was? Was haben Sie da gerade gesagt?«

»Erica?« Besorgt legte Haley ihrer Freundin eine Hand auf den Arm. »Was ist denn los? Was ist passiert?«

Erica starrte sie mit aufgerissenen Augen an, doch sie sagte nichts. Steifbeinig schob sie sich an Haley vorbei und näherte sich dem Teich. Sie kickte sich die Flipflops von den Füßen, bückte sich und drehte den linken um. Dann richtete sie sich wieder auf und ging näher an das Ufer heran.

Sie fing an zu weinen.

»Was zum Teufel ist hier los?«, fragte Mac kaum hörbar.

Erschrocken sah Haley zu, wie ihre Freundin sich erneut bückte und die Handflächen auf die Knie stützte. Haley rannte zu ihr.

»Miss, Sie können jetzt nicht hier draußen sein«, sagte Special Agent Jones, als sie Erica erblickte. Tränen liefen ihr über die Wangen, und sie ignorierte sie.

Jones berührte sie an der Schulter. »Kommen Sie mit mir, Miss Duvall.«

Erica schrie auf und riss sich los.

Plötzlich war ihr Vater neben ihr. Er schob die Agentin weg und nahm seine Tochter in die Arme. »Es ist gut, Liebes. Wenigstens wissen wir es jetzt. Alles wird wieder gut. Wir werden auch das hier überstehen.«

Erica trat um sich, schrie und schlug nach ihrem Vater.

Haleys Gedanken überschlugen sich: Austin, der Teich, die Gebeine am Ufer, Mac, der wieder er selbst zu sein schien, und Erica, die sich so merkwürdig verhielt. All das war einfach zu viel, und sie nahm es nur noch undeutlich wahr. Das hier war nicht die Wirklichkeit. Es konnte einfach nicht sein.

Ein Taucher rief: »Hab noch eine gefunden!«

Dann hörte sie den Sheriff. »Was zum Teufel ist hier eigentlich los?«

Epilog

RACHEL GING VON EINEM ZIMMER INS NÄCHSTE, UND IHRE Schritte hallten in dem leeren Haus wider. Noch immer konnte sie nicht fassen, was alles passiert war. Sie wühlte in ihrer Tasche nach einem weiteren Papiertaschentuch und betupfte sich Wangen und Augen. Dann stieg sie hinunter ins Erdgeschoss.

Obwohl das Haus leer war, wirkte es viel kleiner als noch sechs Wochen zuvor. Kleiner und ganz anders. Als hätten sie nie dort gewohnt.

Sie betrat die Küche und fuhr mit den Fingern über die Wand neben der Hintertür, an der sie jahrelang die Körpergröße ihrer Kinder gemessen hatte. Es kam ihr vor, als sei Kelsey erst gestern klein genug gewesen, um sie auf dem Arm zu halten, in einer Zeit, als Tom sich noch die Mühe gemacht hatte, sich bei ihr einzuschmeicheln.

Rachel dachte an den jungen Mann, der ihrer Familie so viel genommen hatte, der der ganzen Stadt so viel genommen hatte. An seine Krankheit und die eigenartige Faszination, die sie offenbar auf ihn ausgeübt hatte.

»Warum gerade ich?«, fragte sie sich zum hunderttausendsten Mal.

Er hatte alles gestanden.

In einem Brief, der Teil eines Päckchens war, das er an sie adressiert hatte und das die Behörden in der Nacht seines Selbstmords im Briefkasten der Seacrests gefunden hatten. Es enthielt ihren goldenen Armreif, ein paar Haarsträhnen und einen kurzen Brief. Darin gestand er, dass er in ihrem Haus gewesen sei, dass er sich Dinge von ihr ausgeliehen habe und dass es ihm leidtue. Er sagte, er sei nicht gesund und sei nun endgültig zu dem Schluss gekommen, dass er es auch nie sein werde.

Alles war ihm vollkommen logisch erschienen. Er hatte sie und ihre Ehre beschützen wollen, indem er ihren untreuen Ehemann umbrachte. Er war wirklich krank gewesen. Beim bloßen Gedanken an diesen jungen Mann liefen ihr kalte Schauer über den Rücken.

Den Kindern, vor allem dem kleinen Tommy, fiel es immer noch schwer, sich mit Toms Tod abzufinden. Sein Vater war sein Ein und Alles gewesen. Unglücklicherweise hatte Toms Tod dazu geführt, dass Tommy den alten Hass auf Rachel in seinem Herzen wiederentdeckte.

Sie verstand das nicht. Es war nicht ihre Schuld. Außerdem hatte auch sie jemanden verloren, einen Menschen, der ihr früher einmal alles bedeutet hatte.

Aber Tommy war ein Kind. Eines Tages würde er verstehen, dass nichts davon ihre Schuld gewesen war – zumindest hoffte sie, dass es so kommen würde.

An diesem Morgen musste Rachel sich von Erica verabschieden. Sie versprachen sich, miteinander in Kontakt zu bleiben. Aus irgendeinem Grund wusste Rachel, dass sie das tatsächlich tun würden. Ein Band war in jener stürmischen Nacht zwischen ihnen entstanden, und es fühlte sich seltsamerweise an wie das Band zwischen einer Mutter und ihrer Tochter, wie das Band, das sich zwischen ihr und Kelsey gerade wieder bildete. Ein Band, das möglicherweise ein Leben lang halten würde.

Sie schnappte sich ihre Handtasche vom Küchentresen, ging zur Dielentür und warf einen letzten Blick zurück. Dann putzte sie sich die Nase, drehte sich um und ging zur Haustür hinaus.

* * *

Erica legte ihren Stift ab und lehnte sich auf dem Bett zurück. Um nicht völlig zusammenzubrechen, hatte sie sich seit der Nacht am Teich ganz in die Aufgabe vertieft, ihren Roman zu Ende zu bringen.

Sich von ihrer Mutter zu verabschieden, als sie auf dem Friedhof an der Harper's Road zur letzten Ruhe gebettet wurde, war das Schwerste, was sie in ihrem Leben je hatte tun müssen. Obwohl sie schlimmer litt als je zuvor, fühlte sie sich gleichzeitig ein wenig erleichtert. Eine leise Stimme in ihrem Inneren hatte ihr schon immer gesagt, dass ihre Mutter es nicht bis nach New York geschafft hatte. Aber sie hatte diese Stimme immer wieder überhört.

Auch von Rachel verabschiedete sie sich an diesem Morgen. Ihre Lehrerin hatte in der Stadt ein paar Familienangelegenheiten erledigt und würde jetzt nach Arizona ziehen, um dort mit ihren Kindern ein neues Leben anzufangen. Sie würde sie vermissen. Die Frau kümmerte sich wirklich um sie, glaubte an sie. Ihre Wärme und ihr Zutrauen waren es gewesen, die ihr das Leben in letzter Zeit erträglich gemacht hatten.

Vor diesem Sommer hatte Erica immer das Gefühl gehabt, allein zu sein, nichts zu haben als das brennende Verlangen, wieder mit ihrer Mutter in Verbindung zu treten. Nun hatte sie Haley und Rachel und, so merkwürdig es auch war, sogar …

Es klopfte an der Tür.

Sie fuhr sich mit der Handkante über die Augen. »Ja?«

»Darf ich reinkommen, Cher?« Pamelas Stimme.

Sie sah, wie die Tür sich zentimeterweise öffnete. Pamela kam herein und setzte sich auf das Bett. »Geht's dir heute gut?«

»Hm … klar, was glaubst du denn?«, murmelte Erica.

Pamela tätschelte ihr das Knie. »Okay, dann solltest du jetzt gehen.«

Erica runzelte die Stirn. »Gehen?« Versucht sie etwa, mich aus dem Haus meines Vaters zu werfen?

»Nach New York.«

Erica war verwirrt. »Ich verstehe nicht ganz.«

»Hm … Hattest du das nicht schon die ganze Zeit vor?«

Argwöhnisch beäugte Erica die Freundin ihres Vaters. »Woher weißt du das?«

Pamela stand auf und klopfte an die Heineken-Flasche, die Erica zum Sparen benutzte. Auf dem Malerkrepp, den Erica um den Flaschenhals geklebt hatte, stand mit schwarzem Filzstift: *New York City*.

Pamela zwinkerte ihr zu. »Ich hab doch gesagt, dass ich eine gute Beobachtungsgabe habe, schon vergessen? So etwas fällt mir immer auf. Ich werde zwar nie eine Frau von Welt sein, aber diese Gabe hat Gott mir immerhin verliehen.«

Tränen liefen Erica über die Wangen, obwohl sie sich geschworen hatte, sie niemals jemandem zu zeigen.

Zeig ihnen deine Schwächen …

Aber es war ihr egal. »Ich verstehe das einfach nicht. Sie hat niemandem etwas getan.«

Pamela setzte sich wieder hin und streichelte Ericas Schulter. »Vielleicht ist sie jemandem zu nahegekommen. Ich glaube, das ist es auch, was dein Vater denkt.«

Erica blinzelte die Tränen fort. »Woher will er das denn wissen?«

»Er wusste, dass sie einen Krimi über diese Stadt schrieb und dass sie deswegen mit vielen Leuten geredet hat, auch mit dieser Dariah Thibodeaux. Weißt du, auch deine Mom hatte ein gutes Gespür. Und wie du liebte sie den Wald. Dein Dad glaubt, dass das Buch etwas mit dem zu tun hatte, was Dariah mit den Männern gemacht hat, mit denen sie im Bett war. Schade, dass wir es nie erfahren werden. Ihr Manuskript war in dem Rucksack.«

Erica war schockiert. »Woher soll er von dem Buch gewusst haben? Sie haben doch nie miteinander geredet!«

Pamela überlegte eine Weile. »Erinnerungen an die eigene Kindheit müssen nicht immer genau stimmen, kleines Mädchen. Ich bin sicher, dass deine Eltern auch gute Zeiten hatten. Ich bin sicher, sie haben mehr miteinander geredet, als du glaubst.«

Ja, vielleicht.

Pamela griff in ihre Gesäßtasche und überreichte Erica einen Umschlag.

»Was ist das?«, fragte sie und schniefte.

»Eine kleine Starthilfe, bis du in New York auf eigenen Füßen stehst.« Sie deutete auf die Heineken-Flasche. »Mit dem Geld da wirst du nicht sehr weit kommen, fürchte ich.«

Zögernd öffnete Erica den Umschlag und entdeckte eine Haftnotiz mit einem Namen und einer Telefonnummer darauf und außerdem ein Bündel Einhundert-Dollar-Noten. »Woher hast du so viel Geld?«

»Ich habe ein bisschen zurückgelegt. Ich habe noch nie viel für mich selbst gebraucht. Und ich habe auf eine Gelegenheit gewartet, dieses Geld gut zu verwenden. Kann mir keine bessere vorstellen, als dir beim Neuanfang zu helfen. Ruf diese Nummer hier an und frag nach Mitchell. Er ist ein guter Freund von mir. Er gibt dir einen Job und vorübergehend eine Unterkunft in der City.«

»Aber sie ist nicht in New York. Verstehst du das nicht? Und sie war doch der einzige Grund, warum ich dort hinwollte.«

Pamela schüttelte den Kopf. »Das stimmt nicht, Cher. Weißt du, sie ist da. Viel mehr von ihr ist in New York als in diesem alten Teich. Oder in der Erde da draußen an der Harper's Road. Das weißt du. Es war nur ihre Hülle. New York … das ist der Ort, an dem ihr Herz ist. Ihre Träume, ihre Leidenschaft. Und genau dort sind auch deine Träume und deine Leidenschaft. Und jetzt nimm dein Buch mit nach New York und fang von vorne an. Such dir einen neuen Job, lern Leute kennen, die so sind wie du, und sorg dafür, dass du ein glückliches Leben lebst. Und sollte es dir dort nicht gefallen, dann kannst du ganz beruhigt sein, denn hier wirst du immer ein Zuhause haben.«

Erica schüttelte den Kopf. »Nein. Ich muss herausfinden, was mit meiner Mom passiert ist.«

»Eine Menge Leute beschäftigen sich mit dieser Frage, genau jetzt, während wir uns unterhalten. Sie tun mehr, als du je könntest. Ich werde die Ohren spitzen und dich anrufen, wenn es neue Erkenntnisse gibt.«

Pamela hatte recht … in allem.

Es war unheimlich.

Erneut blickte Erica auf das Geld. »Bist du dir sicher wegen dem hier?«

»Noch nie war ich mir einer Sache sicherer. Na ja, außer bei deinem Vater natürlich.« Sie lächelte. »Und da wir gerade von ihm reden: Eines Tages wirst du feststellen, dass er mehr ist als das, was du jetzt in ihm siehst. Ich weiß, dass er deine Mom nicht immer anständig behandelt hat und vielleicht nicht der beste aller Väter war, aber du solltest im Zweifelsfall davon ausgehen, dass Menschen sich ändern können. Und ich weiß tief in meinem Herzen, dass er sich geändert hat. Er liebt dich mehr als alles auf der Welt, obwohl ich weiß, dass er es furchtbar schlecht zeigen kann.«

Was Erica nun tat, überraschte sie beide. Sie streckte die Arme aus und umarmte Pamela fest. »Danke … Und das hier ist nur ein Darlehen. Ich werde es dir zurückgeben.«

Pamelas Lachen war warm und aufrichtig. »Nichts zu danken, Süße. Ich drücke dir die Daumen, dass du einen Verlag für dein Buch findest. In meinem ganzen Leben habe ich noch nie jemanden so hart an etwas arbeiten sehen wie dich.«

Zum ersten Mal in diesem Sommer lächelte Erica sie an.

***

Die Erinnerung an Austin verfolgte Haley, und so würde es vermutlich für immer bleiben. Sein zerschmetterter Schädel in Seacrests Schoß, als sie um ihn weinte und schrie, während sich Blutlachen um ihre nackten Schenkel bildeten. Die Art, wie Haley ihm vertraut hatte.

Viele der Opportunisten, die zu Charles' Beerdigung gekommen waren, tauchten auch auf der von Austin auf. Aber sie kamen nur und gingen gleich wieder. Ihrer Meinung nach hatte Austin es nicht verdient, dass sie ihm die letzte Ehre erwiesen.

Allie Seacrest kam nicht zur Beerdigung ihres Bruders. Minuten nach dem Schuss war sie verschwunden, und niemand hatte sie mehr gesehen. Sie war zur Fahndung ausgeschrieben, und fast jeder Mann von Grand Trespass bis Carencro suchte in den ersten Tagen nach Austins Selbstmord nach ihr.

Es gab noch Fragen, auf die man sich Antworten von ihr erhoffte.

Haley begriff nun, dass Austin Tiffanys heimlicher Schwarm gewesen war. Warum hat sie nicht schon früher eins und eins zusammengezählt? Austin war attraktiv und für sie selbst unerreichbar gewesen – jedenfalls auf die Art, wie Tiffany ihn mochte.

Um Himmels willen, die beiden hatten sogar miteinander gearbeitet.

Aber Austin war durchtrieben gewesen. Er war immer

pünktlich zur Arbeit bei *Luke's* erschienen, ein mustergültiger Angestellter und allgemein beliebt. Niemand hatte gewusst, wer er wirklich war oder wie krank er war.

Bis es zu spät war.

Soweit man wusste, existierte Austins Freundin Beth nicht. Sie war nur ein Hirngespinst gewesen. Ein Teil seiner Fassade. Haley erschauerte, als sie daran dachte, wie oft sie in seinem Wagen gesessen hatte. Und wie oft sie intime Träume von ihm gehabt hatte.

Er war Tiffanys Mörder – und nicht nur Tiffanys.

Nachdem der Teich der Seacrests trockengelegt worden war, hatte man die Überreste von ungefähr dreizehn weiteren Leichen gefunden. Dem Sheriff und der Presse zufolge waren die meisten Morde zehn Jahre zuvor geschehen: Drei Lkw-Fahrer aus anderen Bundesstaaten waren als vermisst gemeldet worden; ein ehemaliger Winn-Dixie-Kassierer; fünf noch nicht identifizierte Männer; Austins Mutter Dariah Thibodeaux; Ericas Mutter Norah Duvall; Sarah Greene und Chris Guidry. Rachel Anderson hatte außerdem den Leichnam, den Guitreaux und Erica im Wald gefunden hatten, als den ihres Ehemanns Tom identifiziert.

Das FBI ermittelte in den zahlreichen Mordfällen, und das Grundstück der Seacrests war noch immer mit gelben Bändern abgesperrt. Und so würde es vermutlich auch noch lange bleiben.

Haley zog ihren letzten Koffer zur Haustür hinaus und ließ die Gittertür hinter sich zufallen. Die Morgenluft war frisch und sauber, tröstlich, ein Neubeginn. Haley ließ den Koffer los und zog sich die Strickjacke enger um den Körper.

»Hast du alles eingepackt, Liebes?«, fragte ihre Mutter. Sie saß in einem Schaukelstuhl und trank Kaffee.

»Ja.« Haley setzte sich neben sie.

Sie machte sich auf den Weg nach Lafayette, um in ein

Mehrbettzimmer zu ziehen. Endlich würde sie mit dem College anfangen und Grand Trespass verlassen.

Ihre Mutter strich ihr mit einem Finger über die Wange. »Denk dran, dass du stark bist. Stärker als wir alle. Du wirst dich immer durchsetzen. Vergiss das nicht!«

Haley nickte. Sie dachte an Erica in ihrer feuchten Decke. Zitternd hatte sie am Teich gesessen und sich die kalten Regentropfen aus den Augen geblinzelt. Offenbar hatte sie sofort gewusst, dass sie ihre Mutter gefunden hatten. Die Initialen, die auf der Vorderseite des Rucksacks aufgestickt waren, dienten ihr nur noch als Bestätigung. Also hatte ihre Mutter sie doch nicht zehn Jahre zuvor einfach mitten in der Nacht verlassen, um nach New York zu gehen. Aus irgendeinem Grund war sie umgebracht und im Teich der Seacrests versenkt worden.

Abgesehen von der Beerdigung ihrer Mutter, hatte Erica sich in den ersten vier Wochen geweigert, irgendjemandem zu begegnen, nicht einmal Haley wollte sie sehen. »Tut mir leid, sie möchte noch niemanden sehen«, hatte Pamela an der Haustür zu ihr gesagt. »Ich fürchte, nicht einmal dich. Aber bald. Hoffentlich bald.«

Als Erica endlich in der Lage war, sich mit Haley zu treffen, war es, als sei sie ein anderes Mädchen geworden. Sie verhielt sich sanfter, freundlicher. Sie wirkte weniger wütend, irgendwie friedlicher. Nach allem, was passiert war, hätte Haley eher mit dem Gegenteil gerechnet. Aber in diesem Jahr hatte sie so viele Dinge erlebt, die sie nie für möglich gehalten hätte, dass nichts sie jemals wieder schockieren würde.

Sie blickte ihre Mutter an, jemand, der ebenfalls einen Neuanfang wagte. Sie und Becky hatten endlich ihre Mom wieder. Sie war wieder lebendig, nicht nur gelegentlich, sondern immer. Sie war beinahe dieselbe wie vor dem Unfall – aber nicht ganz.

Sie rauchte jetzt und war innerlich immer noch ein bisschen aus dem Gleichgewicht, aber Haley war überzeugt, dass sie wieder in Ordnung kommen würde – soweit das für jeden von ihnen überhaupt möglich war.

»Ich bin so froh, dich wiederzuhaben, Mom.«

Ihre Mutter tätschelte ihr die Hand.

Ein Wagen fuhr in die Einfahrt, und Haley warf einen Blick auf ihre Uhr. Punkt zehn. Zuverlässig wie immer.

»Viel Glück. Auch wenn du es nicht brauchen wirst«, sagte ihre Mutter.

»Danke, Mom.« Haley gab ihrer Mutter einen Kuss auf die Wange.

Die Fliegengittertür quietschte, und Becky kam heraus. Ihre Lider waren noch schwer vom Schlaf. »Fährst du jetzt los?«

Haley nickte.

»Aber an den Wochenenden kommst du doch nach Hause, oder?«

»Ja, jedes Wochenende.«

Haley verabschiedete sich, zog ihren Koffer hinter sich her über die Einfahrt und auf Mac zu. Sie war erleichtert, dass Mac einfach Mac war – so wie immer. Letzten Endes war er nie ein Fremder für sie gewesen.

Der Junge mit dem breiten Lächeln, für den sie geschwärmt und von dem sie geglaubt hatte, dass sie ihm vertrauen konnte… er war der Fremde gewesen. Sie war nur dankbar, dass es ihr und ihrer Familie gut ging.

Endlich konnte sie sich von dieser Stadt lösen und anfangen, der Mensch zu werden, der sie sein sollte. Sie hatte sich schon so lange danach gesehnt.

Haley öffnete die Beifahrertür und stieg ein. Ein Sonnenstrahl fiel auf ihr Gesicht, doch sie schützte sich nicht davor. Sie schloss einfach die Augen und ließ sich von der Sonne die Stirn wärmen.

Danksagung

Es gibt viele Menschen, denen ich dafür danken möchte, dass dieser Roman entstehen konnte:

Meinem Mann Brian, der von Anfang an an mich geglaubt hat. Seine Ermutigung, Unterstützung und Kreativität und sein Verständnis waren unglaublich wichtig für mich. Ich schätze mich – in vieler Hinsicht – glücklich, dir begegnet zu sein. Reidy und Terry O'Brien, die mich in allem, was ich tue, so sehr unterstützen – und die in schweren Zeiten immer für mich da waren.

Ken Atchity und Chi-Li Wong von AEI für das Angebot, mich zu vertreten. Ich danke Todd (Jefe) Grover, dem besten Chef aller Zeiten. Danke, dass du mehrere Entwürfe zu diesem Buch gelesen und mir deinen wertvollen Rat geschenkt hast. Der kürzlich verstorbenen, sehr begabten Diane Domingo, ferner Vanessa McDaniel, Ayla Der, Chris O'Brien, Brian Cartee, Andy Corso und Augie Corso.

Meinem guten Freund Mark Klein, der seit mehr als zehn Jahren und im Rahmen vieler Projekte meine Texte gelesen, sie offen und ehrlich kritisiert und mein Selbstvertrauen gestärkt hat. Deine Freundschaft und deine Unterstützung sind unbezahlbar. Du verdienst noch viele glanzvolle Rollen in neuen Filmen.

Auch meinen wundervollen, temperamentvollen Zwillingssöhnen Christopher und Ryan bin ich äußerst dankbar – sie haben mir gezeigt, was im Leben wirklich wichtig ist und wie ich meine Ängste überwinden kann, um mir meine Träume zu erfüllen und einer Arbeit nachzugehen, die mich erfüllt.

15408198R00207

Printed in Poland
by Amazon Fulfillment
Poland Sp. z o.o., Wrocław